藤原俊成

思索する歌びと

Hajime Yamamoto
山本　一　著

三弥井書店

凡例

（1）藤原俊成の呼称は、便宜上「俊成」に統一した。『古来風体抄』の書名表記については、読みやすさを優先して上記の用字・字体に統一した。研究者に対する敬称や敬語は省略することで統一した（第Ⅲ部2のみ初出のまま）。

（2）『古来風体抄』の引用は、『冷泉家時雨亭叢書』（朝日新聞社、一九九二年）所収の自筆初撰本により、私に現代の古文表記の慣例（歴史的仮名遣い・漢字仮名交じり・現代送りがな規則、等）にしたがった校訂本文とした。その際、同書を底本とする渡部泰明の校注（『歌論歌学集成・第七巻』三弥井書店、二〇〇六年）を参照した。ただし、表記方針が異なるため、校訂本文の表記は踏襲していない。他の歌書の引用・歌番号は、原則として『新編国歌大観』所収の歌集はそれにより、それ以外についてはそのつど依拠文献を注記するが、いずれの場合も、表記は『古来風体抄』に準じて校訂した。論の必要上右によらない場合については、そのつど注記する。

藤原俊成とは誰か？

1　転換期を生きた歌人

青年期まで

藤原俊成は、平安末期から鎌倉初期の政治的・社会的な大変動の時代を、歌人として、また歌合の判者として、旺盛に活動しつつ生き抜いた人物である。永久二年（一一一四）、従三位参議藤原俊忠の子として生まれ、十歳で父と死別して葉室（藤原）顕頼の養子となった。この時から、五十四歳で本流に復して俊成と名乗るまで四十年余りの名前は「顕広」である。六十三歳で出家して後は、「釈阿」の法名を名乗る。このように正式の呼び名は変遷したが、便宜上、本書では「俊成」の呼称（正規には「としなり」であるが、慣用により「しゅんぜい」と読む場合が多い）で統一することとしたい。

三十代までの青年期において、俊成の歌人としての経歴にとって重要なのは、崇徳院との関係であろう。崇徳天皇（在位一一二三〜一一四二）は、在位中も退位後も、鳥羽上皇の院政のもとで政治の実権を握ることができなかったが、和歌活動の面では、『久安百首』（一一五〇）の主催と六代目の勅撰和歌集『詞花集』（一一五一年撰進）の下命に代表される顕著な事跡がある。俊成は、三十七歳の時に詠作した「述懐百首」を、つてをたどって崇徳院に献上し、認められて『久安百首』の作者に加えられたと見られる。これ以前に常盤家で催された二度の百首歌の詠作を経験しているが、宮廷歌壇でのまとまった詠作はむろんこれが始めてであった（「歌壇」の用語は本来は近代以降のものであるが、天皇家・権門その他の特定の主催者による一定の持続性を持つ和歌活動を呼ぶ研究上の用語として定着していると見て、以下ではそうした意味で用いる）。しかし、その完成度は高く、後世に代表作とされることの多い、

夕されば野辺の秋風身にしみて鶉鳴くなり深草の里

も、この百首に含まれる。この歌が俊成の自信作であったことは、鴨長明の著『無名抄』に記録された俊恵の証言と、晩年の俊成自身が慈円の自歌合に協賛して寄せた自撰作のうちに含まれることから知られる。後者に加えられた自注により、崇徳院がこの歌に特に感銘を受けていたことがわかる。おそらく、作品としての自信に加えて、この思い出がこの歌への自己評価を高めているのであろう。崇徳院の俊成に対する評価が、『久安百首』を機に高まったことは、この百首に寄せられた歌の部類（歌の題材による分類と配列）作業を俊成が担当したことからも窺われる。ただし、俊成の『詞花集』への入集は一首にとどまった。

『詞花集』の撰者となったのは藤原顕輔（一〇九〇〜一一五五）である。顕輔の家（六条藤家）は顕季・顕輔・清輔と継承される「歌の家」であり、後の時期の俊成においては、この家との対立や対抗意識が、歌人としての経歴や歌論の形成過程に、大きな影響を及ぼすことになる。まず清輔（一一〇四〜一一七七）、その死後には清輔の弟で優れた歌学者であった顕昭（一一二〇九頃没か）が、俊成の対抗者的な存在となっていく。

なお、俊成の同世代人であり、没後には俊成と並ぶ大歌人として遇されることになる西行（円位、一一一八〜一一九〇）は、保延六年（一一四〇）に出家している。在俗時の和歌活動の記録は多くないが、崇徳院の和歌活動

を尊崇の念で見ていたようである。俊成との親交は青年期に始まっており、西行の死まで続いた。

なお、第五代目の勅撰集『金葉集』撰者であった源俊頼（一〇五五〜一一二九）は、俊成が高く評価し、尊敬していた歌人であったが、俊成が成人する頃には世を去っていた。俊成が、俊頼の対抗者と見なされていた藤原基俊（一〇六〇〜一一四二）のもとを訪ね、師事したのは二十五歳の時とされる（『無名抄』）。概括的には、俊頼・基俊ふたりの歌風や歌論を、俊成は摂取し、継承したと言える。俊頼には歌合判者としての活動もあるが、特に歌論書・歌学書『俊頼髄脳』が後世に知られる。基俊は、『新撰朗詠集』編纂の仕事のほか、多くの歌合に判者を務めたことが知られる。基俊から俊成が受けた指導の詳しい内容は明らかではないが、歌合判者としての活動実績のある基俊から影響が、後年の俊成の判者として活動の素地となったことは推測される。

保元・平治の乱以後

崇徳院は、藤原頼長と結んで保元の乱（一一五六）を起こすが、敗れて讃岐国に配流となり、やがてその地で没する。しかし、俊成は、それまでに培った実績を基盤に、歌人としての活動を続けていくことになる。保元の乱に引き続いて起こった平治の乱の後、政治権力は二条・後白河の対立期を経て、平清盛を中心とする平氏勢力の台頭へと動いていく。宮廷歌壇は、二条天皇に引き継がれ、そこで重用されたのは六条藤家の清輔であるが、天皇が早世したため、宮廷歌壇は大規模な発展を見なかった。一方、俊恵（一一一三〜没年不明）らを中心とする「歌林苑」のつながりを基盤として、宮廷や政治権力に直接は依存しない和歌活動（歌会や歌合）も活発化し、俊成は、この時期には歌人としてだけでなく歌合の判者としても顕著な活動を繰り広げる。和歌と判者の判詞を記録した書物の形で残っている歌合の中で、俊成が最初に判者を勤めたのは永万二年（仁安元年・一一六六）の『中宮亮重家家歌合』であり、その後、歌林苑に関連の深い主催者による『住吉社歌合』『広田社歌合』『賀茂別雷社歌合』の三社頭歌合に、和歌作者として参加しながら判者をも勤めることになる。

この時期、藤原摂関家は松殿・九条・近衛の三家に分かれ、摂関の地位は松殿基房から近衛基通へと推移するが、前代の忠通からの和歌活動の伝統継承に意欲を見せたのは九条家の兼実であった。彼は、安元元年（一一七五）頃に師として清輔を招いて和歌活動を開始するが、治承元年（一一七七）に清輔が亡くなると、やがて俊成が迎えられる（それより先の安元二年、俊成は重患のため出家したが、回復）。この九条家との関係が、これ以降の俊成の経歴に大きな意義を持つことになる。具体的には、兼実の次男良経にこの師弟関係が継承され、兼実の弟慈円と良経の和歌活動と俊成の結びつき、ひいては後述する建久期九条家歌壇から後鳥羽院歌壇での俊成の重用に繋がっていくのである。

叙述が先走ったが、兼実の歌壇活動は、源平の内乱が勃発する治承年間に、治承二年『右大臣家百首』や同三年『右大臣家歌合』等として具体化され、俊成にとって、和歌作者としても、歌合判者としても活発な活動の場となった。この頃の和歌作品として、後に『新古今集』に収められた

雨濯ぐ花橘に風過ぎて山時鳥雲に鳴くなり（右大臣家百首）

などが挙げられる。

そして、平家都落ちの混乱の時期に、後白河法皇から勅撰集撰進の命がくだる。この時期には、長老格の俊成をおいて、勅撰集の撰者に適任の歌人はほかになかったと言ってよいであろう。七代目の勅撰和歌集『千載集』

は、内乱収束後の文治四年（一一八八）に奏覧された。撰者の自作は、法皇の意向により増補され、三十六首となった。

文治・建久期

源平の内乱が終息した直後、宮廷や権門の歌壇が活動を再開していない文治年間に、俊成は日吉・春日両社への奉納歌合を企画した。数多くの歌合判者を経験した俊成であるが、歌合の主催企画はこれが唯一の記録である。ほぼ同時期に、西行は伊勢社に奉納する自歌合『御裳濯河歌合』『宮河歌合』および勧進百首『御裳濯百首』を企画しており、和歌の復興に平和の回復を重ねて祈念しようとした老練歌人たちの心情が窺える。しかし、俊成の「両社歌合」は日の目を見ず、企画は俊成単独の奉納百首に変更して進められた。最終的には、三社の奉納を追加して『五社百首』（文治六年・一一九〇）という大規模な個人奉納百首となった。序文には、両社奉納歌合からの企画の変遷について簡単に記されるが、その中に、「よしなき判をのみ書き集めたることを思ひて」などと、奉納歌合を含む過去の歌合判者としての活動に関する贖罪の意識が表明されていることが注目される。

この頃から、俊成の子定家、養子寂蓮と九条家の慈円・良経ら、新しい世代の歌人たちは、たびたび百首歌を競作し、大胆な用語法と発想を磨いていった。やがて、良経が活発な和歌活動を開始し（建久期良経歌壇）、摂関家（九条家）歌壇が再び出現する。その頂点に位置づけられるのが『六百番歌合』（建久四年・一一九三か）である。俊成は、これらのいわゆる「新風」の歌人たちに長老として仰がれ、時にともに詠作し、判者や指導に当たっていた。その活動の頂点とも言えるのは『六百番歌合』の判である。十二名の歌人の百首歌をすべて歌合に番える異例の大規模な歌合であり、数度に分けて左右の方人の難陳（批判と弁論）を行い、それを踏まえて俊成が判詞を書きつけていったと見られる。

建久七年（一一八六）の政変によって九条家は権勢を失い、歌壇活動も停止するが、慈円と良経はそれぞれ自らの歌歴を振り返る自歌合を編纂しており、その歌合の判詞を俊成が書いている。一方、仁和寺の守覚法親王はかねてから和歌に関心が深かったが、この時期に五十首歌の主催を行い、建久八年に俊成・定家父子も作者に加えられた（俊成の詠作は翌年以降とされる）。新古今時代を代表する女性歌人とされる式子内親王は守覚の妹であり、『古来風体抄』はその求めに応じて、建久八年に執筆されたと考えられている。

後鳥羽院歌壇

正治二年（一二〇〇）の『正治二年初度百首』の主催により、後鳥羽院の歌壇活動が本格化する。この後、矢継ぎ早の歌会・歌合・百首歌が催される。一方、勅撰集編纂を念頭において和歌所の設置、やがて選者の任命がおこなわれた。

この時期の俊成の活動としては、『水無瀬恋十五首歌合』の判者、『千五百番歌合』の春三・春四の判者、『古来風体抄』の一部を改訂しての再献上（再撰本）、『正治二年初度百首』『千五百番歌合百首』と『祇園社百首』の詠作などがある。九十賀を後鳥羽院歌壇挙げての盛儀で祝われた後、元久元年（一二〇四）、九十一歳で没した。翌年、いちおうの完成を見た『新古今集』には七十二首が入集した。西行・慈円・良経につぐ歌数である。

以上は、先学の研究をもとに俊成の生涯を概括的に眺めてきたに過ぎず、家集『長秋詠藻』編纂など省略・省筆した事項は少なくないが、彼が生きた時代の複雑さと彼の和歌活動の多面性を窺うことはできるであろう。

俊成の伝記や和歌作品・判詞・著作、また同時代の和歌界の動向の詳細については、谷山茂著作集二『藤原俊成　人と作品』（角川書店、一九八二年）、同三『千載和歌集とその周辺』（同上）、松野陽一『藤原俊成の研究』（笠間書院、一九七三年）、松野陽一・吉田薫『藤原俊成全歌集』（笠間書院、二〇〇七年）、久保田淳『新古今歌人の研究』（東京大学出版会、一九七三年）、同『中世和歌史の研究』（明治書院、一九九三年）、中村文『後白河院時代歌人伝の研究』（笠間書院、二〇〇五年）、渡部泰明『中世和歌の生成』（若草書房、一九九九年）、檜垣孝『俊成久安百首評釈』（武蔵野書院、一九九九年）、黒田彰子『俊成論のために』（和泉書院、二〇〇三年）、安井重雄『藤原俊成　判詞と歌語の研究』（笠間書院、二〇〇六年）、ほか本書第Ⅰ部・第Ⅱ部に掲げる諸研究を参照されたい。

2　文学史の中の藤原俊成

文学史的位置

上記のように、藤原俊成は当時としては異例の長寿を保ち、その生涯は武家勢力の台頭する転換期と重なる。歌人としての経歴に限ってみても、その時々にさまざまな主催者（政治勢力・歌人集団）による活動に関わっており、その様相は複雑である。一般的な文学史的位置づけとしては、最晩年に後鳥羽院歌壇の長老として活動して『新古今集』に多数入集し、後鳥羽院自身からも高く評価されていることから（『後鳥羽院御口伝』）、「新古今時代」の歌人とされる。同時に、『新古今集』の代表歌人である藤原定家の父、同じく重要歌人である寂蓮の義父、さらに慈円・良経や家隆の師であり、同集最多入集者である西行の同世代者であり、ひとつ前の勅撰集『千載集』の撰者であることから、新古今時代の一世代前の歌人としても重視される。包括的には、新古今時代を準備した歌人との位置づけになるであろう。

ただし、このような見方は、重要な作品である『新古今集』を起点に、その前史を遡る視点であって、一種の結果論になることは否定できない。人生のそれぞれの時期において、俊成の歌人としての位置づけを行う必要もある。

歌論についても、俊成・定家の歌論は、ひとまとまりにして新古今時代の歌論として捉えられることが多い。かつては、俊成の歌合判詞に特徴的な用語として現れる「幽玄」、定家の主著と目される『毎月抄』に現れる「有心」の語に、両者の歌論の理念（ひいては歌風の特色）を集約し、後者を前者の発展・深化として見る理解が一般的であった。「幽玄」は、俊成が用いているほかに、鴨長明『無名抄』が新古今時代の新しい歌風を捉える語としても用いており、俊成が新古今風を準備するという位置づけの中で、その理念や歌風を「幽玄」として捉えることはわかりやすい。また、俊成・定家の家である「御子左家」が、歌道家として権威を確立していったことからすれば、両者を連続的発展として捉えることも自然である。ただし、俊成の「幽玄」の用法は単純ではないことが指摘され、一九六〇年代以降には俊成の歌風や歌論を「幽玄風」「幽玄論」として捉えることへの反省・批判も現れた。藤原定家の歌論についても、『近代秀歌』の歌論とそれ以降の歌論書との関係、『毎月抄』の真偽などが議論されて今日に至っている。定家も、八十歳で没するまで和歌活動を続けた歌人であり、壮年期の『新古今集』をもって、その歌人としての仕事をすべて代表させることには無理がある。「俊成・定家の歌論」というくくり方や、新古今時代の歌論としてこれらを捉える見方には、いわば教科書的な見取り図としての妥当性はあるものの、唯一の可能な見方と考える必要はなく、多面的な分析が必要である。

思索する歌人

俊成の経歴において特に注目される点は、自分自身が歌を詠作する実作者としての活動とともに、歌合判者として、また勅撰集の撰者としての、すなわち現代的な用語で言えば「批評」の活動が、並行していることであり、その比重は印象としては甲乙つけがたいほど拮抗している。俊成はまず実作者としての声望を確立し、その基盤に立って歌合判者としての経験を積んでいった。この時代の歌合は、出詠歌人たちの名誉をかけた競争の場となっており、公平で人々を納得させる判を行うことは非常な難題であったと想像される。

このような経歴は、和歌作品の良し悪しを定める価値判断が、どのような根拠と経路によって可能になるのかを、俊成が絶えず自省せざるを得なかった事情をうかがわせる。先に触れた『五社百首』の序に、歌合判を罪障と見るような表現が見えるのも、そのまま過去の歌合判を否定しているわけではなく、歌の良し悪しを定めるという行為に対して、俊成が極めて自覚的であり、つねにそのあり方を問い直すような姿勢を持っていたことを示すであろう。俊成が歌合判者としてのこれだけの実績を残したことは、その批評態度が人々の信望を得るものであったことを示すといえようが、その背後には、不断の自省、そしておそらくは苦悩が、あったものと推察される。

八十四歳の時に書かれた主著『古来風体抄』が、従来の歌論書・歌学書と異なり、「歌の良し悪し」というテーマを正面からとりあげたのも、批評の経験（歌合および勅撰集の撰進）とその中での思索の蓄積が背景にあったと思われる。

一般的に著作物は、その成立事情に内容を大きく規定される。中世には特にその傾向は大きい。『古来風体抄』の場合、成立事情に関する具体的な情報が乏しいが、序文中の

この心は、年頃もいかで申し述べんとは思ふ給ふるを、心には動きながら言葉には出だし難く、胸には覚えながら口には述べ難くて罷り過ぎぬべかりつるを

として、長年の思索を、下問を契機に書き記したとしていることや、四年後の再撰本でも根幹部分の改定が行われなかったこと、そして主要テーマの明確性などから総合的に判断すれば、長年の思索が機会を得て言説として結実したものであり、単なる機会に応じた著述ではなく、彼自身の歌論的思索のひとつの到達点として捉えてよいように思われる。和歌実作の面では青年期に既に一生の代表作となる歌を詠んでいた俊成であるが、歌論の面では、長い経験の末に、最晩年にいたって完成度の高い著作を残したのである。

今述べたように、歌合判に関する自省は、『古来風体抄』の歌論の特徴を生み出していると予想されるが、それぞれの歌合の判が行われる（多くの場合は口頭ではなく判詞の執筆という形で）現場では、また異なる形の思索が働いていたと思われる。特定の番われた作品に対して、どのような用語と修辞を用いて説得的な判詞を書くかという苦心である。静的で体系的な価値基準のようなものが、機械的に適用されて批評が行われるわけではなく、場面に応じて柔軟に働く批評的思索があったはずである。そういう意味で、『古来風体抄』と歌合判詞は、いずれかが一方の説明材料となるという単純な関係にあるとは思えない。両者を、それぞれを独自の言説・言語表現として読解しつつ、場合に応じて相互の関係を考えていく必要があるであろう。

仏道と歌道

『古来風体抄』では、仏教経典が引用され、それとの類比（アナロジー）において和歌が論じられる箇所がいくつかある。

このような積極的な仏教との結びつきは、それ以前の平安時代の歌論には見られないものである。仏教的歌論として俊成歌論を捉えることも可能であり、ひろく中世における歌道（および芸道）と仏教思想との関係の中で、思想史的・精神史的に論じられることも多い。一方、伝記研究の面からは、俊成の周辺の、仏教教理の受容に関与した可能性のある人物が検討されている（山川典子「『古来風体抄』と仏教教理」（奈良女子大学『叙説』11、一九八五年十月）。西行や、建久期以降交流の深まる慈円など、著名な人物の精神的影響も念頭に置かなければならないと思われるが、一生にわたる俊成の交流範囲は広く、生活者としての俊成の仏教信仰の実態と、伝記的諸問題との関係については、さらに今後も検討される必要があるであろう。

ただ、時代思潮として巨視的に捉えるにしろ、伝記研究から考証的に捉えるにしろ、『古来風体抄』の仏典引用に、歌論としてのどのような必然性があったかは押さえておかなければならない。

3　本書の狙いと構成

和歌観の三つのレベル

先に述べたように、俊成の和歌活動は、実作者としての活動と批評活動とが、それぞれに重要性を持っているが、本書は、その後者に主な関心を置いている。

俊成の批評活動について考えるには、それを支える和歌観にいくつかのレベルを見分けておくのが便利である。ひとつは個人的な嗜好、つまり好みのレベルで、俊成がそれぞれの和歌作品に向き合って、よいとか悪いとか感じているレベルである。このレベルの和歌観は、歌合の場面での批評では、かならずしも表面には出ず、いわば根っこのところで働いている。それはまた、実作活動の中で自作を取捨選択したり、推敲したりする時の根っこにもなる。いわば、実作と批評をリンクする基底的な和歌観である。ただし、和歌観を全体として考える時、この部分は重要ではあってもあくまで部分である。実際には、実作も歌合の判も、単なる好みを越えた多様な要求のただなかでいとなまれる。俊成がどのような歌風を好んだかを知ることは、ただちに彼の歌論や批評活動の性格を明らかにすることとはならないわけである。

では歌合の批評の中では、おもにどのような種類の和歌観が働いているのか。

歌合の判者は、自分の好みにしたがって勝ち負けを決めればよいのではない。作者や方人（さらに判を注視している直接の参加者以外の人々）を納得させる幅広い見識と、作者の個性やその場の状況に応じた柔軟な批評態度が求められる。いわば「客観性」と「価値の多元性」についての彼なりの考え方が要求されるのである。俊成は、多くの歌合の判者を経験し、また勅撰集の撰者となることで、「客観性」と「多元性」についてさまざまに考えることを、いわば強いられてきた。ここに彼の和歌観の第二のレベルがある。

さて、俊成の経験の深まりは、やがて、和歌とは何か、和歌作品をよいとか悪いとか批評できる根拠とはどこにあるか、というふうなことについての思索を促すことになる。これは、先のふたつのレベルの和歌観に対して言うと、メタ・レベルの和歌観である。ここで言う「メタ」は、俊成が歌を批評してきたその自分自身をふりかえった、その「ふりかえり」を意味している。そこで発せられた問いかけは、特異なものではなく、まっとうな、むしろ素朴な問いである。けれども、そうだからと言って、答えるのがやさしい問いではなかったのである。彼の和歌観の成熟期に書かれ、彼の主著となった『古来風体抄』は、そうした問いに、何とか書物の形で答えようと苦心して書かれている。この「メタ・レベル」を和歌観の三番目のレベルと見なすことができる。

このように三つのレベルを区別すると、本書第Ⅰ部で扱うのはおもに第三のレベル、第Ⅱ部で扱うのはおもに第二のレベルとなる。第一のレベルは、第Ⅰ部のいくつかの章で、第三のレベルとの関係の中で扱われている。また第Ⅱ部でも、その論述の中では常に念頭に置かれているが、主題として前面に出ることは少ない。第一のレベルの和歌観は、かつての文学研究が歌人の「歌論」を扱う際、暗黙のうちに最も重要であると見なしてきたものであるが、本書はそれとはやや異なる観点に立っていることになる。

第Ⅰ部について

第Ⅰ部が課題としたのは、『古来風体抄』が何を主題とし、なにゆえに今見るような構成の書物になっているのか、という点の解明である。メタ・レベルの問いに答えようとする俊成の苦心が、こうした書物の姿を生み出した、そのいきさつを明らかにしようとしているのである。近代以降に『古来風体抄』に向けられた関心は、どちらかといえばこのような点にこだわるよりも、それらを突き抜けて、俊成が志向した歌風、その美的性格、そしてなによりも、それらを生み出した俊成の精神内部のはたらきの秘密を、つかみ出そうとするものであった。

このような関心が誤りだというのではない。そこには研究上の必然性があったのである。しかし、メタ・レベルの問いを通り抜けた読みからは、結局『古来風体抄』は捉え切れないのである。第Ⅰ部の論述がうまく行っていれば、『古来風体抄』はかなりバランスのよい形で捉えられているはずである。

『古来風体抄』に示された考え方は、言うまでもなくその時代の刻印を帯びている。私は日本の文学を歴史的に研究していこうとする者であるから、この点には十分注意を払い、現代人の関心にまかせて読み込もうとはしていないつもりである。しかし、本書の論述は、あるいはそれと反対の印象を読者に与えるかもしれない。

この点について少し説明しておくなら、私は、中世の人々と我々との間の違いは、問題の扱い方、語り口にあるという立場に立っている。『古来風体抄』について言えば、例えばそこで重い働きをしているのは、「言葉にて述べ難き」ことがらを「思ひよそへ」を通して述べる、という語り口である。特に、前節で述べた仏道との関係づけに、この思考方法が如実に現れる。「思ひよそへ」とは現代の用語に置き換えれば「類比」「類推」に近い。西欧語の「アナロジー」にあたると見てよいと思われる。しかし、我々が類推と言う時、ふつうは内容が似たもののどうしの関わりを考える。これに対して、中世の人々の使うアナロジーは、むしろ形態の類比なのである。外形が似ていても内容が異質ならば関係がないというのは、どちらかといえば近代以降に支配的な考え方である。数や形が一致すれば何か関係があるという発想が、むしろ中世では優勢である。そこから、近代人にはこじつけと思われるような「秘事」が多く生み出されたことも知られている（近代人もまたある場面では、たとえば横光利一の『旅愁』に見える御幣の形と物理学理論との類比のように、突然そのようなアナロジーに捉えられることもある）。こうした中世的な思考法を一笑に付すことは、その神秘さや特異さを大げさに言い立てることと同様、一面的である。彼等が手持ちの思考方法を精一杯使って、どんなふうに考えているかを跡づけることが、私たちにできる最善のことであろう。

『古来風体抄』には本書が扱わない多くの研究課題がある。伝本や本文について言えば、はやく自筆本（初撰本）の精密な透写本と目される穂久邇文庫本が翻刻紹介されていたが、冷泉家に蔵されていた自筆原本が影印公刊され、直接利用できるようになった。したがってこの書物は、多くの場合原本から転写を経た写本によって研究するほかない古典作品のなかにあって、本文上の不安が最も少ない幸運な例と言うことができる。以下の私の考察も、初撰本を底本にしてすすめている。しかし、このことはこれ以上の伝本研究や本文研究の課題がなくなったことを意味しない。初撰本から再撰本への改稿が意味するもの、松野陽一によって提起された「中間本」の位置づけなどの、従来からの課題に加え、影印刊行にともなう自筆原本の精密な調査によって、そもそもこの自筆「初撰本」とは何かという点についても、新たな課題が投げかけられている（影印本「解題」）。これらと密接に関連して、下命者すなわち想定される最初の読者は誰かというきわめて重要な問題についても、下命の事情や動機を含めての、もう一歩の考究が求められている。『万葉集』や『古今集』の享受史・注釈史の中での位置づけという課題もある。これらの問題について、現時点の私にはまだ新しい見解を述べる用意がない。本書では、いわば『古来風体抄』の全体像というジグゾー・パズルの、いくつかのピースを合わせたのである。

第Ⅰ部各章の初出論文は、当初から一貫した関心のもとに執筆したものではあるが、長期にわたって別々に発表されているため、本書に収めるに当たって、重複の削除や整合性の調整のほか、文意の明瞭化のためにかなりの改訂を行った。改訂の方針や、改訂で対応できなかった問題についての言及は、各章末尾に「補説」「補記」

などの形式で補っているので、やや煩雑ではあるが参照をお願いしたい。

第Ⅱ部について

第Ⅱ部では、俊成の歌合判詞の読解を通して、彼の批評の方法の実際を跡づけることを課題とした。歌合判詞も歌論書と同じように、しばしばその歌人の実作上の嗜好を窺うという関心から読まれてきた。とりわけ、「幽玄」という興味深い批評語は、俊成が「幽玄風の歌人」であるという認定との関わりから、俊成の実作と歌論を結びつける理念という角度で取り上られることが多かったのである。一九六〇年前後に田中裕・藤平春男・福田雄作により、それぞれ独立に「幽玄」を中心とする俊成歌論の見方の限界が指摘され、ようやく判詞を言語表現として捉え、その中で「幽玄」を考える道が開かれた。

俊成の歌合判者としての活動は、質量ともに大きなまとまりをなしている。端的に言うなら、批評活動は和歌実作から相対的に（もちろん「絶対的に」ではなく）独立した表現活動の一領域なのであり、そういうものとしての扱い方、読み方が求められる。とりわけ、そこで用いられている多元的な批評規準に注意する必要がある。歌合の場を取り巻く環境からやってくる影響は、「ノイズ」ではない。むしろ批評という表現行為が本来的に背負いこんでいる条件なのである。歌合判詞を読み解くことで、私たちは、文学の批評規準を取り巻く問題の豊かさ複雑さにあらためて気づくことができる。そのことを具体的な読解によって示そうとしたのが第Ⅱ部である。

したがって、第Ⅱ部のキー・ワードは、どちらかといえば「幽玄」ではなく「批評機能」の方にある。「幽玄」を、俊成の批評のメカニズムをうかがう格好の窓として見直してみようとしたのである。田中・藤平・福田の批判以前の「俊成の幽玄論」へと研究史を逆行させる意図のないことは、一読していただければ明らかであろう。だから、あえて「幽玄」を選ぶ必要があったかと問われれば、絶対にという理由はなかったと答えねばならない。ただ、この批評語の用法には俊成の批評の機動性がよくあらわれている上に、歌壇史的な動向を敏感に映し出している点で、考察に便利でもあり魅力的でもあったというにつきる。

歌合判詞については、本文批判の問題が『古来風体抄』よりはるかに複雑である。主な考察対象については、萩谷朴、有吉保、小西甚一の諸先学による校本を利用したが、建仁期の小規模な歌合については、松野陽一の研究に導かれつつ、自らいささかの伝本の検討を行った。この検討を通して、歌合本文の伝写過程での振る舞い方の特色がある程度まで経験的に理解できたので、他の歌合における分析では、いちいち明記はしなくてもそうした点は考慮したつもりである。また歌合では当然、その成立の場が判詞の在り方を大きく規定する。したがって、第Ⅰ部にくらべて、歌壇史的な問題についての言及も多くなっている。

院政期・鎌倉期の和歌研究は、本書各章の初出以降、大きく進展している。歌合に限っても、『新編国歌大観』による本文の提供、久保田淳・山口明穂による新日本古典文学大系『六百番歌合』をはじめ、いくつもの注釈書が刊行された。歌壇史研究の進展も急速である。第Ⅱ部の論考は、今後、さまざまな角度から批判や修正を受けることになると思う。

なお、改訂や「補説」「補記」による追加については、第Ⅰ部に準じている。

第Ⅲ部について

第Ⅲ部には、既発表の論考のうち、本書の主題に間接的に関係するものを収めた。したがって、第Ⅰ部、第Ⅱ部のような、全体としての一貫したテーマはない。

1は、平安時代中期までに成立したと思われる個性的な歌論書『和歌体十種』を論じている。体系性に欠けると見られることもある『和歌体十種』であるが、和歌を批評するために必要な多元的な視点という観点から見れば、より積極的な評価が可能であることを論じた。『和歌体十種』から『古来風体抄』への直接的な影響は確認できないが、歌論史的には『古来風体抄』に先駆する意義を持つと考えられる。そのような意味で、本書第Ⅰ部の論述を補足するものとして収めた。

2は、俊成の青年期の作品を、仏教信仰との関係を視点に検討したものである。研究者としての経歴の最初期に執筆・発表したもので未熟な点が多いが、初出誌が参照に不便であることを考え、この機会に復刻した。

第Ⅲ部所収の論考については、表題を一部変更し、誤字や表記の誤りなどの最低限の修正をくわえた以外は、初出形のままとした。ただし、各章末尾に「補記」を加え、初出稿の問題意識についての解説や、補足するべき点などについて述べた。

第Ⅰ部　和歌批評の基準を求めて——主著『古来風体抄』が語るもの——

第一章

導入部が語るもの――「人の心」と歌――

『古来風体抄』は上下二巻で編成され、上巻の冒頭は全体の序文にあたる文章が置かれている。そのいちばん冒頭の導入部分は、次のようになっている。

やまとうたのおこり、その来たれること遠いかな。ちはやぶる神代よりはじまりて、しきしまの国のことわざとなりにけるよりこのかた、その心、おのづから六義にわたり、そのことば、万代に朽ちず。かの古今集の序に言へるがごとく、人の心を種として、よろづの言の葉となりにければ、春の花をたづね、秋の紅葉を見ても、歌といふものなからましかば、色をも香をも知る人もなく、何をかはもとの心ともすべき。この故に、世々のみかどもこれを捨てたまはず、氏々のもろ人もあらそひもてあそばずといふことなし。

この部分を構成する四つの文（センテンス）のうち、近代以降の研究史において特に重視されて来たのは、三つ目の文「かの古今集の序に言へるがごとく、…何をかはもとの心ともすべき」である。窪田空穂が注目してのち、田中裕、藤平春男、家郷隆文らの先学により、おもにこの文をめぐって『古来風体抄』の歌論の意義がさまざまに追求されてきた。

しかしこの章では、この文のみ際立たせて問題にすることは避け、一連の部分をできるだけなだらかな文脈として読みとり、この後の序文の展開に対してこの導入部が果たしている役割を理解することを試みたいと思う。論述が錯綜するのを避けるため、先学諸氏の見解との関係は「補説」および次章以下で順次述べることとし、まず私の立場からの読解を説明していくこととしたい。

1　和歌史の連続性――「仮名序」引用の意味――

引用部分の四つの文を、この章では便宜上、順番に「第一文」「第二文」「第三文」「第四文」と呼ぶことにする。

第一文では、和歌の歴史の長さが讃えられる。第二文では、その歴史の長さを「厚み」として示すように、やや具体的なことばが加わる。すなわち、「神代」にはじまって「このかた」、和歌の「心」と「ことば」（内容と表現）が、多様になり、多く積み重なってきたことを述べている。

では、第一文で「このかた」と記す時、俊成はいったいどの時点から和歌の歴史をふりかえっているのだろうか。

一見すると、「神代」以来、俊成の生きている同時代までの歴史をふりかえっていることは、自明であるように見える。しかし実はそうばかりも言えない。つづく第二文で述べられることは、「かの古今集の序に言へるがごとく」と第三文に受け止められていく。この点を捉えてやや形式的な言い方をするなら、第二文で述べられていることは、『古今集』の「仮名序」執筆以前に現れている事態であると受け取れる。もちろん、「仮名序」は修辞として引き合いに出されているにすぎないと考えれば、無理に右のような限定的な受け取り方をする必要はないことになろう。一方、すこし先を見ると、第四文は、これらの叙述を承けて「この故に、世々の御門も…」と言っている。この「世々」は、特定の天皇を意識したものではなく、七つの勅撰集を撰ばせた天皇、もしくは万葉集の時代の天皇も暗に含んだような、漠然とした時代の幅を指していると見られる。そこで、第三文までの内容を俊成の同時代にのみ強く結びつけて捉えると、第四文へのつながりが不自然になってしまうのである。

こういう問題を二者択一的に考えるのは適当ではないであろう。むしろこの冒頭部分の叙述は、俊成の同時代にも妥当するが、「仮名序」が書かれた時点に遡っても妥当するような、和歌の連続的な在り方についての認識を示していると見るべきであろう。というのは、「仮名序」そのものが、『古今集』以前の歌の歴史の長さと厚みをさまざまに語っているからである。『古来風体抄』は、その『古今集』以前の歌の歴史の長さと厚みを思い起こさせるように書き始められていると考えられる。この点を軽視して近代的な和歌史の意識を代入すると、『古今集』以降の「勅撰集伝統」が主題化されていると捉えがちになるが、それはこの書物の後に述べられる内容を先取りした、やや性急な読みであろうと思われる。そのような読みは、第三文の理解をも窮屈なものにしてしまうのである。

まず、冒頭の二つの文と響き合う「仮名序」の叙述を押さえておきたい。

用語の点から言うと、第二文に用いられた「神代」「ことわざ」「六義」などは、「仮名序」（もしくは「真名序」を含む）と接点を持っている。ただしいずれも既に先学の指摘があるように、細かな意味までを『古今集』序から受けついでいるわけではない。「ちはやぶる神代よりはじまりて」は「仮名序」の「ちはやぶる神世には歌のもじもさだまらず」を承けているとはいえ、松野陽一（『中世の文学・歌論集一』三弥井書店、一九七一年、所収『古来風体抄』補注）が指摘するように、俊成の認識が仮名序と厳密に一致するわけではない。また「しきしまの国のことわざとなりにける」は、「仮名序」冒頭の「世の中にある人、ことわざしげきものなれば」を念頭に置くが、その「ことわざ」は、

おほよそ、このことわざ我がよの風俗として、これをこのみもてあそべば名を世々に残し、これをまなびたづさはらざるは、おもてを垣にして立てらむがごとし。（『千載集』序）

歌の道は秋津島のならひ、日の本の国のことわざとなりにければ、この世にむまれぬる男女、わが国に跡を垂れ給ふ神仏までも、この事をばもてあそび給ふなるべし。（『慈鎮和尚自歌合』）

などの俊成自身の他の用例や

敷島のやまと歌は、八雲たつ出雲のことわざよりおこりて、今の世までぞつたはりにける。（『建久三年若宮社歌合』）

それやまとことばと言ふは、我が国のことわざとしてさかんなるものなり。五七五七七にて五つの句あり。（『拾玉集』巻五、「恋百首歌合」跋と推定される散文）

などの同時代の用例がそうであるように、言葉の習俗（実質的には和歌）を指すように使われ、「仮名序」のように広く「人間の生活の営み」を指してはいない。「六義」の場合も、「仮名序」の「うたのさま六つなり」が、用例から見て（清輔の『奥義抄』の理解のように）和歌の修辞技法の区分を指しているのに対して、「その心おのづから六義にわたり」では、「心」すなわち内容面に関して言われている。

ただし、これらの点を認めたとしても、こうした語が、「仮名序」の用語であることによってはじめて修辞と

して意味を持っているという点は、否定できない。しかも、たとえば「六義」については、「心」「ことば」が全体として「六義」「万代」に対応すると読めば、「心」にのみ関わるとまでは限定できないし、「おのづから」と言う形容には、和歌の六義を漢詩の六義の当てはめではなく和歌本来のものだとする「仮名序」の主張が、受け継がれているとも解せる。すくなくとも、これら第二文の「仮名序」的用語が、第三文での「仮名序」の直接引用を準備し、その唐突さを和らげる役割を与えられていることだけは確かであろう。

以上のような言葉の問題だけでなく、「仮名序」が示す和歌の歴史への関心と『古来風体抄』冒頭のそれとの間には、性格のつながりが見いだされる。やや長くなるが、そのことをもうすこし跡づけておきたい。

2　和歌と人間心情との相関――「仮名序」との響き合い――

「仮名序」は、次のよく知られた文章ではじまっている。

やまと歌は、人の心を種として、よろづのことのはとぞなれりける。世の中にある人、ことわざしげきものなれば、心に思ふことを、見るものきくものにつけて、いひいだせるなり。花に鳴く鶯、水に住むかはづの声をきけば、いきとしいけるもの、いづれか歌を詠まざりける。

まず和歌が人間の心情から生み出されるというひとつの原則を示し、それをやや具体化して、人々が生活の中で出会う諸々のことがらが、さまざまな心情をひき起こし、これらの心情が多様な歌となって表出されていくのだと説明される。鶯や蛙のたとえは、生活感情から和歌表現へのこの転換を、自然の促しによる必然的な筋道として見る考え方を示している。この部分の主調となっているのは、和歌を人間の心情生活の密接な相関者と見る思想である。この主調音は、これにつづく和歌の効用や起源についての叙述ではいったん表面から退くが、すこし後の部分で、異なる様相も見せながら再現してくる。

かくてぞ、花をめで、鳥をうらやみ、霞をあはれび、露をかなしぶ、心ことば、おほくさまざまになりにける。遠き所も、いでたつ足もとよりはじまりて、年月をわたり、高き山も、ふもとのちりひぢよりなりて、あまぐもたなびくまでおひのぼれるごとくに、この歌もかくのごとくなるべし。

「花をめで、鳥をうらやみ」などなどの人間の心情、すなわち「人の心」の諸相は、それぞれに適切な表現を得て多様多彩な「心ことば」の歌となるのであるが、それは、生成期には不十分な表現しかなし得なかった和歌が、長い年月の間に表現の体験を積み重ね、多くの作品を生みだしてきたことの結果として捉えられている。言いかえれば、歌が「人の心」の現れであるという最初に述べられた原則が、実際の歌のありようの上に実現されるまでには、歌の表現機能が心情を自在に形象化できるものへと発達するための、長い歳月が必要だったということである。ここで、「仮名序」冒頭の和歌観の原則と、つづいて述べられた和歌が遥かな歴史を持っているという観点とが、結び合うのである。

このような、人間の心情の諸相の表現としての和歌が、長い年月を経て蓄積していくという観点は、「いにしへの世々のみかど」のもとでの和歌の盛んなさまを述べた後に加えられる、長い修辞的文章からもうかがえる。

しかあるのみにあらず、さざれ石にたとへ、つくば山にかけて君をねがひ、よろこび身にすぎ、たのしび心にあまり、ふじの煙によそへて人を恋ひ、松虫のねに友をしのび、高砂すみの江の松もあひおひのやうにおぼえ、男山の昔を思ひいでて、女郎花のひとときをくねるにも、歌をいひてぞなぐさめける。また、春のあしたに花の散るを見、秋のゆふぐれに木の葉のおつるをきき、あるは歳ごとに鏡のかげに見ゆる雪と浪とをなげき、草の露、水の泡を見てわが身をおどろき、あるはきのふはさかえおごりて時をうしなひ、世にわびし、したしかりしもうとくなり、あるは松山の浪をかけ、野中の水をくみ、秋萩の下葉をながめ、あかつきの鴫のはねがきをかぞへ、あるはくれ竹のうきふしを人にいひ、吉野河をひきて世の中をうらみきつるに、今はふじの山も煙たたずなり、ながらの橋もつくるなりときく人は、歌にのみぞ心をなぐさめける。

ここには『古今集』の中の歌の表現が点綴されているが、あくまで仮名序の文脈の中では、「奈良の帝」の頃までの和歌の状況を描いていることになる。すなわち、『古今集』の編まれるよりもずっと早い時期に、和歌は生活感情のすべてのくまぐまを表すところまで発展を遂げていたと、「仮名序」は言おうとするのである。

このように見てきたのは、もちろん「仮名序」のひとつの面なのであるが、こうした読み方で「仮名序」の世界をくぐり抜けることによって、『古体風体抄』冒頭部の論述は、より理解しやすいものになってくる。「仮名序」において、「人の心」はなにか抽象的な人間精神といったものではなく、人間心情の具体的諸相にほかならないし、「よろづのことのは」も長い年月の間に積み重ねられた無数の和歌作品という、いわば実体として存在するものを示している。一方、『古来風体抄』の第一文、第二文を読み、さらに第三文の「仮名序」冒頭文引用にいたる時、私たちは、原則から和歌の発展の様相の記述に進んだ「仮名序」の記述を、いわば縮約した形で逆方向にたどっていくことになる。つまり、第三文の仮名序の引用においても、「人の心」とは上古以来うたわれ続けてきたさまざまの人間感情であり、「よろづのことのは」はそれを定着した多彩な作品の積み重なりを意味している。ここで述べられている和歌の在り方は、「仮名序」にしたがえば「奈良の帝」の時代に既に現れているものと読めるが、もちろん明確に何時からと示されるわけではなく、俊成の文章でもそれは同じである。

このように考えてくる時、『古来風体抄』冒頭部分は、はっきりと限定は出来ないが十分に古いある時代以降、俊成の時代にいたるまで、広く当てはまるような和歌の性質について述べていると解される。あるいは少なくとも、読み手がそのように自然に受け取るであろうことを前提にして書かれている、と解される。そうした観点から、第三文以下を読み解くとどうなるであろうか。

3　「もとの心」と「人の心」――「仮名序」の思想の発展――

かの古今集の序にいへるがごとく、人の心を種としてよろづの言の葉となりにければ、春の花をたづね、秋の紅葉を見ても、歌といふものなからましかば、色をも香をも知る人もなく、何をかはもとの心ともすべき。この故に、世々のみかどもこれを捨てたまはず、氏々のもろ人もあらそひもてあそばずといふことなし。

第三文の前半については既に多くを述べた。次に、「春の花をたづね、秋の紅葉を見ても」であるが、ここは、四季の景物の美しさとの出会いを花と紅葉に代表させて述べたものとして、いちおうさしつかえないであろう。

ただ、ここでも「仮名序」の

いにしへの世々のみかど、春の花のあした、秋の月のよごとに、さぶらふ人々をめして、ことにつけつつ歌をたてまつらしめたまふ。

を想い起こしておくことが、第四文へのつながりを考える上から必要である。「月」と「紅葉」の異なりがあるとはいえ、俊成が考えているのはおそらくこうした具象的な情景であろう。そのように考える時、はなはだ論議の多い「歌といふものなからましかば」以下の部分についても、「自然美の本質」といったやや抽象度の高い内容を読むことには従いにくい。「歌といふもの」がもしなかったならば、それとともに失われる何ものかとは、「みかど」や「もろびと」が当然のように共有し、享受してきた具体的な何ものかでなければならない。

「色をも香をも知る人もなく」が『古今集』春上の紀友則の歌の引用であることは、田中裕が早く指摘しており（『中世文学論研究』塙書房、一九六九年、一四頁）、疑問の余地はないが、俊成の意図を考えるために、この歌について少し検討しておきたい。

梅の花を折りて、人に贈りける　友則

君ならで誰にか見せん梅の花色をも香をも知る人ぞ知る

歌意は「あなたでなくていったい誰に、この梅の花を見せようか。この色もこの香りも、ほんとうにわかる能力のある人にしかわからないのだから」といったもので、梅を贈られる相手こそが「色をも香をも知る人」であるという含意がある。詞書に示すような状況から、相手の鑑識眼への評価が社交辞令的に誇張されていることは当然予想でき、窪田空穂が「あいさつの歌」（『古今和歌集評釈』東京堂出版、一九六〇年）と呼ぶとおりであろう。しかしこのような場合、贈り手が単なる社交辞令よりは切実な心情を歌にこめている可能性もある。相手が、自分の心情や訴えを洞察してくれることへの期待をこめて、またそうした洞察を相手に促す意味で、梅に託してこのような歌を詠んだとも考えられる。

もちろん、この詞書からはそのような背景の事情の実態はわからない。金子元臣が「歌の底意は述懐」（『古今和歌集評』明治書院、一九二七年）とするのもひとつの見方であろう。また、契沖が『余材抄』で参考として引いて

いる『後拾遺集』秋下

　中納言定頼、かれがれになりはべりけるに、

　　菊の花にさしてつかはしける　　　　大弐三位

つらからんかたこそあらめ君ならでたれにかみせん白菊の花

が、詞書の示すような男女の状況を示していることや、『信明集』で、「あたら夜の月と花とをおなじくはあはれ知れらん人に見せばや」の返歌に友則の歌が使われていることは、恋歌とはいわないまでも男女の心理の機微を示すものとして、友則歌が解し得ることを示唆する。このような観点から見れば、友則歌はいわば詠み手の「人の心」を託された歌であり、「色」や「香」はその心の機微の比喩である。友則歌のこのような面に着目しておくことで、俊成の修辞の狙いはより解しやすくなるように想われる。自然の美をなかだちとして、詠み手と受け手の間に心情が通いあうことが、「色をも香をも知る」と表現されていると解すれば、そのような心情の交通が、「人の心」から生み出される「歌といふもの」の、他に換え難い働きであると主張されていることになる。

　右のような観点の延長上に、「何をかはもとの心ともすべき」についても、『古今集』雑上の読人《よみひと》知らず歌を引き歌として想定できる。

　　いにしへの野中の清水ぬるけれどもとの心を知る人ぞくむ

ほかならぬ「仮名序」にも、「あるは松山の波をかけ、野中の清水を汲み」と使われ、『和漢朗詠集』や院政期の歌学書にも引かれて、広く知られた歌であったと思われる。一般的な意味での引き歌と見るには、俊成の文章と語句の一致する部分が少ないが、第五句の口調が先の友則歌の「知る人ぞしる」と重なるところから、一対と

なって連想されたものと考えられるのである。

この読人知らず歌での「もとの心」とは、いまは温んでいるがかつては清冽であったか、あるいは特別の由緒があったかする、その湧き水のもとの姿もしくは由緒を指している。ただ、それだけでは歌の表現意図は理解しにくく、何らかの人間感情の比喩と考えられる。『能因歌枕』が「野中の清水」を「もとのめを云ふ」とし、『袖中抄』がこれを敷衍して「昔、心を尽くしいみじくおぼえし人の衰へたらん」を指すとするように、男女の過去の交情とも考え得る。『古今集』秋上の、

昔あひ知りて侍りける人の、秋の野にあひて、物語りしけるついでによめる　　躬恒

秋萩のふる枝に咲ける花見ればもとの心は忘れざりけり

も状況は似ている。もちろん、読人知らず歌には詞書もなく、背景の事情を確定することは不可能であるが、かつて盛りにあって今は没落した人物の心情とし（金子元臣前掲書）、「老人の述懐」と説く（竹岡正夫『古今和歌集全評釈』）など、何らかのいきさつを想定することは自然であろう。そしてこの歌も、直接の贈答歌ではないにしても、歌を受け取る側が詠み手の心情を洞察してほしいという願いを、託された歌と解することができよう。

このような意味での一対の引き歌という観点で俊成の文章を読むなら、「何をかはもとの心ともすべき」という箇所は、「色をも香をも知るひともなく」と並列的な関係で捉えられる。どちらも、「人の心」を通いあわせる歌の働きの重要さを、ことばを変えて説いているのであり、「もとの心」という語が特別に重い意味を担っていると考える必要はなくなる。第三文の言おうとすることをなるべく平明に述べるなら、次のようになるかと思わ

れる。

歌は心情に形を与えるものである。そのような歌がもしなかったならば、春秋の景物にことよせて、花の色香にも比すべき微妙繊細な心情を理解し合うこともできないし、さまざまな場合に、お互いの変わらぬ心を確かめあうこともできはしない。

このようにして第三文の思想は、「人の心」の表れとしての歌という「仮名序」に含まれていた考え方の、自然な発展として理解されるのである。

4　主題提示にむけた序奏

前節のように考える時、第三文までに俊成が述べてきた和歌観は、さほど独創的なものとは見えない。そのことはしかし、この箇所が第四文で、

この故に、世々のみかどもこれを捨てたまはず、氏々のもろ人も、あらそひもてあそばずといふことなし。

と承けられていること、それも「この故に」というかなり明確なことばで第三文を理由として示していることから見れば、むしろ自然なのである。くりかえすが、第三文までに示された歌の働きは、「世々のみかど」「氏々のもろ人」、言いかえれば王朝貴族社会の成員たちに実感的に熟知されていたはずのものとして述べられている。それこそは内面の心情に形を与え、人と人との心を通わせる働きだったのではないか。

そしてここまでの和歌観の素直で楽天的なトーンは、『古来風体抄』の主題を提示する次の箇所での深刻なトーンと、見事な対照を形づくることになる。

よりて、昔も今も、歌の式といひ、髄脳・歌枕などいひて、あるいは所の名をしるし、あるいは疑はしきことをあかしなどしたるものは、家々、われもわれもと書きおきたれば、おなじことのやうながら、あまた世に見ゆるものなり。ただ、この歌の姿ことばにおきて、吉野川よしとはいかなるをいひ、難波江のあしとはいづれをわくべきぞといふことの、なかなかいみじく説きのべがたく、知れる人も少なかるべきなり。

和歌作品の優劣判定という困難な問題が、ここではじめて『古来風体抄』の主題として明らかに示されることになる。それこそは「なかなかいみじく説きのべがたく、知れる人も少なかるべき」問題であり、誰もが感じ取っている歌の働きや効用（第三文までに述べられたもの）とは、異なる次元の問題なのである。この箇所までの論述は、この主題提示を印象づけるように、周到に組み立てられたと考えてよい。本章で読解してきた第三文・第四文までの箇所は、主題提示の部分を対照的に浮かび上がらせるための「序奏部」であったということができるであろう。そのように考えるなら、第三文の前後に俊成の独創的な歌論が説き示されているはずだと考えるべき強い理由は、ないと言えよう。

とはいえ私は、この序奏部の和歌観が、とおりいっぺんの無意味なものであると言いたいのではない。「人の心」の表れとしての和歌、という一見素朴な観点が、俊成の歌論の全体構成にとってのどのような重みをもつかについては、第四章であらためて述べることになろう。

5　補説――「もとの心」問題を中心に――

本章の初出稿は一九八〇年七月に発表された。六年後に加藤睦によって取り上げられたのをきっかけに、複数の論者の言及を受けることになった（この間の事情は、第三章とその「補説」に述べる）。初出稿は、現時点から見ると不自然な力みや遠慮があり、叙述のつながりの悪い箇所も目立つ。今回、叙述を整理し、表現も全面的に改めた。文章の印象はかなり異なったものになっていると思われるが、基本的な論旨の変更はおこなっていない。

『古来風体抄』の冒頭部についての私の基本的な立場は、第四文までを主題提示にいたる「序奏部」と見ることと、第三文に現れる「もとの心」の語に俊成歌論のキー・ワードという意味を認めず、強いてこの箇所における和歌観の基調を集約するなら、むしろ「人の心」の語を選ぶということである。このような観点は、俊成の文章表現、論述の構成が周到なものであると見て、それを信頼して受け止めようとするところから来ている。第三文についても、何か深遠な思想がこめられているという前提に立たず、文意の難解さを修辞的なものと見て、前後の文脈から突出しないような解を求めた。もちろん、このような姿勢そのものに異論があり得ることは理解している。特に、『古今集』読人知らず歌の引き歌と見る説は、初出稿の論旨全体には理解を示した加藤睦の論によっても一蹴されているので、おそらく十分な説得力がないのであろう。しかし、「もとの心」という語から当時の和歌の教養を持つ読者が、『古今集』の「野中の清水」歌や躬恒の「秋萩のふる枝にさける花見れば」、さらに「野中の清水」の隣にある、

　いそのかみふるから小野のもと柏もとの心は忘られなくに

などを思い浮かべなかったとは、考えにくい。これらの古今集歌を本歌とした後世の多くの歌を含め、和歌や物語に現れる「もとの心」は、「もともとの由緒」「昔からの心情」などを広く指すのであり、基本的に人間の心情生活に関わる語と見てよいと思われる。平安末期から釈教歌に現れる仏教語の和訳としての用法も、歌語として

の定着の上に成り立っているのである。そのような歌語または日常語としての「もとの心」の重要性を主張する意味で、いましばらく初出稿の引き歌説を維持しておきたい。

この点に関連して、初出稿では気づかなかったやや興味深い用例に触れておく。それは、第三類本『長秋詠藻』に見える、配所の崇徳院から俊成に贈られた長歌の一節である。

…　もとの心し　かはらずは　ことにつけつつ　君はなほ　ことばのいづみ　湧くらめど　見しばかりだに　汲みて知る　人もまれにや　なりぬらむ　…

ここでの「もとの心」は、文脈からは俊成の歌人としての心を意味している。それが変わらないので、今も俊成は歌を詠みつづけているであろうが、それを本当に理解できる人（つまり崇徳院のような人）はいないだろう、というのである。崇徳院と俊成との、かつての歌を介した交流の親密さが、こういう表現で回顧されているのである。それは、『伊勢物語』第八十五段で惟喬親王と業平について言われる「されど、もとの心うしなはで、まうでけるになんありける」を連想させる。もちろん、『古今集』の「野中の清水」も意識され、「泉」「汲む」の語がその連想で結びあわされている。ある点で、第三文の「もとの心」を「和歌を生み出す心」として捉える説（第三章参照）にも響きあうような用例であるが、よく見るとここでもその基本の意味は「昔から変わらない心」であることは明らかであり、また修辞としては「野中の清水」の歌と関連を持っているのである。

「もとの心」については、少し後の部分に仏教経典の引用があることを念頭に置いて仏教的背景を考える解釈（次章参照）や、俊成歌論の核心にある和歌文学の伝統と詠作主体の関係を読み込む解釈が提出されてきたし、今後もこうした観点からの論は現れるであろう。この箇所の文章表現から俊成の詠作行為の秘密をうかがおうとする観点に立つ限り、「もとの心」についてのさまざまな解釈の可能性を追求せざるを得ないのは当然である。このような観点（あるいは動機）そのものは、歌論研究のひとつの在り方として否定し得ないものであるし、そこから導かれた解釈も、俊成の和歌作品の実態と大きく矛盾しない限り、一を採って他を捨てることは難しい。

しかし一方では、あえてこの箇所を、ある意味では「浅く」（表層的に）読み、それによって俊成歌論の解明という課題を、導入部だけではとうてい覆い得ない、『古来風体抄』の包括的な読みの課題へと、送り込む試みも必要であろう。俊成が述べたかったこと、あるいは述べようとして苦しんだことは、第三文よりもう少し先を読むことではじめて明らかになる、あるいは先を読まなければ決して明らかにはならないのではないか。このことを提起することが本章の狙いである。

第二章

仏典引用が語るもの――仏教的歌論の再定義――

『古来風体抄』を難解な書物と感じさせる原因のひとつが、序の部分での仏教典籍の再三の引用であることは疑えない。そしてその「難解さ」は、俊成の和歌思想そのものの「難解さ」（さらに言えば、俊成が和歌創作の中で到達した精神世界の奥深さ）に、由来するものと考えられがちである。しかし俊成の和歌思想は、本当にそれほど難解なのであろうか？　あるいは仮にそうであるとしても、それは仏教教理についての深遠な知識を読者に求めているとか、宗教的体験のない者にはとても内在的に了解できないとかいうような意味での、「難解さ」なのであろうか？　それとも、むしろある意味では単純であることがらを、あらためて言葉で説こうとするところにいつも生じる種類の、あの「難解さ」なのであろうか？　私は後者ではないかと考えている。本章ではこの仮説の観点から、『古来風体抄』の仏典引用箇所を読みすすめてみたい。

1　なぜ『摩訶止観』序であったのか――画期性と正統性――

よりて昔も今も、歌の式といひ、髄脳・歌枕などいひて、あるいは所の名をしるし、あるいは疑はしきことをあかしなどしたるものは、家々、我も我もと書きおきたれば、同じことのやうながらあまた世に見ゆるものなり。ただ、この歌の姿詞におきて、吉野川よしとはいかなるをいひ、難波江の蘆のあしとはいづれをわくべきぞといふことの、なかなかいみじく説きのべがたく、知れる人もすくなかるべきなり。

しかるに、かの天台止観と申すふみのはじめのことばに、「止観の明静なること前代もいまだきかず」と章安大師と申す人の書きたまへるが、まづうち聞くより、ことの深さもかぎりなく、奥の義もをしはかられて、尊くいみじくきこゆるやうに、この歌のよきあしき、深き心を知らんことも、ことばをもて述べがたきを、これによそへてぞ、同じく思ひやるべき事なりける。

さて、この止観にも、まづ仏の法を伝へたる次第をあかして、法の道の伝はれることを人に知らしめたまへるものなり。大覚世尊、法を大迦葉に伝へたまへり。迦葉、阿難に付く。かくのごとく次第に伝へて、師子にいたるまで廿三人なり。この法を付くる次第を聞くに、尊さも起こるやうに、歌も、昔より伝はりて、撰集といふものもいできて、万葉集よりはじまりて、古今・後撰・拾遺などの歌のあり様にて、深く心を得べきなり。

『古来風体抄』が、天台宗の三大部のひとつ『摩訶止観』（別名『天台止観』、以下『止観』と略称）を名指しで引用するのは、右の一箇所のみである。ここで注意されるのは、引用されるのが冒頭の句と序のうちの付法次第という、大部の書物『止観』のごくはじめの部分（序分のうちの「縁起」）だという点である。いったいこの引用された二つの箇所は、『止観』にとってどのような意味を持つ部分なのであろうか。また俊成は、それをどのように受けとっていたのであろうか。

この点を考えるために、湛然の『止観輔行伝弘決』を参照することにする（『大正新修大蔵経』第四十六巻、以下の引用は同書訓点を参考に私の訓読による)。『止観』の注釈書として代表的なものであり、日本の平安鎌倉期においても、具平親王の『弘決外典抄』の存在や、寂然の『法門百首』への引用がうかがわせるように、専門学僧以外の人々にも知られていた書物である。この『止観輔行伝弘決』(以下『弘決』と略称)を参考にしながら、問題の『止観』冒頭部分について検討してみたい。

『止観』の冒頭には、「止観明静、前代未聞」という句がある。天台大師が説き、章安大師が筆録したこの書物の教説内容を、筆録者の立場から「明静」と讃え、さらにその教説がいまだかつて説かれたことのないものであることを「前代未聞」と評している。『弘決』は、この「前代未聞」の意味について、単に「止観」の二字というだけならば、当然それまでも聞かれることがあったはずであるとし、その上で、

ただし、いまだ天台(大師)の此の一部を説きて、定恵兼美にして義観双明、一代の教門を撮めて法華の経旨をえらび、不思義十乗十境、待絶滅絶寂照の行を成すがごときは、あらず。(前掲書一四二頁中段、括弧内は山本の補記)

と注している。この『止観』の教説内容が画期的で、それまでになかったという意味で独創的だったというのが「前代未聞」の意味だとするのである。

この句の後に『止観』は、この画期的な説法の行われた時日と場所、その状況を簡潔に記し、つづいて次のように述べる。

しかるに流れをくんで源を尋ね香を聞きて根を討ぬ。論にいわく、「わが行は師保なし」と。経にいはく「莂を定光に受く」と。書にいわく、「生まれながらにして知る者は上なり、学ぶは次に良し」と。法門浩妙

なり、天真独朗とやせん、藍よりしてしかもより青しとやせん。

行人、もし付法蔵を聞かばすなわち宗元を識らん。（岩波文庫版『摩訶止観』上、二〇頁）

二十三祖の付法次第（俊成が言及する部分）は、これにすぐ続けて述べられる。

『弘決』によれば、「しかるに流れをくんで源を尋ね」以下の部分は、「別序」として、「止観明静」からこの前までの「通序」と、相対するとされる。「通序」は、既に見てきたように『止観』の教説の画期的・独創的な性格がまず強調されるのだが、「別序」はこれに対して、『止観』の仏教教理としての正統性を説いていく部分である。右の引用箇所は、「通序」から「別序」への転換のために、仏法には師なくして自ら悟るという側面と共に、師から学び受ける側面が常にあることを述べている。すなわち、「わが行は師保なし」「天真独朗」とは前者の面であり、「荊を定光に受く」「藍よりしてしかもより青し」とは後者の面である。そして、この後者の面を『止観』について具体的に明らかにするのが、つづいて述べられる、二十三祖の伝承の系譜であるということになる。これによって、『弘決』が「今の止観は像末に起こりて流れの如く香の如く、金口梵音は源の如く根の如し」（同上一四三頁中段）と述べるような、仏教教説としての『止観』の正統性（起源）が確認されるのである。

実は、岩波文庫本『摩訶止観』で「第一項・縁起」とされる部分の全体が、この「正統性」と「独創性」の問題をめぐる論述であると見てよい。止観は、「前代未聞」でありながらも、はるかに竜樹の『中論』から流れ下る伝統を承けてもいる。そうしたことが、批判者への弁論の意味も込めて主張されるのである。このような一見すると二律背反的な態度は、宗教伝統の中になんらかの革新的な言説が出現し、その言説が宗教伝統とのつながりを保持しようとする場合には、かならず現れるものと言えよう。それはともかく、ここでの両面作戦的な論の組み立てをつかんでおくことは、俊成の議論との類比関係を理解する上で、きわめて重要になってくると思われる。

2　在来型歌学からの訣別と伝統への復帰——『止観』序との重なり——

ここで、『古来風体抄』序文の議論の進め方に目を戻そう。

俊成はまず、従来の歌学書の伝統的な形態である、「式・髄脳・歌枕」を大胆にも一括して否定的に評価することからはじめる。それらは、和歌に関する予備知識を与えてはくれても、個々の和歌作品の文芸的価値をいかにして判断するかについては、ほとんどなにも教えないというのが、その理由である。彼はここで、在来型の歌学（それは、彼の対抗者の六条藤家によって継承されていると考えられているであろう）から、明確に切断された新たな場所に、自らの歌論の問題を据え直そうとするのである。しかしこの新しい問題、「歌の姿詞におきて、吉野川よしとはいかなるをいひ、難波江のあしとはいづれをわくべきぞといふこと」は、基本的なことがらである分だけ、ことばによって捉えることはきわめて困難である。「なかなかいみじく説きのべがたく、知れる人もすくなかるべきなり」として、在来の歌学が踏み込めなかったのも、この困難さの故であることが暗示されている。

こうした問題の立て方によって、明らかに俊成は危ういところに踏み込んでいる。和歌作品の価値判断が、結局のところあやふやなものであり、判断する人の好みや恣意に左右されるものであったとしたらどうなるのか。

たとえば、かつて源俊頼は、『俊頼髄脳』において、「末の世」の和歌についての認識を、「よく知れるもなく、よく知らざるもなし。よく詠めるもなく、詠まざるもなし。詠まれぬをも詠み顔に思ひ、知らざるも知り顔にいふなるべし」とアイロニックに表現していた。俊頼の場合、同時代を価値基準不在の時代として見るこのような相対主義が、かえって伝統の縛りからの自由に繋がっていたように思われる。俊頼の和歌に見られる大胆な表現の試みは、「末の世」における正統的規範の喪失という悲観的認識によって、逆にむしろ力づけられていたと見えるのである。しかし、危うさを逆に力にするようなこのような姿勢は、誰にでも真似の出来るというものではない。源俊頼という特異な個性が、はじめて可能にしたと言うべきであろう。

当然、『古来風体抄』を書き始めたときの俊成の立場は、俊頼のこのような態度とは異なっていた。彼は、和歌の価値判断の問題を相対主義から救い出すことを目指して、少しずつ論を進めていくのである。そのためには、まず「ことばによって説明しがたい」というこの問題の性質を、否定的ではなく積極的な方向に価値づけ直す必要がある。ことばで説明しがたいから不確実・不安定なのではなく、むしろ深遠で重要だからこそことばで捉えにくいのだ、というふうに。ここで『止観』冒頭句が、そしてほかでもなくこの冒頭句こそが、重要な意味を背負わされて引かれることになる。「止観明静、前代未聞」は、それだけでは抽象的な短いことばにすぎない。しかしこの句は、大きく『止観』の教説全体を指し示すものと捉えられていた（この点については次節に補足したい）。これと同じく、「歌のよしあし」の判定という問題も、さしあたり直感的にしか示されないけれども、だからといって、あやふやなわけでも、あいまいなわけでもない。

このように、ことばの説明の及ばぬことの価値づけを逆転させておいて、俊成はさらに議論を一歩進める。ここで、『止観』における「通序」から「別序」への展開が参照される。『止観』の教説が、一面で独創的・一回的であり、ことばによる伝達が困難であったとされながら、他面では、釈尊以来の伝承の系譜によって、正統なものとされていた。これと同じように、和歌の価値もまた、勅撰集の伝統という具体的な支えによって裏づけられるというのである。

このように見てくると、俊成が課題としていたことと、『止観』の序の部分の論の組み立てとの間に、似通った点のあることが理解されよう。「通序」が説く、従来の教説と切断され、直接に仏教の核心に迫る「明静」にして「前代未聞」な『止観』の在り方は、在来型の歌学から切断された地点に立ち、基本的だけれども微妙で捉えがたい問題に正面から迫ろうとする俊成の姿勢と、対応する。そして、そのような「前代未聞」の教説を、なおかつ仏教の正統的な系譜の中に位置づけていく「別序」の論は、自らの問題意識を保ちながら和歌の伝統とあらためて結びつこうとする、俊成のもうひとつの志向に、対応している。おそらくは、俊成は、自らの和歌をめぐる思索を深める間のどこかの時点で、『止観』序文の論の組み立てに出会い、そこに自らの課題との共通性を見て取ったのであろう。あるいは、『止観』序の論立てに出会ったことが、彼の思索を結晶させたのであるかも知れない。いずれにせよ、俊成に『止観』を引用させたものは、彼の思索の課題と『止観』序の論の課題との、形態的な類似性とでも言うべきものであったと考えられる。

3　同時代の『止観』受容との関係

ここで、前節での想定のリアリティを検証する意味で、平安末期頃までの『止観』の受容について考えてみよう。

はやく硲慈弘『日本仏教の開展とその基調』（三省堂、一九四八年）は、平安貴族の天台教学受容を示す資料を集成している（上巻第二篇第二章「平安人士の教養としての天台教学」）。そこには、藤原道長・一条天皇が覚運から『法華玄義』『法華文句』『摩訶止観』の「天台三大部」の講義を受けたこと、藤原行成が懐寿から、歓子が慶曜から、九条兼実が願蓮から、それぞれ『止観』を学んだ記録があることが指摘されている。

説話集に目を向けると、『発心集』などには後述するように慶滋保胤が増賀から『止観』を学んだ話、また『十訓抄』第十には待賢門院の女房尾張が、出家後に大原の良忍のもとに通って『止観』の読み方を学んだという話が見える。和歌の分野では、『久安百首』の釈教部の公能の歌が『止観』によっているとされる（『秋風和歌集』詞書）のが注意されるし、寂然の『法門百首』にも『止観』に関するものが含まれる。また、寂然の兄寂超が大原で『止観』の談義をしたことが、『西行上人集』の詞書によって知られる。

これらから見ても、平安時代の貴族知識人の間に『止観』の知識がかなり流布していたこと、寂超ら「大原三寂」や九条兼実など、俊成に近しい人々の間でも受容されていたことが確かめられる。それとともに、これらの受容について、専門の僧侶の講義を聴聞するという形が大きな比重を占めていたこともうかがわれる。このことは近代以前の経典・仏教書の受容についてある程度一般的に当てはまるであろうが、特に『止観』の場合は、たとえば『往生要集』のような啓蒙書と較べればかなり難解であり、一般の貴族知識人が理解するには僧侶の講釈のなかだちが必要であったと思われるのである。

俊成は安元二年（一一七六）に六十三歳で出家して法名を釈阿と名のっているが、寺院で専門的に教学を学んだ僧侶ではない。彼の『止観』受容も、講釈の聴聞の体験を基盤としていたと考えるのが自然である。このことは、『古来風体抄』での『止観』の扱われ方からも推測できる。「まずうち聞くより、奥の義も推し量られて、尊くいみじくきこゆる」とか「この法をつぐる次第を聞くに、尊さも起こる」という表現をよく見れば、修行の方法論としての『止観』の内容の具体的な理解よりも、『止観』という書物をいわば「実体化」して感覚的に捉え、直感的・心情的に尊いものとする感じ方が前に出ていることが判る。このことは、俊成の『止観』についての感じ方が、文字通り講釈される『止観』を「聞いた」時の体験に、大きく規定されていることをうかがわせる。そうした講釈の場での体験の在り方は、たとえば次のような説話に、印象深く描き出されている。

（慶滋保胤は）年たけてぞ、かしら降ろして、横川に登りて、法門ならひ給ひけるに、増賀聖のまだ横川に住み給ひけるほどにて、「止観の明静なること、前代に未だ聞かず」とよみ給ひけるに、この入道ただ泣きに泣きければ、聖、「かくやはいつしか泣くべき」とて、拳を握りて打ち給ひければ、我も人も事にがり、立ちにけり。またほど隔てて、「さてもやは侍るべき。かのふみうけたてまつり侍らん」と申しければ、また、こりずさきのごとくに泣きければ、また、はしたなく苛みければ、後の詞もえ聞かで過ぐるほどに、また、こりずまに御気色とりければ、またさらによみ給ふにも、同じやうに「いい」と泣き居りければこそ、聖も涙こぼして、「まことに深く御法の尊くおぼゆるにこそ」とてあはれがりて、そのふみ、静かに授け給ひけれ。

（『今鏡』第九・昔語り・まことの道、本文は日本古典文学影印叢刊所収畠山本を参照し、私に校訂）

『今鏡』の編者は俊成に近しい常磐三寂の一人、寂超かと考えられている。またこの説話は『今鏡』から鴨長明の『発心集』に書承されている。登場人物は平安中期の人々であるが、話自体は俊成にとっても身近な場で伝えられていたものである。ここには、『止観』冒頭句が講釈の場でいかに感動的であったかが語られている。もちろん、説話主人公の保胤の反応は、増賀を当惑させるような極端なものではあるのだけれども、その増賀が結局は「まことに深く御法を尊くおぼゆるにこそ」と納得し、それを説話享受者が共感的に受け止めるような『止観』受容があったことに、注意しなければならない。そのような受容を前提としなければ、俊成が、なぜ冒頭句を「うち聞く」だけで「ことの深さ」「奥の義」が「推し量られ」ると言うのかは理解できない。ここには、書物の序を実質に入る前の前置きにすぎないと見なしがちな、近代的な受容とは異なるものがある。俊成が重要視したのは、彼の言葉のとおり、『止観』序を聞いた時の、まず尊く深いものを感じさせる印象である。そのことの類比によって、和歌作品の優劣が朗誦を「聞く」ことによって感じ取られること（そしてそのような直観的判断が消して浅薄なものではないこと）を示そうとしたのである。

ただし、そのように考えるとしても、俊成が持ち出したもうひとつの類比、『止観』の「付法次第」を「聞く」ことと代々撰集を学ぶこととの間の類比には、それだけ切り離すとやや無理が感じられる。代々撰集の集名の羅列をただ「聞く」だけでは、和歌についての理解は深まらないからである。これについては、前節で述べたように、直感的受容と伝統とを相互に支え合うものと見る俊成の和歌観の組み立てが、『止観』序の組み立てに相応するという観点を、補って理解しなければならない。このような序の組み立てについての理解も、講釈の場で『弘決』の説などにもとづいて説かれるところから、得られたものであったろう。

『古来風体抄』と『止観』との関係を考える時、私たちはどうしても『止観』が天台宗の実践部門である観法を解説した書物であるという、仏教学や仏教史学の基本知識を前提に考えがちになる。そうすると、和歌の創作と観法との類似性が考えられることになる。しかしそのように考えると、俊成の引用が序の部分に集中し、それ以外に観法との関係は具体的に明らかにされないという点が、どうしても不審として残ってしまう。田中裕の

「何故これをわづかに止観序に擬するに止まつて、五略・十章に及ぶあの詳細な止観全体の叙述に倣はうとしなかつたか」（『中世文学論研究』一八・一九頁）という疑念も、ある程度までこのような不審から発していると思われる（それにとどまらない問題については、次章に再説する）。しかしこのような不審は、むしろ、俊成やその同時代人の『止観』に対するイメージと、現代の仏教学・仏教史学からの内容的理解（それ自体はもちろん正確な）は、かならずしも等質でないことを示唆するのではなかろうか。

以上の論で私は、冒頭句が講釈の場で与える印象、序文の論述構造、の二つを軸にして、『止観』序の引用の意味を限定的に解釈することを試みた。しかし私は、単純に俊成の『止観』理解が、内容にわたらない、浅く表層的なものだったと言いたいのではない。むしろ、この種の文献の理解について、内容的な理解こそが「深い」理解であるという通念を問いなおしたいのである。

4　天台実相論の援用——『止観』引用の弁護——

次に、『古来風体抄』序の他の仏典引用箇所について検討しなければならない。

ただし、かれは法文金口の深き義なり。これは浮言綺語のたはぶれには似たれども、ことの深きむねもあらはれ、これを縁として仏の道にもかよはさむため、かつは煩悩すなはち菩提なるが故に、法華経には「若説俗間経書略之資生業等皆順正法」といひ、普賢観には、「何ものかこれ罪、何ものか是れ福。罪福無二主一、我心自空なり」と説きたまへり。よりて、今、歌の深き道も、空仮中の三体に似たるによりて、かよはしてしるし申すなり。

この箇所を解釈するにあたってまず押さえておかなければならないのは、これが、先に『止観』序を引用したことに対して起こり得ると予想される批判への弁論として述べられていることである。「かよはしてしるし申すなり」とは、前節で引用した箇所での二つの類比を指している。かりに単なる弁論にとどまらない意味を読みとろうとする場合にあっても、基本的な議論の枠組みが弁論であるということは、解釈の出発点に置いておく必要があるであろう。

俊成の議論は、当時においては自明なことであった仏の道の「深さ」と、歌の道の見かけの「浅さ」とを、架橋しようとするものである。その論拠を判りやすいものから取り出して行くなら、「これを縁として仏の道にもかよはさんため」がひとつである。次節でも再説することになるが、平安時代の仏教思想として広い拡がりを持っていた結縁思想（経典や教説になんらかの接触を持てば、それだけで救いの機縁になる）にもとづく。結縁思想に立てば、経典名や仏説を引用することは（極端に言えばさしたる理由のない修辞的引用であっても）、救いの機縁を書き手と読み手に与えるものとして正当化されることになる。

この立場は、平安時代の文芸と仏教とをつないできた、「狂言綺語観」とも呼ばれる伝統的な考え方と、基本において重なるものと言えよう。日本の平安時代にあって、白楽天の詩句「狂言綺語の誤ちを翻して讃仏乗の因とせん」は、「文芸は本来仏教にとって価値のあるものではないが、たとえば釈教歌のように仏教的内容をあつかったり、法会などの仏教儀礼に組み込まれたりする時、仏教的価値に結びつく」という意味合いで引用されてきた。俊成のここでの議論は、これを歌論書における仏典引用の意義づけにひろげたものと考えることができる。しかし、このような議論では、なんらかの「讃仏乗」の手段として仏教と関係づけられる時以外の文芸は、結局

「浅い」ものだということになってしまう。俊成がそれに飽き足りなかったことは、「これは浮言綺語のたはぶれには似たれども」すなわち「歌の道は浮言綺語の戯れに似てはいるけれども（実際はそうではない）」という言い方にはっきりと示されている。そこで俊成は、和歌をより包括的に仏道の「深さ」に結びつけるさらなる論点を提出しようとしている。

それは、「実相論」とも呼ばれる天台宗の現実肯定的な思想を背景とするものである。五感でとらえることのできるような現象の世界は実在しないとする「空」の観点と、現象世界を観念的に否定しないでその多様性を認識する「仮」の観点、その両者をいわば総合して偏らない「中」の観点の三つの観点（三諦）を基本とする天台教学にあって、「空」と現象世界の「相即」は重要な思想である。あえて簡単に言いきってしまえば、天台教学には現象世界すなわち「現実」を、そのまま肯定するような面が含まれているということになる。俊成がこの箇所で引用している「煩悩即菩提」（迷いと悟りとの一致）は、『止観』に再三現れる成句で、天台思想の上記のような側面を強く表現している。『法華経』の結経として法華懺法に用いられる『観普賢菩薩行願経』（普賢観）からの引用も、罪障と悟りが別々のものではないことを言う文言で、これらは、罪障の中にある衆生にも救いの可能性があることを説く説法の席などでは、しばしば引用・言及されたものであろう。ふたつの引用の間にある『法華経』からの直接の引用は、「法師功徳品」からで、法華経の持経者にとっては世俗の学問知識や生計のための営みも、仏法の教えに背理しないことを説く文言である（俊成が略した箇所には「治世語言」とあり、政治に関わる言説も「正法」にかなうとする）。これらは『法華経』じたいが含み持つ現実肯定の側面を示すもので、歴史的な順序としては、このような側面を思想的に展開することで天台教学が産まれるのである。

このように俊成は、これらの著名な章句をいわば動員して、仏法と歌道を「かよはせ」ることを正当化するのであるが、その章句の選択がまったく俊成の独創によるものとは考えがたい。やはり、天台実相論の現実肯定的な側面が強調される時代思潮を、背景として考えておく必要があろう。

天台実相論が、平安後期以降の日本の「中古天台」と呼ばれる思潮の中で、本覚思想と結びついて現実肯定的な側面を強調されて、特徴的な思想傾向を生み出したことは、岩波版日本思想大系の『天台本覚論』（一九七三年）の刊行以降、広く注目されるようになったことである。今日では、「天台本覚論」はこうした思想潮流を指す思想史上の術語となっていると言ってよいであろう。しかし、「天台本覚論」というひとまとまりの体系的な思想があるとか、そのように呼び得る具体的な宗派的集団があるとか考えることは、かならずしも当を得ない。あくまで、思想潮流を外側からくくる呼び方と見るべきであろう。その意味で私は、『古来風体抄』の上記の部分が、「天台本覚論」に「基づいている」とか、「天台本学思想の影響を示している」とかいう捉え方には立たない。むしろ、はやく上記の思想大系『天台本覚論』の解説「天台本覚思想概説」で田村芳朗が、「俊成が取り上げたものは、本来の天台思想といえなくはないが、しかし、それらは天台本覚思想によって改めて強調されたものである。」（前掲書五四三頁）と述べているのが、やはり穏当な捉え方ではないかと考える。「煩悩即菩提」は『止観』じたいにおいて強調されているし、『法華経』や、『法華経』の結経として懺法に用いられる『観普賢菩薩行願経』は、天台宗の基本的経典であって、特殊なものではない。実相論への関心に、本覚思想との同時代性が認められるということであって、本覚思想によって俊成の論が支えられているとは言えないであろうし、そのように考えることで『古来風体抄』の議論がより理解しやすくなるようには思われない。そもそも、「天台本覚論」を、特異なまでに徹底的な現実肯定、特に「煩悩」の直接的肯定といった特色から見てよいとすれば、そのような「天台本覚論」的思考法は、『古来風体抄』における俊成の論の組み立てと、うまく結びつかないという点に注意しておきたい。実相論を徹底すると、現世の営みのすべてが肯定できることになってしまう。「歌の道」の「深さ」を際だたせたい俊成にとって、実相論はいわば「両刃の剣」なのである。俊成は、包括的な現実肯定の中に歌道を溶かし込んでしまうことを意図したのではなく、先行する箇所で試みた、歌道と仏道との形態の類比の主張を、批判者から擁護するに必要な程度にだけ、実相論に助けを求めているのだということを、忘れるべきではない。

　このことは、本節冒頭に引用した箇所の最後の一文、

　　よりて、今、歌の深き道も、空仮中の三体に似たるによりて、かよはしてしるし申すなり。

の意味を考える上でも重要である。この文には、歌の道が「三体」(「三諦」の誤記、もしくはサンタイという音に引かれた表記であろう)に「似たる」という、ここまでには明確に言われていない論拠が、さりげなくつけ加えられている。しかし、「歌の深き道」のどこが「三諦」に「似て」いるのか。すでに見てきた序文の議論の展開の上に立つならば、ここで考えられているのもやはり形態的な類比(アナロジー)であって、「歌の道」の見かけの「浅き似た」るさま(現象面)が「仮諦」、その知りがたさ(深さ)が「空諦」に、両面が表裏一体となった現実のあり方が「中諦」に、あてられていると見てよいと思う。「歌の道」の「浅さ」と「深さ」の両面性への自覚は、『古来風体抄』の別の箇所(上巻、万葉集抄出への導入部分)では、

　　しかるに、このやまと歌は、ただ仮名の四十七字のうちよりいでて、五七五七七の句、三十一字と知りぬれ

ば、さすがにやすきやうなるによりて、口惜しく人に侮らるる方の侍るなり。なかなか深く境に入りぬるにこそ、むなしき空の限りもなく、わたの原、波の果てもきはめもしらずは、おぼゆべき事には侍るべかめれ。のようにも言い表される。俊成は、このような矛盾とも見える和歌の両面的な在り方を、ポジティヴに捉えようとして、三諦との類似に思い至ったものと考えられる（和歌史との関係で、もう一歩踏み込んだ類比を考えることもできるが、それについては第四章で述べたい）。そしてこうした類比は、実相論の現実肯定に寄りかかりすぎると、和歌だけを特権的に価値づけることが難しくなるという、前述の難点をある程度までカヴァーする役割も果たしている。

5　結　縁――仏典を引用すること自体の宗教的意味――

序文の末尾にあたる箇所で、もう一度、仏典への言及があらわれる。ここでも、最初の仏典引用箇所に対する批判を予想し、それに対する弁護論を述べるという枠組みあることに、注意する必要があろう。

それにとりて、歌の心姿、申し述べがたしとても、ことに仏道にかよはし、法文に寄せて申しなす事や、なほわたくしのためのことなどにこそあらめ、君もみそなはさむ事は、むねとは松と竹との歳をいひ、鶴と亀との齢などをこそ引くべけれと、そしり思ふ人もありぬべきを、身にとりて、浅茅が末の露もとの雫とならん事、明日を待つべきにあらぬを、和歌の浦の波の音にのみ思ひをかけ、住の江の松の色に心を染めて、塩屋の煙ひとかたに靡き、入江の藻屑さまざまに書きつめんことの、この道のためもかへりて愚かにやとて、もし筆の跡しばしもとどまり、松の葉の散り失せざらんほどは、おのづからあはれをもかけ、又、そしらんともがらも、この道に心を入れん人は、よろづよの春、ちとせの秋の後は、皆このやまと歌の深き義によりて、法文の無尽なるを悟り、往生極楽の縁と結び、普賢の願海に入りて、この詠歌の詞をかへして仏を讃め奉り、法を聞きて遍く十方の仏土に往詣し、まづは娑婆の衆生を引導せんとなり。

ここではまず、歌の深遠さと類比するにしても、松竹、鶴亀といった祝言にかかわる類比も可能であり、まったくの私的な著作ではなく皇族に進覧する以上、そのような類比こそふさわしいとする批判を想定する。その上で、自らの境涯を卑下して述べ、自分のような者には祝言はかえっておそれおおいから、むしろ後世の読者の仏道への結縁のために、仏典を引用したのだと弁論している。注意される点のひとつとして、謙遜の姿勢を示す類型的な文脈につながるとはいえ、歌道との類比がどうしても仏典でなければならなかったとは主張していないことがあげられる。ここからも、俊成にとっては、仏道との類比は、まず第一に「歌の心姿、申し述べがたし」という点を間接的に説くひとつの手段だった（「歌道と仏道の一致」が主張のテーマだったわけではない）ことがうかがえる。

関連して、右の引用部分の後半では、「おのづからあはれをもかけ、またそしらんともがらも」と、特に「謗らん輩」に言及している点が注目される。ここでは、『法華経』常不軽菩薩品が踏まえられていると見られる。その釈尊の前身であった常不軽は、出会う人すべてを礼拝・賛嘆し、誹謗や迫害に対しても礼拝で応え続けた。その行を受け入れた者だけでなく、誹謗や暴力を行った者までも、「二百億劫」という長い時の後には、常不軽との接触を機縁に成仏したと説かれている。非難や迫害すら結縁の一種とするこの話は、『法華経』の結縁思想の特徴をよく示す印象的なものであり、批判を予想される特殊な仏行を弁護する場合に引用されるようになる。たとえば、選子内親王の『発心和歌集』序文は、常不軽を引くことで、釈教歌という特異な仏行を誹謗する者も、その誹謗によって自分と結縁することになるのだと述べている。俊成は直接には常不軽の名を引かないが、「そしらんともがらも、この道に心を入れん人は、よろづよの春、ちとせの秋の後は、皆」と続く文言は、常不軽を連想することによってもっとも無理なく理解できるであろう。

このように右の引用部分は、『古来風体抄』における仏典引用が、この著述に関心を持つすべての人々を、往生に導く仏行としての意味を持つことを述べ、出家者の著述の序文を結ぶにふさわしい形を整えている。そこに、出家者としての俊成の意識を読み取ることができるが、たとえば「このやまと歌の深き義によりて、法文の無尽なるを悟り」の部分だけを切り出して、一般的に和歌による仏教的救済が説かれていると理解するのは、当を得ていない。俊成が問題としているのは、さしあたって、この書物で仏典を引用したことの当否であり、またその行為の仏教的意味づけなのである。

6　まとめと補説

本章では、『古来風体抄』序文に三箇所にまとまって現れる仏典への言及について、それぞれの箇所における引用の狙いを検討した。第一の箇所は、和歌の価値評価をめぐる問題への俊成の視点の独自性（直感的印象の重視と伝統への配慮という両面性）が、『止観』序文との類比によって示されている。第二の箇所では、第一の箇所での引用を擁護する目的で実相論を援用しつつ、三諦と和歌との類比という新しい観点にも踏み込んでいる。そして第三の箇所では、以上の仏典引用が、それ自体として持つ仏行としての意義を強調して序文の結びとしている。それぞれの部分が、序文全体の叙述の具体的な課題と結びついているのであり、決して漠然と仏道と歌道との一致が説かれているのではないことを確認できたと思う。『古来風体抄』は、序文の文言の掘り下げによってのみその内容が理解できるような書物ではない。俊成の和歌観の核心へ降りていくには、さらに叙述を読み進めなければならないが、その課題は次章以下（とりわけ第四章）にゆだねられる。

本章の初出稿は修士課程在学中に執筆したものであり、生硬・冗漫が目立つため、大幅な改稿を行った。ただし、基本的な論旨は、その後の私の俊成研究の前提となったものであり、今回も変更していない。中世仏教史の資料がつぎつぎ紹介され、教典・教理受容の実証的研究が大きく進展しつつある現在、本章の方法は、仏教思想の受容の問題の扱いとしてはいささか旧態の観は否めないが、この点については大方の批判を待ちたい。

初出稿とほぼ同時に、家郷隆文「俊成の「思ひ寄そへ」思考―『古来風体抄』の場合―」（『藤女子大学 国文学雑誌』21号、一九七七年四月）が発表された。天台教学を背景に持つ「思ひよそへ」が、俊成の歌論のキーワードであるという見通しのもとに、『古来風体抄』の全体構造を把握しようと試みた論考である。また、俊成の「もとの心」を天台本覚思想との関係から捉えた三崎義泉の論考は、本章初出稿および第一章初出稿を含む先行研究の細かい批判を踏まえるもので、『止観的美意識の展開　中世芸道と本覚思想との関係』（ぺりかん社、一九九九年）に収録されている。両氏の論考に対して、私の立場から改めて見解を述べるべきかとも思われるが、両氏と私見との相違は、細部のいちいちの異同を対照するよりも、全体的な把握を対比することによって、より有効に明らかにすることができるように思われる。『古来風体抄』についての私見は、本書第Ⅰ部の全体から明らかになるであろう。読者には、両氏の論考との対比の労をとっていただければと思う。要点のみを述べれば、本書の方法は、「もとの心」も仏典引用も、それぞれの箇所の文脈にいったん差し戻し、『古来風体抄』の全体的把握についでは、和歌史叙述の意味の解明を通して改めてそれを試みようとするものである。またその際、この書物を和歌創作のあり方を説いた書物としてではなく、和歌作品の価値判断（批評）のあり方を説いた書物として読むという、問題意識に立っている。そのような方法と問題意識の研究史的な脈絡については、次章で述べることになる。

第三章
主題をめぐる検討

1　研究史の中で主題はどう捉えられてきたか

前章までにもしばしば示唆してきたように、私の『古来風体抄』に対する態度は、この書の主要主題が、「歌のよしあしをいかにして見分けるか」に在ると見るものである。俊成における和歌作品の享受・評価・批評の方法や基準を、この書物から読み取ろうとするのである。この読解の核心は次の第四章で述べるが、便宜のためにその要点のみをあらかじめ記せば、歌を読みあげたり朗詠したりした際に得られる直観的印象こそが、「歌のよしあし」を見分ける究極の根拠となること、しかし、その判断が恣意に堕さないためには、判断する人（批評主体）の心が、和歌風姿の歴史的変遷や、美的価値の多元性の認識を通して、磨かれ豊かにされていなければならないこと、の二点となる。本章でまず考えておきたいのは、『古来風体抄』を「批評の問題」を扱った書物として読もうとする上記のような態度が、研究史的にどのような位置を持つかについてである。

一九八〇年七月、「もとの心」の語を含む一文をめぐる私見を、第二章の初出稿として発表したが、その約六年後に加藤睦「『古来風体抄』試論―序文冒頭部の一文をめぐって―」（『国語と国文学』一九八六年六月）が発表された。

これは、「もとの心」の語を含む一文の解釈に関して、私の説を「批判的に継承」しつつ、あらたな見解を述べたものであり、これによって、いままで孤立していた私の『古来風体抄』観が部分的にせよ支持された結果、正統的学説と見なされていた田中裕、および藤平春男の、「もとの心」の語を重く見る読み方と、私や加藤の「新説」とが対立しているという認識が、ある程度まで学界に共有されることになった。その状況を踏まえて書かれたのが、細谷直樹「『もとの心』をめぐる新旧両説の対立」（『国語と国文学』一九八九年二月）であり、私と加藤の説を批判し、田中、藤平の説を擁護する論であった。また、藤平自身は、著書『歌論の研究』（ぺりかん社、一九八八年）の中で、（書物の性格上、直接の反論という形は取っていないが）私と加藤の説を念頭において自説を再説している。なお、加藤論文は本書第四章初出稿とほぼ同時の発表であるため、第四章初出稿と加藤論文は相互に参照し得なかったものであり、細谷論文はその論の中心が「もとの心」にあったため、本書第四章初出稿には言及していない。

このようにして、『古来風体抄』についての私の態度は、学界においては「もとの心」解釈をめぐる従来説への対立という姿をとってしまったのであるが、実は、重要なのは、『古来風体抄』を全体としてどのように読むのか、すなわち藤平のように創作態度論的に読むのか、私見のように作品評価の方法を述べた書物として読むのかという問題であり、「もとの心」解釈の問題はそれとの相関においてはじめて意味を持つのである。ところで、「もとの心」の語を重視して『古来風体抄』を論じた最初の人は、おそらく窪田空穂であり、田中裕、藤平春男は、それぞれ窪田空穂の指摘を引用しながら、独自の説を展開したのである。三人の説には、相互に関連する点や共通点もあり、また『古来風体抄』についての正統的学説として一連の流れで紹介されることも少なくないが、あくまでもそれぞれが独立した個性的な学説であることは強調しておきたい。本書の他の章において、私の観点とこれら三先学の観点との相違点についていちいち述べなかったのは、三学説の全体的評価を行わずに細部の異なりを論じても無益と思われたからである。そこで、以下では、これら三先学の学説についての私の見方を、やや詳細に述べておきたい。それによって、第四章を中心とする私の『古来風体抄』観の研究史的位置や必然性を明らかにできるであろう。それによって、前掲の加藤、細谷をはじめとする諸氏からの批判にも間接的ながらこたえることになると思う。

窪田空穂の説

窪田空穂の「藤原俊成の歌論―主として艶と幽玄と本歌取につきて―」（初出一九三二年、『窪田空穂全集』第十巻、角川書店、一九六六年所収）、「藤原俊成の歌学―その現代的示唆―」（一九四六年、同上）は、『古来風体抄』の読みを通して俊成歌論を解明しようとした先駆的業績である。十年以上を隔てて書かれた二論考の間に観点の大きな変化は認められないが、空穂の『古来風体抄』観は後者により的確に示されているように思われる。

この「藤原俊成の歌学―その現代的示唆―」において空穂はまず、『古来風体抄』がきわめて難解な書物であるとし、その難解さをもたらした要因を、下問者の身分と教養の高さに対応した表現がとられていること、および、俊成自身の叙述能力の限界という、二点に求めている。このうち、式子内親王と推定される下問者への俊成の対応については、さらに次のようにも言われている（引用冒頭の括弧内は山本の補記、以下同様）。

（下問に関する上巻序文の記述の引用の後に）この質疑は、これを低く解さうとすれば解せない物ではない。俊成

> は高く解したのである。それは質疑者の和歌教養に対する深さから推して、世間一般の、歌を容易《たやす》く詠むには如何にすべきかといふ類の物とは、全く質を異にした質疑と聞いて、感激をもつて承け入れたのである。今高い意味で和歌のよしあしを言はうとすれば、その人として持つてゐる一定の標準があつて、それに照らして初めて言ひ得ることであつて、それが無くては言へないことなのである。その標準となり得るものは、和歌の本質であつて、その人の信念として持つてゐる和歌の本質に対しての理会なのである。（前掲書、一三二頁）

これはきわめて妥当で、しかも重要な指摘である。下問者の問いを、「高い意味」における、「歌のよしあし」の「標準」を問うものとして受け止め、これに答えるに和歌の「本質」を述べることをもってしようとした書。『古来風体抄』の基本的性格はここに見事に捉えられている。疑いもなく、『古来風体抄』の難解さの一因は、設定された主題がこのように高次元のものであったことにある。けれども残念なことに空穂は、右の的確な把握を具体的読みへと発展させることに成功していない。それは、『古来風体抄』の難解さの多くの部分を、第二の要因として想定された俊成の能力の問題に負わせてしまったからである。空穂はすでに「藤原俊成の歌論—主として艶と幽玄と本歌取とにつきて—」においても、『古来風体抄』は「迎へて読むのでなければ」理解できないという立場をとっていたが、ここではさらに、

> 俊成といふ人は、感性の面は鋭敏な人で、和歌の善悪を見分ける面の如きは甚だ鋭敏で、尖鋭ともいへる人であるが、知性の面はそれに比して甚しく劣つてをり、自身の感性に依つて捉へた物に解剖を加へ、これを論理的に整理するといふ如きことは全然出来なかつた人と見える。（一三二頁）

あるいは、

本来作家は理論に劣つてゐるものであり、俊成もその一人で、むしろ甚しい方であるが、といった俊成観を前面に出してきている。一般的に言って、こうした著者の叙述能力へのあらかじめの不信は、恣意的解釈への歯止めを奪う危険を多分に持つことは明らかであろう。なにゆえ空穂は、俊成歌論についてこのような極端な立場をとったのであろうか。

「本来作家は理論に劣つてゐる」という一種の俗論を別にすれば、空穂が俊成の叙述能力を疑問視する理由は、「艶」「あはれ」「幽玄」といった和歌美の理念について、明快な記述が与えられていない点にあったと推察される。こうした「作歌を指導する理念」の解説は、空穂や同時代の歌人たちがまず「歌論」に求めるものであり、それが与えられない失望が、容易に著者の叙述能力への不信を導いたことは想像がつく。しかし、もともと俊成は、秀歌の秀歌たるゆえんは言葉で説明し難いということの確認から『古来風体抄』の叙述を出発させているのであって、和歌美についての分析的な説明の欠如は、俊成の能力の問題としてではなく、その和歌を論じる姿勢・立場を示すものとして理解されなければならないのである。『古来風体抄』の叙述をていねいにたどれば、「秀歌とは何か」という問題の直接的説示の困難さ（あるいはむしろ不適切）を再三確認しつつ、なお間接的・迂回的な（しかも実践的に有効な）説示の方途を探っていく著者の粘り強い努力を見て取ることができる。仏教教理との類比、代々撰集からの抄出と各撰集への評、下巻序文における自然美との類比などの方法が、そこから案出されている。説示可能性と不可能性のあわいを追求していく類まれな知的営為がそこにあったと言うべきで、その方法が迂遠に思えるからと言ってそれを不手際としか見ないのでは、俊成が取り組んだ問題の本質的な困難さと、彼の取り組みの独創性とを共に無視することになってしまう。

先に見たように空穂は、本質的問題としての「歌のよしあし」という主題に俊成が取り組んでいたことを認めていたが、にもかかわらず、「歌のよしあし」を判定する機制や能力の側からこの問題を捉えようとした俊成の思索を、正面から受け止めることはしなかった。むしろ空穂自身にとってより大きな関心事であった、「艶」や「あはれ」といったいわゆる美的理念の性格について、またそうした美を目指して俊成が採った創作態度について、『古来風体抄』の文言に語らせることを求めたのである。「もとの心」の語を含む上巻序文の一文を中心とした自由な読解から導かれた「物心一如」の和歌観は、俊成の創作態度についての空穂なりの捉え方としては評価され得る。しかし、それを『古来風体抄』の執筆意図に対応した読みとすることはできない。ましてや、俊成の能力の欠如といった先入観を理由に、この種の深読みを一方的に正当化してしまった点は、明確に批判されるべきであろう。

ここで、加藤睦の前掲論文の関連する問題に触れておきたい。加藤が示した『古来風体抄』の主題についての把握、および空穂説批判の視点は、右に述べてきた私見とかなり近い部分がある。ただし、『古来風体抄』を、「和歌の本質を論じた書物と規定することはできまい」という加藤の言い方に私は同調できない。俊成が、「歌のよしあし」を識別する方法こそ和歌にとって最も本質的な問題であると認め、それをこの書物の主題としたという意味で、私はむしろ空穂とともにこの書を「本質論」と呼びたいのである。たしかに加藤のように、この書が通常の意味での「論」の態をなしていないと見ることは可能かもしれない。しかし私の立場は、そのような特異な形態をも含めて、この書を、俊成のいわば本質論的な思索の成果として理解しようとするものなのである。

田中裕の説

次に田中裕の論、すなわち、『中世文学論研究』（塙書房、一九六九年）第二章「俊成の歌論」第一節「古来風体抄」について述べたい。

俊成歌論に対する田中の関心のあり方は、論の冒頭に明確に述べられている。それを私なりに要約すれば、新古今期の特徴的な作風の歌論的自覚を定家歌論に認めつつ、それとの強い系譜的連関のもとに俊成歌論を捉えようとするものであった。当然のことながら、田中の『古来風体抄』の読解は、右の関心に照応するものである。すなわち具体的には、定家の『近代秀歌』が俊成ら近代六歌仙に認めた和歌史的役割（「風情主義」の克服と「姿詞」の回復への方向と捉えられている）が、俊成において既に自覚的に遂行されていたとの見通しの下に、『古来風体抄』の文言からその自覚の実態を確認していくのである。「もとの心」の語を含む文への注目もこの線上にある。田中によれば、歌合の伝統的用語「本意」の和訓「もとの心」が、俊成においては題詠の規範という以上の意味を与えられている。その結果、この文には、詠歌を単なる知的操作（「風情」すなわち趣向の創出）にとどまらない、いわば全精神的な営為として捉える俊成の姿勢が、示されているのである。

田中の綿密周到な読みは、前提となる上記のような関心に添ってたどる限り、批判の余地の無いほど見事なものである。しかし、その関心が、『古来風体抄』の著述意図や全体的構成と正面からかみ合っていたかどうかについては、疑問が残ると言わざるをえない。田中自身が論の中で、わずか一箇所ではあるが『古来風体抄』についていくぶん懐疑的とも受け取れることばを記しており、私には、それが右の点における微妙なずれを暗示するように思われるのである。

（止観の引用について述べたあと）しかしこのことについてすぐ起る疑問は、たとへ歌の姿詞心が説明しがたいにもせよ、何故これをわづかに止観序に擬するに止まつて、五略・十章に及ぶあの詳細な止観全体の叙述に倣はうとしなかつたかといふことである。もしそれに倣ふなら少くとも後の毎月抄程度の叙述は姿詞心化づいてなされる可能性もあつたのではないかなどと思はれるのであるが、この推定はいさゝか自由にすぎるであらうか。（『中世文学論研究』一八・一九頁）

もちろんこれは論述の一細部に過ぎず、また「いささか自由にすぎる」推定かとされてもいて、ことごとしく取り上げることはためらわれもする。しかし、問題の明確化のためにあえてこだわって私見を述べれば、『毎月抄』のような創作方法論・創作態度論的方向を採らなかったところに、『古来風体抄』の独自さがあり、そこにもっと積極的評価が与えられるべきではなかったろうか。俊成は「歌のよしあし」を作品の享受、評価の側から取り上げ、その判定は享受者の直観的印象に依るしかないと考えた。直観は分析的に説明できない以上、問題をさらに「論」として展開することは、（俊成の努力や能力の如何にかかわらず）ある意味では不可能であった。しかし俊成はそこで沈黙することなく、直観を内側から、すなわち享受・評価を行なう主体の側から条件づける、ありていに言えば「見識を養う」方法を、下問者に伝えようと努力した。『古来風体抄』の形態はその努力の現われであり、一見冗長に見えるかもしれない代々撰集からの抄出歌群も、和歌に対する価値観の諸相を会得させ、公平で自立した批評力を確立させるという、現実的な狙いを持っていたと思われるのである。田中の論は、『古来風体抄』をかならずしも創作論的にのみ見ているわけではないが、右に述べたような意味での本書の形態の必然性には、なお十分な関心が払われなかった憾みがある。

藤平春男の説

最後に、藤平春男が『新古今歌風の形成』（明治書院、一九六九年）第一章「態度と方法」において示した『古来風体抄』の読みについて、述べなければならない（この問題での藤平の関心に基本的変化はないと考えるので、ここでは前掲書を中心に考察し、以後の著『新古今とその前後』〔笠間書院、一九八三年〕、『歌論の研究』〔ぺりかん社、一九八五年〕を参考とする）。

藤平も、論のはじめに自らの関心の在り方を明確に述べている。それは、新古今歌風の方法論的自覚の発展を俊成歌論から定家歌論へとたどろうとするものであり、そのかぎりでは田中裕の関心とも共通する部分がある。しかし藤平の場合は、『毎月抄』（田中とはちがって藤平は真作説をとる）を含む定家歌論の創作態度論・創作方法論にきわめて近いものが、すでに俊成歌論において成立していると予想し、そうした歌論内容を『古来風体抄』から読み取ろうとするのである。したがって藤平においては、『古来風体抄』は一貫して明確に創作論的に読まれている。

その典型は、上巻序文の「もとの心」の語に、和歌伝統が形成してきた美意識としての「本意」と、詠歌主体が歌を生み出す際に働く能産的「心」との、二重の含みを見てとり、和歌伝統を主体化する俊成的な創作態度の核心をつかみ出した読みである。しかし藤平はさらに、この書の全体的構成をも創作論的に理解する。代々撰集抄出は創作における和歌伝統の摂取に、下巻序文は対象としての自然美把握における「本意」の重要性の把握に、それぞれ関係づけられる。その読解は透徹しており、関心との対応において間然するところが無い。しかし、『古来風体抄』を創作論として読むべきかどうかという点からもう一度考えなおせば、おそらく藤平とは別の読解が有り得ることが理解されよう。この点についての私見は、すでに述べたし、以下でも形を変えて繰り返すことになるので、ここでは省略に従う。

先にも述べたように、三先学の学説は独立の、そしてそれぞれ個性的な関心に貫かれたものである。だが強いて共通点を挙げれば、俊成の歌風（しかも「新古今風」を準備した、ないしはそれに連続するものとしての）を生み出した「詠作の姿勢」を、『古来風体抄』から読み取ろうとする関心がそれであろう。私は、この関心の学問的正当性や重要性、それにもとづく三氏の読みの成果を否認するのではまったくない。ただ、それはあくまでもあり得る関心方向のひとつなのであって、他の関心の在り方と並存し得るはずのものであったと考えている。田中・藤平の論が正統的学説として受け入れられて来たことは、右の関心が学界に広く共有されていたことを意味すると思われるけれども、そのような「通説化」の過程で、この関心方向の独自性についての明確な自覚が、（両氏自身は、すでに見てきたようにきわめて自覚的であったにもかかわらず）やや希薄化していったところに問題があったのではないか。なるほど『古来風体抄』は、その執筆時期から見てもいわゆる「新古今歌風」と無関係に存在したとは考え難い。しかしそのことは、本書が「新古今歌風」の創作論的自覚化そのものであることをただちに意味するわけではないし、またそのような観点からのみ読まれるべきことを意味するわけでもない。俊成の閲歴をも念頭に置けば、新風の登場によって尖鋭化した価値観の分裂に直面して、和歌作品の評価基準についての省察を深めたという側面との関連を重視することも、また可能なはずである。そのほかの読み方を立てることも、おそらく可能であろう。「歌のよしあし」を判定する方法を説こうとした書物であるとする私見は、いたずらに先学に異を立てるものではなく、そうしたさまざまの読みの可能性をはらんだ地点に本書を連れ戻そうとしたものにすぎない。

さて、『古来風体抄』の主題は「批評の問題」であって「実作の問題」ではないという私の観点に対して、藤平春男は、当時の歌論の実態から見て実作と無関係な歌論書があり得ないことを説いている（前掲『歌論の研究』一〇三頁以下「実作者のための歌論」）。実作と切り離された批評というものが、和歌に関しては考えがたいことは、藤平の指摘のとおりである。私の言う「批評の問題」という観点が説得力を持つためには、「実作の問題」と「批評の問題」が、『古来風体抄』の前後の歌論の中でどのような現れ方をしているかをたどり、私の読みに対応する『古来風体抄』の歌論史的な位置づけを明らかにしておく必要があるであろう。もとより、成立状況や史的系譜から独立の「テキスト」として歌論書を読むといった、反歴史主義的立場は私の採る所ではない。そのことも、以下の歌論史的素描によって明らかにできるであろう。

2　歌論史の中での『古来風体抄』の位置

あらためての確認になるが、『古来風体抄』を俊成に書かしめた下問者の問いは、

歌の姿をもよろしといひ、詞をもをかしともいふことは、いかなるをいふべき事ぞ、すべて歌をよむべきおもむき、海人のたく縄こと長くとも、藻塩草書き述べて奉るべきよし

である。すなわち、自らの創作の参考にするため秀歌の定義を尋ねるものであった。俊成もそれは十分承知の上

で敢えて（空穂の表現を借りれば、この問いを「高く解する」ことによって）、「歌のよしあし」を判定する批評行為の機制と方法の側に回答の中心を置き、創作行為に関してはいくつかの箇所にどちらかと言えば技術的な注意を記すにとどめたのである。歌論書執筆におけるこの選択は、こうした徹底した形ではおそらく歌論史上に例を見ない特異なものであった。しかし、その発想じたいは、平安中期から鎌倉初期に到る歌論の流れから弧立して生まれたものではない。以下、そのことをできるだけ簡潔に示してみたい。

秀歌を詠むことの困難―偶然性

まず、実作と関わろうとする歌論に対して現われる本質的な困難とは何かを、公任以降の歌論からたどって行くことから始めよう。

公任歌論の実践的志向は、たとえば『新撰髄脳』の次の箇所に見て取れる。

心姿、相具する事かたくは、まづ心をとるべし。終に心ふかからずは、姿をいたはるべし。そのかたちといふは、うち聞き清げに故ありて歌ときこえ、もしは珍しくそへなどしたるなり。ともに得ずなりなば、いにしへの人おほく本に歌枕を置きて、末に思ふ心をあらはす。（日本古典文学大系『歌論集』〔岩波書店〕により、表記を一部改める）

これに先立つ箇所で公任は、「心姿相具」の理想的秀歌を定義しているのであるが、それでこと足れりとせず、実作の場で理想的秀歌が得られない時のいわば次善の策を述べていく。「心姿相具」の歌、「心深き」歌、「姿」のよい歌、「歌枕」に拠った歌、という順序は、単なる価値序列ではなく、実作者が意識的努力によって詠出することの難しさの度合いに対応していることに、注意するべきであろう。すなわち、「心深い」歌はすぐれた歌人でも歌ごとに詠むことは困難であるが、「姿」に破綻の無い歌ならば、一定の習練を経た歌人ならば努力すればかなり恒常的に詠み得ようし、歌枕・序詞等に依拠した型にはまった表現の歌ならば、相応の歌学的知識のある者なら誰でも何とか詠めるはずである。このように考えると、『新撰髄脳』の叙述は、自発的感興の有無にかかわらず場面しだいでそれなりの歌を詠まなければならない歌人たちの立場を、公任がよく踏まえていたことを物語っていると感じられる。そのような目で見れば、もうひとつの論書『和歌九品』も、実作者が場面や力量に応じてどの程度の歌を目指すかを定めるための、指標となるものであったと見られよう。

最上の秀歌とはどういうものかを頭で承知していても、実際に詠作場面でそのような歌を詠み得るとは限らない。あたりまえのことのようであるが、公任がこのことの十分な洞察の上に立って、秀歌の定義に終らない実践的な歌論を立てていることの意味を軽視するべきではない。この問題は、もう少し理論的に言い換えれば、作者が詠作過程の全体を自已の理念と意志の下に統御し切ることの不可能性ということになる。いかなる芸術創作においても、作者の意のままにならない偶然的な要因は関与すると思われるが、短詩型文芸においてその割合は大きくこそなれ小さくなることはないであろう。この難問は、後述のように以後の歌論にさまざまな影を投げかけていくが、さしあたってそれに最も端的な表現を与えているのは院政期の清輔である。『袋草紙』雑談から引く。

以意空事ノ不叶意ハ和歌也。ヨクモヨクヨマムト思時、別様ニ被読。打ヤリノトキモ吉時アリ。又数日案モ、俄事モ、唯可然テ出来者也。又可劣トモ不覚人ニ被読ハ歌也。

（意を以てするに、むなしく事の意に叶はざるは和歌なり。よくもよく詠まむと思ふ時、別の様に詠まる。うちやりの時もよき時あり。また、数日案ずるにも、にはかの事も、ただしかるべくして出で来るものなり。また、劣るべしとも覚えざる人に、詠まるるは歌なり。）（原文は藤岡忠美校注新日本古典文学大系『袋草紙』岩波書店、三八三頁。訓読は同書を参考に、一部私意による。引用箇所冒頭「空」の字は片仮名「スルニ」等の誤写かと疑われるが、同書に従い「空しく」と訓んでおく。）

「自分で意図しても、どうしようもなくて意図通りにならないのが和歌というものだ。意気込んで精神を集中しても、おかしな歌になってしまうことがある。よいかげんに詠んでも秀歌ができることもある。数日間苦吟しようが、その場の即興であろうが、できるときは自然に秀歌ができる（できない時はできない）。自分に比べてたいしたことのないはずの歌人に、自分よりよい歌を詠まれてしまうというのも、和歌ではままあることだ。」清輔のこの率直な表白は、実作者のための歌論がかならず直面しなければならない困難のひとつの在り処を示している。

秀歌の規準の客観性

歌論にとってのもうひとつの困難は、どのような歌が秀歌かを、客観的に定め得るか、という問題である。こちらの方は公任歌論では顕在化していないが、院政期に入って和歌をめぐる価値観が多様化し始めるとともに歌論の中で自覚されてくる。たとえば源俊頼の『俊頼髄脳』は、

歌のよしあしきを知らん事は、ことのほかの大事なめり。（京都大学附属図書館蔵顕昭本により表記を一部改める。俊頼髄脳研究会編『顕昭本俊頼髄脳』一四一頁）

として、公任による和泉式部歌の優劣判定の話、とりたてて名歌ともされていない歌を「ものの霊」が賞した話などの説話を示した上で、

我は人よりもわろく詠み、人よりもあしく知れるぞと、思ふべきなり。（同上、前掲書一四二頁）

という不可知論的な方向に傾いている。しかし、この問題に関して端的な自覚を示しているのはやはり清輔で、前引の『袋草紙』雑談の別の箇所で、『俊頼髄脳』と同じ公任の和泉式部評の説話を引くに際して、

和歌者人ノ心々也。（和歌は人の心々なり。）（同上、三六五頁）

すなわち、何が秀歌かの判断は人によりまちまちなものだという見解を記している。清輔がふと洩らす感懐のように記しつけたふたつの事柄は、じつはいずれも本質的であり、けっして「六条家歌学の限界」などという偏見に引きつけて処理してはならないものである。清輔が実証的な歌学に打ち込んでいった背景には、歌論につきまとうこうした不確定な条件への深刻な自覚（言い換えれば「文芸的」歌学の困難さへの自覚）が在ったと、思われてならない。

もちろん、清輔とは異なる選択もあり得た。たとえば清輔と同時代の俊恵は、創作過程における偶然性の関与の少ない部分を見定め、そこにおいて最大限の技量を発揮できるよう努力するべきだという立場をとった。鴨長明の『無名抄』に残された言説に、その立場が集約されている。

風情はおのづから出で来るものなれば、程につけつゝ、求め得る事もあれど、かやうの事（その風情に適した表現を選ぶこと）に上手にて、そのけぢめは見ゆるなり。（「珍しき詞還りて失と成る事」、小林一彦校注、『歌論歌学集成第七巻』三弥井書店、二一六頁）

「風情」（趣向・着想）は偶然的にも得られるが、風情に応じて一首の表現を完成させる段階は、歌人の能力の支配下にあるというのである。しかしその一方、秀歌の判定については、やはり鴨長明への教訓として、

わが心をば次にして、あやしけれど、人の褒めも誹りもするを用ゐ侍るなり。(「歌人は証得すべからざること」、同上、二二〇頁)

と述べている。これは、おのれをむなしくして精進するべきだという態度論であって、取り立てて主体的価値判断の放棄を求めているわけではないかもしれない。しかし、残された言説から窺う限り、俊恵の歌論では、父俊頼や清輔がたどりついた秀歌の基準をめぐる不可知論・相対主義が、そのまま「執道」や「数奇」(執着と熱中)を尊ぶ一種の精神主義へと横滑りしている感は否めない。創作過程と創作方法についての優れた洞察を示した俊恵は、作品の価値判断の方法については、それに見合うだけの言説を残さなかった(「補説」参照)。

藤原定家の位置

ここで、時間の順序としては次に触れるべき俊成歌論を後にまわし、定家歌論に目を向ける。すると、右に見てきた院政期までの諸歌論とは、異なる発想に立っていることがわかるであろう。定家の創作態度論は、理想とするべき歌の風姿を古典の中に見据えつつ、詠作に専心することを求めるものであるが、それは公任歌論のように秀歌が詠めない場合の次善の策を設けたり、俊恵歌論のように没我的な刻苦精励に傾斜したりする余地をほとんど含まないのである。

ことばは古きを慕ひ、心は新しきを求め、及ばぬ高き姿を願ひて、寛平以往の歌にならはば、をのづからよろしきこともなどか侍らざらん。(『近代秀歌』)(日本古典文学大系『歌論集』により、表記を一部改める)

和歌無師匠、只以旧歌為師。染心於古風、習詞於先達者、誰人不詠之哉。(『詠歌大概』)(同上)

いずれもよく知られた文言であるが、注意したいのは、「をのづからよろしきこともなどか侍らざらん」「誰人不詠之哉」に見られる、己れの創作態度の有効性に対する強い自負である。ここには、創作過程に入りこむ、作者の意志のままならぬ偶然性という問題への拘泥は、もはや見られない。もちろん定家にしても、現実の詠作場面において、偶然性の問題から自由であり得たはずはないし、（「をのづから」の一語が暗示するごとく）彼自身がそのことに無自覚であったとも思われない。ただ彼は、理想とすべき風姿にしっかりと目標を定めて詠作に励めば、結果として（つねに確実にではないとしても、いわば確率論的に）秀歌は得られると考えることによって、問題を新たな次元に移したのである。

もっとも『毎月抄』について言えば、詠作者の心理状態を整えるための「景気の歌」の論といった、創作過程をいわば技術的に支配しようとする、一面で俊恵の立場にも近い観点が見られる。しかし、『毎月抄』を（真作と仮定して）含めて考えても、定家歌論の特質は、古歌という具体的・歴史的実在を規範として把握することにより獲得された、詠作への確固とした姿勢に在ったと言えるのであり、それは、たとえば、価値判断の領域において投我的な精神主義に傾いた俊恵の姿勢とは一線を画するものであった。なぜなら、右のような定家の姿勢が現実に有効となるためには、単に古歌の中に理想を発見するのみでは不十分で、さらにそのことを踏まえて、（創作途中の自作をも含めた）同時代の歌に対して、適切で明確な価値判断をなし得る主体的規準が確立されなければならないからである。それによってはじめて、古歌の風姿は、単なる尊崇の対象ではなく、実作を領導する生きた価値理念として機能し得る。ここにおいて、清輔を悩ませたふたつの難問は、同時的、相関的に解決されることになるであろう。

しかし、このあたりの事情について、定家の歌論書はかならずしも多くを語らない。わずかに『毎月抄』に、

凡そ、歌をよく見わけて、善悪をさだむる事は、ことに大切の事にて候。ただ人ごとに推量ばかりにてぞ侍ると見えて候。（中略）ただ、ぬしによりて歌の善悪をわかつ人のみぞ候める。まことにあさましき事と、覚え侍る。これは偏に是非にまどへるゆゑなるべし。おそらくは寛平以往の先達の歌にも、善悪の思ひわかたん人ぞ、歌の雌雄を存ぜるにては侍るべき。（冷泉家時雨亭叢書『五代簡要・定家歌学』［朝日新聞社］所収影印により、表記を一部改める）

として、主体的判断の重要性、就中、その判定能力と古歌に対する鑑識能力との密接不可分を説く言説が見られる。しかし、その能力の具体的解明はこれ以上なされない（それに代わるように、この直後には住吉杜での霊夢という神秘体験が述べられる）。

ただし、定家における主体的価値判断力（批評主体）の確立については、同時代の後鳥羽院による証言がある。周知の『後鳥羽院御口伝』の定家評、

歌見知りたるけしき、ゆゝしげなりき。（中略）傍若無人、ことわりもすぎたりき。他人のことばを聞くにおよばず。（山本校注『歌論歌学集成 第七巻』三弥井書店、二八四頁）

がそれに他ならないが、本稿の観点から同時に注目しておきたいのは、定家評の結びをなす次の言説である。

歌見知らぬは、事欠けぬ事なり。撰集にも入りて、後代にとゞまる事は歌にてこそあれば、たとひ見知らずとも、さまでの恨みにあらず。（同上、二八七頁）

これは、鑑識力・批評力の有る作者が、常に、必ず、実作の場において秀歌を詠み得るわけではないという現実

を踏まえての立言である。それは、明白にあの「意を以てするに…事の意に叶はざるは和歌なり」以下の清輔の概嘆と通底する。つまり後鳥羽院は、詠作過程の偶然性（詠作主体の統御の限界）という誰にも乗り越え難い条件を、あらためて定家に向けて突き出すことで、主体的価値判断という定家の立場の存立基盤を、相対化して見せたのである。ともあれ、定家の実作者としての卓抜な資質とその鋭敏な鑑識力・批評力が表裏一体であることを、後鳥羽院自身が誰よりもよく承知していたことも、また確かなのである。

後鳥羽院が定家評の形で扱った問題を、順徳院は『八雲御抄』用意都の冒頭で、より一般化された形で次のように論じている。

されば、歌を心得ることは、詠むよりは大事なり。その深き心を知らずして、深き心詠まむ事かたかるべしといへども、一つ様にかなひていひおほせつれば、おのづからよき事もあれども、凡ての歌悉くにかなはず。堪能の人たびごとに秀逸にあらず、さしもなき歌人もよき歌は詠めども、すべての歌のやう、さらに同じものにあらず。かはりたるなり。歌を見知り心得ること、この道の至極なり。（八雲御抄研究会編『八雲御抄　伝伏見院本』和泉書院、一六七頁。一部表記を改める。）

ここにも詠作過程の偶然性という現実（「堪能の人たびごとに秀逸にあらず。…」）は強く影を落としているが、しかしそのことと拮抗する形で、「歌を見知り心得る」鑑識・批評能力の重要さがあくまで強調されていることが注意される。

このように、後鳥羽院と順徳院の歌論において、「歌を見知る」力（鑑識・批評の能力）は、秀歌を実際に詠作することに還元され得ないが、しかしそのことと微妙な形ではあるがきわめて強く関連する、そしてまたすぐれた歌人には不可欠の、能力として意識されるに到っている。後鳥羽院も順徳院も、秀歌とは何かという判断が人さまざまであることを認めているし、秀歌の認識が秀歌の実作を保証しないことも知悉していたが、もはや俊恵以前のように、そのことを不可知論に結びつけてすますことはできなかった。彼らにこのような認識の形成を促したのは、主体的価値判断能力を体現した定家の存在そのものであったと考えられよう。しかし、定家において確立されている批評主体の内部構造は、両院の論からはもとより、前述した如く定家自身の著述からも明確に知ることができない。

俊成歌論とその沈黙

このあたりで、今まで言及を控えてきた俊成歌論の位置づけについて述べなければならない。

右に述べてきた問題、とくに『後鳥羽院御口伝』に示された定家の主体的な価値判断と、俊恵における没主体的なそれとの対照は、はやく田中裕が「秀歌の問題」（『中世文学論研究』所収）において注目したものであり、私の記述のある部分は、田中の指摘を私なりの観点からたどりなおしたものにすぎない。そして田中の見通しによれば、定家の主体的秀歌観を準備したのは俊成なのである。

ただし、田中の関心は秀歌観における「個人的」性格と「衆議判的」性格との対比に置かれていたため、俊成については、この対比によく対応する『無名抄』所収の自讃歌をめぐる説話が取り上げられるのみで、『古来風体抄』への言及は無い。一方、私の視点から言えば、『古来風体抄』が主題とした「歌のよしあし」は、定家における「歌を見知る」ことへと直結するのであり、定家における主体的価値判断の歌論的解明は、ある程度まで、遡って『古来風体抄』に求め得るのである。私見によれば『古来風体抄』は、和歌をめぐる価値観の歴史的変遷と多様性を知ることと、生いきとした直観的鑑賞力を磨くことを通して、同時代的価値観から自立した、しかも単なる硬直した尚古主義ではない、同時代に対して有効性を持った批評能力の確立を求める書物であった（次章参照）。定家が俊成のこの立場を全面的に承認し継承しているかどうかはなお検討の余地があるにせよ、先に見てきたような定家的批評主体の確立に、俊成のこうした教説が大きく関与していたことは疑い得ない。

しかし、興味深いことに、『古来風体抄』そのものは、この鑑賞・批評能力が実作にどのように貢献していくかについては、ほとんど沈黙を守っている。なにゆえ俊成は、もう一歩踏み込んで批評の方法論から創作論へと説き及ばなかったのであろうか。私見によれば、あの詠作過程における偶然性への、深刻な自覚こそが俊成を沈黙させたのである。『慈鎮和尚自歌合』十禅師跋で彼はこう言っている。

すべてこの道は、いみじく言はんと思ひ、古き物をも見尽くすさむなどするにも、さらによらざるべし。かつは、たださきの世の契りなるべし。

仏教思想を介して語られてはいるが、俊成がここで見つめている事態そのものは、実は「意を以てするに…事の意に叶はざるは和歌なり」と記した時の清輔や、「堪能の人たびごとに秀逸にあらず」と述べた時の順徳院が見ていたものと、別のものではない。この文言を記した時点をはさんで、『古来風体抄』初撰本と再撰本は成っている。すくなくともそれらに記されたような形での古歌受容の意義を、この時の俊成が疑っていたとは思われない。しかし、たとえ多くの古歌を読み味わい、和歌の風姿の変遷に学んで高度の批評力を身につけ、それを自作の詠作過程で生かしたとしても、そうした努力を結果としての作品が裏切る場合の少なくないことを、実作者としての俊成は痛いほど知っていたのである。このあたりの機微について、『古来風体抄』は全て下問者の明察にゆだねて語らなかったと見るべきであろう。

俊成が語らなかった所から定家は語りはじめ、定家が述べない部分を俊成は主題化していた。私たちがそれぞれの沈黙の部分を他方からの類推で補えば、二人の和歌観をきわめて類似したものとして描き出すことができる。しかし、どこで語りどこで黙するかは、それぞれの歌人の和歌に対する見方の反映でもある。『古来風体抄』と定家の歌論との関係は、文芸について本質的に論じるという困難な課題に対する、異質な選択の型を示すものとして捉えることもできる。『古来風体抄』を創作論的にのみ読むことは、右のような俊成・定家関係の興味深い一側面を、かえって見えにくくするのではなかろうか。

補記

本章初出稿は、次章初出稿の後に執筆・発表されたが、内容的には次章の前提となるため、ここに置いた。その扱いにあわせて冒頭部分を変更したほか、全体にわたって表現にかなり手を入れたが、基本的な構成と論旨は変更していない。歌論書の本文の引用については、できるだけ近年までの研究成果を取り入れるようにした。

文中に触れた俊恵の歌論の創作論的性格については、本章初出稿と前後して執筆した山本編『中世歌人の心―転換期の和歌観―』（世界思想社、一九九二年）第二章「自覚化される詠歌過程―俊恵」で論じた。その末尾にも補記したように、本章では、論旨の都合上俊恵歌論が俊成歌論のいわば引き立て役に使われていて、評価のバランスを欠いている面があるかも知れない。その点を含め、本書後半の論述は俊成歌論の位置づけを鮮明化することに狙いがあるため、公平な歌論史という点から見ればなお不十分な点が少なくないが、現時点までの私の考察は、いまだ本章に述べた以上に出ない。

なお、本章前半で扱った研究史は、狭義の国文学研究の分野に限られている。日本美学の分野では、尼ヶ崎彬『花鳥の使　歌の道の詩学』（勁草書房、一九八三年）が、『古今和歌集』から近世歌学までを視野に入れた通史的な歌論研究の中で、俊成歌論について論じている。「詩的主観」をキーワードとした鋭利な読みは、本書、本書第一章・第二章・第四章・第七章に重なり合う問題を扱うが、批評意識と創作意識との連続性を重視している点で、私見とは異なる。一々の相違点をあげつらうことは煩瑣に過ぎるので避け、読者には参照の労をとることをお願いしたい。

第四章

和歌史から何を学ぶのか――俊成的批評主体の条件――

今まで再三にわたって『古来風体抄』の主題について、私なりの理解を述べてきた。本章では、この理解に立って、この書の全体像をどの程度まで一貫したものとして把握できるかを検証することにしたい。

歌論書もひとつの作品であり、独自の表現行為の所産であって、和歌詠作の単なる副次的な派生物であるわけではない。それゆえ、歌論書の読み方は、その行間から著者の実作上の秘密を窺うようなものに限定される必要はなく、むしろ書き手が著述にあたって意識的に設定した主題と論述構成とに即して、読まれることが重要である。『古来風体抄』について言えば、俊成がこの書に託した問題は直接には実作の問題であるよりは此評の問題、「いかなる歌をよき歌とずるか」に関わる問題であったというのが、私の見方である。もちろん、前章に述べたように、「実作の問題」と「批評の問題」は歌論の世界において切り離せない関係にある。しかしそのことは、ふたつの問題が区別されなくてよいということを意味しない。『古来風体抄』を一箇の独立した思想表現として捉え、その性格を解明するためには、俊成自身が設定した主題に即して、その内容を把握する作業は必須である。

本章で『古来風体抄』は、隠れている歌論をうかがう手がかりとしてではなく、端的に、「歌論的恩索のすぐれた表現」として読解されるはずである。

1　二本の柱――直感と伝統――

『古来風体抄』の主題は、どのようにして歌のよしあしは見分けられるのか（作品に対する価値判断の基準はどのようにして知られるか）である。それは、上巻序文の冒頭近くで、式・髄脳・歌枕などの従来の歌学書を批判して、

ただ、この歌の姿詞におきて、吉野川よしとはいかなるをいひ、難波江の葦のあしとはいづれを分くべきぞといふことの、なかなかいみじく説き述べがたく、知れる人も少なかるべきなり。

と述べていることから、いちおう明瞭なのである。しかし、右の文言は、本書の主題の表明であると同時にその主題を追求することの困難さの表明ともなっている。続く部分では、その困難さを天台止観との類比によって確認しつつ、しかもその類比を手がかりとして、この困難を切り抜ける方向をも示唆しようと試みるのである。このような屈折の多い論述展開は、仏語・仏典引用の頻出とともに、上巻序文のある箇所をやや難解なものにしていることは否定できない。けれども、主題はすでに明らかであり、その主題をどのように追求するかという構想の提示が序文の内容をなしているはずである以上、その点を見失うことなく序文の全体の組み立てを見通す必要があろう。

そこでまず、序文の前半と後半との文言における次のような対応関係に注意したい（記号は、論述の便宜のために山本が加えた）。

〔A1〕しかるに、かの天台止観と申す文のはじめのことばに、「止観の明静なること前代もいまだ聞かず」と、章安大師と申す人の書きたまへるが、まづうち聞くより、ことの深さもかぎりなく、奥の義もをしはか

られて、尊くいみじくきこゆるやうに、この歌のよきあしき、深き心を知らんことも、ことばをもて述べがたきを、これによそへてぞ同じく思ひやるべき事なりける。

〔Ａ２〕かならずしも錦ぬもののごとくならねども、歌はただよみあげもし、詠じもしたるに、なにとなく艶にもあはれにもきこゆる事のあるなるべし。

Ａ１は、「式・髄脳・歌枕」型の従来の歌論書への批判に発した主題表明（はじめに引用した箇所）に続く文言であり、Ａ２は、『後拾遺集』序への批判的言及を受ける部分である。すなわち、いずれも従来の歌論への批判を足がかりにして俊成の見解を述べる形をとっている。その際の、彼の主張の核心は、「よき歌」が「よき歌」であるゆえんは言葉を尽くしても説明できるものではなく、朗読・朗詠された歌が聴き手の心にじかに訴えてくる印象から、判定されるほかはないということである。そのことは、Ａ２の部分に簡潔に説かれるが、Ａ１の『止観』への言及も、秀歌が秀歌であることの言語による説明を越えたあり方と、その認識方法としての直観的（聴覚を通して心に作用する）享受の重要性とを、類比によって示唆する所にあった。なぜなら、章安大師の巻頭句は、『止観』の膨大・難解な教説を要約したり分析的に説明したりするものではなく、むしろ、簡潔な感慨の表現の力と、それを読み上げる説法僧の声の効果が、『止観』の深遠さを聴聞者に一挙にして直観させるものだったからである（第二章参照）。またＡ２の文言は、俊成の和歌観を集約した言説としてあまりにもよく知られてはいる。しかし、これをただちに俊成が好んだ特定の風体に関連づけるべきではない。むしろ秀歌判定の基準という主題をめぐる議論の第一の柱となる、秀歌の在り方の説明超越性、そして秀歌認定の直観性を、確認した言説としてまず理解しなければならない。この二箇所の文言が、いずれも在来の歌学への批判に導かれていることは、俊成がこの問題を既成の権威から独立した場に（享受者・批評者の主体的課題として）引き据えたことを意味している。

しかしそれは一方で、俊成なりのやり方での和歌伝統への還帰、伝統の再評価を準備するものでもあった。すなわち、「説明超越性と直観重視」という第一の柱は、次に示すようなもう一本の柱によって補強されるのである。

〔B1〕さて、かの止観にも、まづ仏の法を伝へたまへる次第をあかして、法の道の伝はれることを人に知らしめたまへるものなり。（中略）この法を付くる次第を聞くに尊さも起こるやうに、歌も昔より伝はりて、撰集といふもののいできて、万葉集より始まりて古今・後撰・拾遺などの歌のありさまにて、深く心を得べきなり。

〔B2〕この道の深き心、なほ言葉の林を分け、筆の海を汲むとも書き述べんことは難かるべければ、ただ上、万葉集より始めて、中古、古今・後撰・拾遺、下、後拾遺よりこなたざまの歌の、時世の移りゆくに従ひて、姿も詞もあらたまりゆくあり様を、代々の撰集に見えたるを、はしばし記し申すべきなり。

ここに示された俊成の論の第二の柱は、時代ごとの和歌の風姿の変遷に勅撰集（ここでは万葉集を含む）を通して親しむことにより、秀歌の判定基準を体得できるという見方である。『古来風体抄』の大半を占める万葉集と七勅撰集からの抜粋歌群の役割が、これらの文言によって説明されていることは、言うまでもない。

さて、上に引用してきた各部分の序文の中での位置は、A1・B1・A2・B2の順になっている。B1とA2の間とB2の後には、『止観』と歌道とを類比させたことを弁護する仏典引用を含んだ箇所があり（第二章参照）、A2とB2の間には、「ある高きみ山」からの執筆依頼のいきさつを記す。しかし、論述展開の骨組みを形づくっているのは、Ａ１とＡ２、Ｂ１とＢ２という同一趣旨の反復である。もしも『古来風体抄』に本質的な難解さがあるとすれば、Ａ１・Ａ２に示された第一の柱と、Ｂ１・Ｂ２に示された第二の柱とが、どのように媒されるのかという点にこそあるであろう。秀歌が秀歌であるゆえんは、説明不可能でありながら、なおかつ和歌の風姿の変遷を識ることを通して認識可能であるという。それならば和歌の風姿の変遷はどのように学ばれるべきであり、何を、そこからつかみ取るべきなのであろうか。そうして得られた何かは、特定の和歌作品を直観的印象によって評価する過程に、どのようにして参与するのであろうか。これらの疑問は、具体的には、『古来風体抄』の撰集抜粋をどのように読むことが俊成の意図に適うか、という問いにつながるであろう。この点があいまいならば、序文と撰集抜粋とを含んだ『古来風体抄』の構成の全体的な意味を明瞭に把握することはできない。

しかし、この疑問の解答は、序文の中から直接には見出しがたい。したがってこれに関して参照すべきは、まず代々勅撰集の性格について俊成が記しているコメントであり、さらに撰集抜粋の中に散見される俊成の左注の類であろう。それらの中に、秀歌の判定基準を理解しようとする読者が、撰集抜粋をどのように学ぶべきかについての、示唆が含まれているかもしれない。この点を、次節で考えたい。

2　和歌史を作る「人の心」

歌を生み出す心—表現意識

まず、歌の風姿が時代につれて変化することを重視した俊成は、歌をそのように変転させていく動因についてどのような認識を持っていたか、という点から考えてみよう。よく知られているように俊成は、上巻序文の冒頭

箇所で、

やまと歌の起り、その来たれること遠いかな。ちはやぶる神代より始まりて、敷島の国のことわざとなりにけるよりこのかた、その心、おのづから六義にわたり、その詞、万代に朽ちず。

と和歌の歴史を概括した後に、それを受けて、

かの古今集の序にいへるがごとく、人の心を種として、よろづの言の葉となりにければ

と続けている。ここに、「人の心」と和歌の歴史的展開との間の相関についてのある認識を窺うことができるように思われる。そこで試みに、上巻の和歌史の概説部分の中にあらわれる、「人の心」の語を追ってみたい。たとえば『万葉集』についての論評では、「人の心」は次のような形で問題にされている。

ただし、上古の歌は、わざと姿を飾り、詞を磨かむとせざれども、世もあがり、人の心もすなほにして、ただ、詞にまかせて言ひ出だせれども、心も深く、姿も高く聞ゆるなるべし。

万葉歌のすぐれた心姿は、上古の「人の心」の純粋さの直接の反映であるとされる。ここで「人の心」は、歌を詠む人、創作者の心を指している。万葉歌の作者の「心」についての言及は、『万葉集』から歌を抜粋した部分の左注にも見える。巻二の有間皇子の歌「家にあれば笥に盛る飯を草枕旅にしあれば椎の葉に盛る」について、

飯などいふ事は、この頃の人は、内々には知りたれど、歌などにはよむべくもあらねど、昔の人は、心の褻・晴なくて、かくよみけるなるべし。

と注し、巻三の大伴旅人の讃酒の歌についても、心の褻晴の区別が俊成の時代とは異っていたことを示す歌として説明している。つまり、万葉歌人の「表現意識」とでもいうべきものに注目して、その意識と人びとの生活感

情全般との関係が、万葉時代と後の時代とでは異っていたと解するのである（上巻末尾の万葉の用字法や同心病の解釈の部分にも、上代人の表現意識に即して歌を見ようとする俊成の姿勢は現われている）。

重層する価値意識

しかし俊成が考えている「人の心」と歌との関わりは、こうした創作者の表現意識という面に限定されない。再び『万葉集』についての論評に目を戻すと、人麿についての次のような記述が見られる。

柿本朝臣人麿なん、ことに歌のひじりにはありける。これは、いと常の人にはあらざりけるにや、かの歌どもは、その時の歌の姿・心にかなへるのみにもあらず、時世はさまざま改まり、人の心も、歌の姿も、折につけつつ移り変はるものなれど、かの人の歌どもは、上古・中古・今の末の世までを鑑みけるにや、昔の世にも、末の世にも、みなかなひてなん見ゆめる。

この人麿賛美は、時代の変化につれて人びとの歌に対する好み・価値意識が変わり、なにを秀歌とするかという基準もおのずと異っていくものだという認識を、前提として成り立っている。そのような「人の心・歌の姿」の変遷を人麿が「鑑みて」いたという見方は、人麿を神秘化する単なる修辞ではないであろう。和歌についての価値基準が時代的に変動する面と、それにもかかわらず時代を越えて普遍的である面（言い換えれば、伝統として継承される面）との両面を見ようとする、俊成の立場がそこに託されていると見られる。そして、ここで触れられている、和歌の優劣を定める価値意識という要因は、『古今集』にいたって、撰集撰者の意識という要因として現われてくると考えられているのである。そのような脈絡の中で、この集の頃ほひよりぞ、歌のよきあしきもことに撰び定められたれば、歌の本体には、ただ古今集を仰ぎ信ずべき事なり。

というよく知られた立言がなされることになる。とすれば、『古今集』が「本体」と言われるのは、和歌の優劣を定める明確な意識を持って選ばれた最初の勅撰集であるといういわば歴史的な意味あいと、あらゆる時代に仰がれるべき根本規範という意味あいとの、二重の意味を持つことになる。たしかに俊成は、『古今集』離別部の貫之の作「結ぶ手の雫に濁る山の井のあかでも人に別れぬるかな」に「歌の本体は、ただこの歌なるべし」という評価を与えるほか、『古今集』からの抜粋の部分でいくつもの歌に左注で讃辞を与えている。とはいえ、『古今集』を支える価値意識が俊成の時代に無条件に妥当すると考えていなかったことは、春上巻頭二首目の貫之歌について、

この歌、又古今にとりては、心も詞もめでたく聞ゆる歌なり。「ひちて」といふ詞や、今の世となりては少し古りて侍らん。

と注し、同じ七首目の読人知らず歌にも、

古今の歌には、心・詞いみじくをかし。

と注するように、『古今集』固有の価値意識を限定づける表現が見られることから明らかであろう。先に引用した人麿観をこれに重ねて見ると、価値基準についての俊成の認識は一元的ではなく、時代性（歴史性）と普遍性の両面を相関的に捉えようとするものであったことがうかがえる。

はたして、『古今集』以下の撰集については、かならずその集を支える価値観の歴史的性格についての論評が

見られるのである。まず『拾遺集』『拾遺抄』に関する部分。

しかるを、大納言公任卿、この拾遺集を抄して拾遺抄と名づけてありけるを、世の人、これをいま少しもてあそぶほどに、拾遺集は、あいなく少しおされにけるなるべし。この拾遺集もまた、後撰集の後いくばく久しからざれども、なほ古今・後撰に漏れたる歌も多く、当時の歌よみの歌も、よき歌多かりける上に、万葉集の歌、人麿・赤人が歌も多く入れられたれば、よき歌もまことに多く、また、少し乱れたる事もまじれる故に、抄は殊に良き歌のみ多く、また時世もやうやう下りにければ、今の世の人の心にも、殊にかなふにや、近き世の人の歌よむ風体、多くはただ拾遺抄の歌をこひねがふなるべし。

俊成は公任による精選という観点（今日では否定されているが）から『抄』の性格を考えている。すなわち、公任の価値意識が公任時代の「世の人」の意識に受け入れられた結果、『抄』は『集』を圧倒して流布した。そのように、「今の世の人の心」すなわち俊成の同時代に至る時代の人びとの意識にも適合しており、『抄』は俊成にとって当代的価値意識の基盤をなすものと考えられていた。この『抄』の当代性という点は、『拾遺集』からの抜粋の中の貫之の歌、「桜ちる木の下風は寒からで空に知られぬ雪ぞ降りける」に付された次のような注にも関連する。

この歌は、古今集の承均法師の、「花の所は春ながら」といへる歌の、古きさまなるを、やはらげてよみなしたれば、末の世の人の心にかなへるなり。

承均法師の作の着想に新たな形を与えたのはむろん貫之の表現意識の働きであるが、自身が古今集撰者である貫之の意識が全面的に「末の世の人の心」に連続するとされるのではない。そこに、貫之の作品中からこの歌を

『拾遺集』にえらび入れた花山院の価値意識、さらに『拾遺抄』に採り、『金玉集』ほかの私撰集にも選び入れて、この歌を貫之の代表作として流布させた公任の価値意識等が重層的に介在しているのである。このように、俊成の和歌の歴史についての見方は、古い時代の歌を古い姿の歌とするだけの単調なものとは違い、時代につれて重なり合って働いていく、いくつかの次元の価値意識を視野に入れていたのである。そういう和歌史観を示そうとするのでなければ、『古来風体抄』は、勅撰集から抜粋が大きな部分を占める、いま見るような形をとる必要はなく、歌のみを列記する単なる「秀歌撰」付載でこと足りたはずなのである。

このことをもう少し追跡しておこう。

3　撰者の心――勅撰集評の意味――

同時代的なものと伝統

先に引用した『拾遺集』と『拾遺抄』との比較においては、広い撰歌範囲から多くの歌を採った花山院の価値意識に対して、「末の世の人の心」に合致する方向でそれらを精選した公任の価値意識が区別されていた。各時代の人びとの価値意識の動向と、すでに存在する和歌作品の累積との接点に、さらに編者の個性（批評意識）が位置しているという問題への関心が、このあたりからより明瞭に浮かび上ってくる。そして『後撰集』の性格が、『拾遺抄』とは対照的に、

古今の後の後撰は、いかなるにか、歌も古き姿をむねとし、詞も殊に古きさまに書かれたるがいみじきことなるとぞ申し伝ふめる。

と記述されることにうかがわれるように、和歌の歴史的変遷に対する撰集撰者（たち）自身の態度こそが、彼等の価値意識の個性を規定するものとされるのである。したがって『後拾遺集』以下の勅撰集についての論評は、このような面からの各撰者の姿勢への批判として、読むことができる。『後拾遺集』についての論評、

多くの歌よみどもの歌積もれる頃ほひ撰びければ、いかによき歌多く侍りけん。されば、げにまことにおもしろく、聞き近く、ものに心得たるさまの歌どもにて、をかしくは見ゆるを、撰者の好む筋や、ひとへにをかしき風体なりけん、殊によき歌どもはさる事にて、はざまの地の歌の、少しさきざきの撰集に見合はするには、たけの立ち下りにけるなるべし。

は、もちろんあまり好意的な評とは言えないのであって、それはこの後に続く経信の『難後拾遺』への言及、

かの大納言の歌の風体は、また殊に歌のたけを好み、古き姿をのみ好める人と見えたれば、後拾遺集の風体を、いかに相違して見え侍りけん。

からも感じられる印象である。けれども俊成は、『拾遺集』時代以降に累積した多くの秀歌が採られている点で『後拾遺集』によい評価を与えてもいるのであって、後拾遺抜粋の結語として、

おほかたみな近き世の心にかなひて、もらすべきも侍らねど、ことなるどもを記しつけ侍れば、みなをかしくこそ侍るめれ。

と記している所にも、それはあらわれている。この「近き世の心」は、「近き世の人の心」と同義であろう。つまり、当代的な価値意識にかなう秀歌が『後拾遺集』に多く含まれていることを俊成は認めていた。その当代的価値意識そのものを彼が無下に否定しているわけではない。ただ、撰者通俊に、「近き世の心」を踏まえつつそ

こから一歩を抜き出る見識が欠けていたことが、明確に批判されているのである。その見識とは、具体的には歌の「たけ」（格調）への志向である。「たけ」への志向が、歌の「古き姿」の尊重と密接に結びつくものと見られていることは、経信の『難後拾遺』についての記述から明らかである。つまり、ここで俊成は、当代の人びとの価値意識を代弁するだけでなく、和歌文学の伝統を踏まえ、歌の格調にも配慮することのできる批評主体を範型として考えているわけである。

『金葉集』と『詞花集』の対比

金葉・詞花両集の論評もこれと同じ観点からなされている。『金葉集』については、上巻の勅撰集史の箇所には評言的な言葉を記さないが、下巻末尾に、

金葉集は、撰者のさほどのうた人に侍れば、歌どもも、みなよろしくは見え侍るを、少し時の花をかざす心の進みにけるにや、当時の人のみはじめより続き立ちたるやうにて、少しいかにぞ見え侍るなるべし。

という論評がある（俊成が見ているのはもちろん二奏本である）。俊頼の歌才を高く評価していた俊成は、その観賞力にも基本的には肯定的ながら、同時代の作品を評価する志向が勝ちすぎるところに、欠点を認めていると言える。『後拾遺集』の場合のようにそれが集の「たけ」を損なっているというまでの批判こそ無いが、より古い歌の中から秀歌を見出す評価能力とそのための積極的姿勢が、『金葉集』の撰者に不足するものとされたのである。次の『詞花集』については、

後拾遺集えらぶ時、能因法師の玄々集をば、などにかありけん除けるを、詞花集には、勅撰にあらねばとて、

> 玄々集の歌を多く入れたればにや、後拾遺の歌よりも、たけある歌どもの入りて、集のたけもよく見ゆるを、又、今の世の人の歌のさまでならぬにや、殊の外の歌どものあるとぞ、人申すべき。又、地の歌は、多くはみな誹諧歌の体に、みなざれをかしくぞ見えたるべき。

のように、能因を介して『後拾遺集』以前に撰歌範囲を遡らせ、「たけ」有る歌を撰入した姿勢を評価する反面、同時代の歌に対する撰者自身の批評能力にはきわめて否定的である（集の長所としての格調は、撰者の批評能力というより、『玄々集』の撰者能因の批評能力に帰されているように見える）。しかし、この『詞花集』評が、先の『金葉集』についての論評をちょうど裏返したような形を持っていて、「たけ」という形での伝統への配慮と、同時代の歌への鑑識眼とが、やはり対をなすように捉えられていることは注意される。『詞花集』については下巻末尾でも、

> 詞花集は、ことざまはよくこそ見え侍るを、あまりにをかしきさまのふりにて、ざれ歌ざまの歌の多く見え侍るなり。「葦間にやどる月見れば」といへる歌は、ありがたく侍るものを、その風体の歌を撰ばずなりにけるは、かつはさかしらする者どもの侍りけるにや。

と述べ、実作者としては「葦間にやどる月見れば」の秀歌を詠んでいる顕輔の、撰者としての能力に疑問を呈している。ここからも、実作の能力と批評意識とを、俊成が同一平面で見ていないことは知られる。また、「さかしらする者ども」が誰を意識して言われているかの問題は別として（井上宗雄・片野達郎校注『詞花和歌集』笠間書院、一九七〇年、解題では清輔らを指すとされる）、撰集作業の過程での周囲からの干渉が、撰者の主体的で明確な評価基準の確立を妨げたかもしれないという見方も注意される。「六条藤家への反感」といった感情的要素はもちろんあるとしても、それのみに還元できないところとして、同時代の価値意識からの撰者（すなわち批評主体）の自

立・自律を重視する、俊成の姿勢を読み取るべきであろう。

『千載集』自讃の意味―理想的撰者像

さて、上巻では、後拾遺・金葉・詞花の三集についての記述は、

歌の有り様の変はりゆく程も、撰者の心々も、撰集にみな見ゆる事なるべし。

と結ばれ、次には俊成自身が撰者となった『千載集』についての記述が続くわけであるが、その内容はやはり、既に見てきた各集の「撰者の心々」への批判と密接に関わっている。

おほかたは、この近き世となりて、私の打聞・撰集せぬ者は少なかるべし。そのおもむきは、みな当時の歌多く（「補注」参照）、又、各々が引き引きに従ひて、歌の数よき程にはからひつつぞ、したるべき。それを、この千載集は、ただ我が愚かなる心ひとつに、よろしとも見ゆるをば、その人はいくらこそといふこともなく記しつけて侍りし程に、いみじく会釈少なきやうにて、人すげなかるべき集にて侍るなり。

現実には『千載集』においても、作者別入集歌数への配慮は行なわれたはずであり、その点については先学の検討もある（久保田淳・松野陽一校注『千載和歌集』笠間書院、一九六九年、有吉保編『千載和歌集の基礎的研究』笠間書院、一九七六年、谷山茂著作集三『千載和歌集とその周辺』角川書店、一九八二年、など）。しかし、私がむしろ注意したいのは、ここで卑下・弁解の装いをもって語られた「愚かなる心ひとつ」の在り様に、俊成が理想とする撰者（批評主体）の姿に重なるものが認められるという点である。右の部分で『千載集』と対比された同時代の私撰集は、当代的価値意識に捉われて「当時の歌」にのみ目を向け、歌人達への配慮を撰者の見識よりも優先している点を批

判されている。それは、後拾遺・金葉・詞花に対するのと共通の見方に立った批判であると言えよう。すなわち、当代的価値意識や同時代作品への不十分な対応と、歌の歴史や伝統への無理解や無関心とを、表裏一体のものとして考える見方である。つまり、ここで俊成が『千載集』は自分一個の見識によって撰歌したと断言する時、その背景には、自らは古歌を含めた和歌風姿の広い認識の上に批評基準を確立し得ているという、自信があったはずなのである。この事情は、下巻末尾での『千載集』への言及、

千載集は、また愚かなる心ひとつに撰びけるほどに、歌をのみ思ひて人を忘れにけるに侍るめり。されども後拾遺の頃までの歌のかしこく数多く残りて侍りけるなん、集の冥加には見えける。

を参照すれば、よりよく理解されるであろう。『後拾遺集』と重なる撰歌範囲から秀歌を拾い得たことを、俊成が単なる僥倖と考えていたはずはない。『後拾遺集』撰者や（『玄々集』に依存したにすぎない）『詞花集』撰者には欠けていた、和歌の伝統的格調美に対する見識を持ち得たからこそ、その見識を以て『後拾遺集』が撰び残した作品に臨むことにより、この成果が得られたと考えていたはずである（『千載集』から『古来風体抄』に抄出された拾遺・後拾遺時代の作品には、「人もがな見せも聞かせも萩の花咲く夕かげのひぐらしの声」「外山吹く嵐の風の音聞けばまだきに冬の奥ぞ知らるる」など和泉式部の四首のほか、馬内侍・赤染衛門・相模・藤原範永などの作があり、俊成が「集の冥加」とした歌はこれらを含むものと推定される）。こうした見識が得られた時、当代的価値観は相対化され、それへの埋没は克服されて、同時代の歌に対しても主体的な判定が可能となるのである。

先にも述べたように、『千載集』の実態から見れば『古来風体抄』の『千載集』自評はことば通りに受け取りにくい。しかし、実態との距離にのみこだわったのでは、この評が『古来風体抄』のなかで狙っているものは見

えてこないであろう。それまでの勅撰集評からのつながりの中で読むなら、そこに描かれたのは、あるべき範型に近い撰者像として受け取り得るものである。現実の撰集作業の中では実現し得なかった理想的な批評主体のあり方を、このような仕方で俊成は示唆したのである。

4　批評主体の課題

批評主体に課せられた条件

もはや明らかなように、勅撰集の撰者の姿勢をめぐる俊成の見解は、『古来風体抄』の読み手が和歌の風姿の変遷をどのように学ぶべきかについての、直接の示唆となっている。和歌の歴史を知るということは、単に知識として風姿変遷の事実を学ぶことでも、特定の古典的作品を範型として仰ぐことでもない。何を秀歌とするかという価値意識の時代的変動と、同じ時代の内部での多様化とに目配りを与えた上で、あらためて自己の内部に多様性・多元性を含み込んだ価値基準を確立することが求められているのである。やや具体的に言えば、「歌の本体」としての『古今集』に価値意識の基準点のひとつを置き、和歌の歴史をつらぬく伝統的価値観を摂取する一方で、各時代の有力な表現意識や価値意識に親しみ、さらに自らの同時代の価値意識の志向をも認識して、いずれの時代の歌についても「よきあしき」を判断し得る見識を確立することである。その意味で、すでに引用した人麿の歌才についての評

時世はさまざま改まり、人の心も、歌の姿も、折につけつつ移り変はるものなれど、かの人の歌どもは、上古・中古・今の末の世までを鑑みけるにや、昔の世にも、末の世にも、みなかなひてなん見ゆめる。

を、そのまま批評主体の課題として読み換えることができるであろう。あるいは、やはり先に引いた『後拾遺集』の論評にもとづいて、「通俊的な同時代志向」を、「経信的な伝統志向・同時代批判」へと克服的に包含する、というふうに、この課題を言い表すこともできると思う。

これまで再三述べてきたように、秀歌が秀歌であるゆえんは、歌の朗詠を聞く時に「なにとなく艶にもあはれにも」印象されるという、その直観の中にしか求め得ない、というのが俊成の基本的な立場であった。そこでもし、直観的印象を受け取る批評主体が何ら条件づけられないならば、その判断は恣意性や不安定さを免れないであろう。しかし実は、直観的印象の受け手は、無条件に放任されるのではなく、いま見てきたような意味において確立された批評主体であることを要請されていたのである。俊成歌論の第一の柱である秀歌の説明超越性・直感性の論が、和歌の歴史的変遷の認識の重視という第二の柱によって補佐されるべき必然性が、ここにあった。

では二つの柱の接続はどうなるのか。

和歌の歴史の認識とは、時代ごとに移りゆき多様化する表現意識と価値意識、「人の心」のさまざまに親しむ、理解作業であろう。そのようにして多様性を含みこんだ批評主体の「心ひとつ」は、次に能動的に働いて、歌の「よきあしき」を判断することに向う。とはいえこの移り行きは、批評主体の内部で体験的に行なわれるしかない。あくまで、今昔の歌についての深い理解がおのずから秀れた直観的批評力として顕現するということでしかないのである。

仏教思想との類比―観想と修行

この問題に関連して、再び仏教思想に目を向けておくことは無意味ではないであろう。とくに天台系の思想においては、悟入の体験によってしか達し得ない言語を絶した真理と、人間から人間へとことばによって伝達（教示）され得るものとの関係、そしてこの二面の高次における総合が、様ざまな面から問題にされてきた。絶対的真理を「空諦」、人間的真理を「仮諦」、両者の総合を「中諦」として示す「三諦」の教説が、この問題を包括的に表わしていることは言うまでもない。それればかりではなく、たとえば『摩訶止観』序分・縁起において、真理の不可説性（「諸法は寂滅の相なり、言をもって宣ぶべからず」）と可説性（「大経にいわく、因縁あるが故にまた説くことを得べし、と」）の両面が問題になるのも、そのような観点からである（岩波文庫『摩訶止観』上二九頁・三〇頁）。より実践的な場面では、真理の観想と具体的な修行とのいずれが欠けてもならないことがしばしば強調されるが、それも三諦の教理を根拠としていることは、次のような例から知られる。

行者、常に諸法の本よりこのかた空寂なるを観じ、また常に四弘の願・行を修習せよ。空と地とに依りて宮舎を造立せんとするも、ただ地のみ、ただ空のみにては、終に成すことあたはざるが如し。これはこれ諸法の三諦相即するに由るが故なり。（『往生要集』大文第四の第三、日本思想大系『源信』一〇二頁）

さらにまた、仮の世界にとらわれている衆生を、彼等の心に適った教説によって救済することが仏教者の課題と考えられ、そこで「空に従いて仮に入る」方法が問題となる。

仏は衆生の心のさまざまなるを鑑み給ひて、因縁譬喩を以て、こしらへ教へ給ふ。（鴨長明『発心集』序、貴重本刊行会『鴨長明全集』所収慶安版本）

大聖は、人の心を観じて為に法を説きたまふ。（『法華玄義』第一、昭和新纂国訳大蔵経第十一巻二七頁）

などと言われる仏陀の姿勢は、広く菩薩の道を行ずる仏教者たちに求められる姿勢でもあった。そこに、人間の心の多様性に対する関心と洞察が、仏教的に意義づけられる領域があったのである。ひるがえって『古来風体抄』を見れば、秀歌をそれと認める直観力と、上古以来の膨大な作品群に親しむ地道な努力とは、観想と修行のように不可分の二面であった。そして後者の努力は、和歌をめぐる各時代の「人の心」の様ざまを、あたかも菩薩行におけるように洞察・理解することを求めるものであった。さらに、和歌風姿の変遷を学ぶことが直観的批評力に結びつくその仕組みは、知識的・論理的なものではなく、あくまで体験的な、それ自体もいわば批評主体の「心」の直観的な総合作用に待つものであった。そのような総合作用は、「三千は一念の心に在り」（三千種類の多様な宇宙が精神の一瞬の働きのうちに包含される）と『止観』が説くところに似ていると考えることもできる。

いま、歌の深き道も空仮中の三体に似たるによりて、通はして記し申なり。

と上巻序文で俊成が述べた時、彼が考えていたのは、和歌の世界（それを支える「人の心」の多様性）が批評主体の「心」に課す課題の、困難さであったのではなかったか。もちろんそれとの密接な関わりにおいて、秀歌の秀歌たる理由の説明不可能性と、代々撰集という具体的言語表現との、橋わたしの機微が意識されていたに違いない。天台教学との相似は、批評主体が直面する問題の、実践上と理論上での微妙さに関係していたのである。すでに第二章で述べたことに加えて、この箇所のさらに一歩の読み込みとして、右のような可能性を示しておきたい。

とはいえ、以上のような仏教思想との類比を考慮に入れても、風姿の歴史的変遷の認識と、「よみあげもし、詠じもしたるに、何となく艶にもあはれにも聞ゆる」というあくまで直観的印象に依拠した秀歌観とが、どのように橋渡しされるかの直接の説明は得られない。仏教との類比は、むしろその説明の困難を示唆するのである。ただ、その点で俊成を批判する前に忘れてはならないのは、『古来風体抄』下巻の序文が、和歌批評の方法についてもうひとつ別の（やはり間接的・類比的ではあるが）示唆を、読者に与えようとしていることである。

5　下巻序文における自然美と和歌美

自然美の例示の意味への疑問

下巻序文は四季の景物の移り変わりを叙した美しい文章であるが、その歌論上の意味は、冒頭に次のように説明されている。

又、歳月のあらたまりかはるにつけつつ、歌の姿詞はさまざま思ひよそへられ、その程、品々も見るやうに覚ゆべきものなり。

この説明の問題点は、四季の景物に「思ひよそへられる」ところの「歌」が、どんな歌を指すかであろう。後に続く景物描写に、古歌や既存の歌の修辞が多く織り込まれていることは、「思ひよそへられる」歌が古歌・既存歌であるかのような印象を与える。そう考える場合、先の説明は、四季の景物からそれを素材とした既知の和歌作品が連想され、景物と作品との対比によってその作品（既知の和歌）の品格がおのずから判定される、といった意味になろう。たとえば、

花の盛りになれば、吉野の山の桜は残れる雪にまがひ、まして雲居の花の盛りは、白雲の重なれるかと心もおよびがたきを、

という部分は、景物としての「吉野の桜」「大内の桜」から、『古今集』春上の「み吉野の山辺に咲ける桜花雪かとのみぞあやまたれける」や、『詞花集』春の「九重にたつ白雲と見えつるは大内山の桜なりけり」が連想され、同時にそれぞれの歌の品格も判定できるということを表わしていることとなろう。この解釈はいちおう明快である。しかし、それだけに、この文章の歌論的含意は尽きるのであろうかとの疑問も残る。同時に、次のような箇所では、文章の修辞から直接に古歌・既存歌が連想されにくいことも注意される。

> 五月の三日、九重のうちを思ひ出づれば、橘のうちかほれる軒近くあやめの御輿かき立てたるに、御階の前より南ざまに、何となき時の花を左右に立てわたしたる程、あやめの香うちかほりたるなど、たとへんかたなきものなり。

五月五日の節に先立ち、六衛府の官人達が南庭に菖蒲の輿を立てる行事を叙している。五月五日や菖蒲に関係する歌は無数に有るが、とくに菖蒲の輿を詠んだ歌としてよく知られたものは見当らない。あるいは、

> ぬるでの紅葉のわきて色深きを折りて見れば、葉ざしなどはなつかしからずながら、色の深さもあはれに、（中略）まして、楓の紅葉は、葉のさま、枝、茎まで、近くて見るさへあはれになつかしくぞ見えたる。

のような精細な観察的描写は、直接には古歌の連想を呼びにくいように思われる。もちろん、厳密に言えば、俊成の当時に知られていた和歌の全てを参照しないかぎり、古歌・既存歌とのかかわりの有無は判定できない（それは不可能である）。けれども、右に引用したふたつの箇所では、文章の筆致じたいが、対象の美への俊成の愛着を表わす自立性を示しており、かならずしも既存の歌への連想に奉仕していないように思われる。むしろ、下巻序文の全てを、景物からそれを題材とした既存歌への単純な連想関係の、例示としてだけ見ることに、無理があ

るのではなかろうか。ここで俊成の言う「思ひよそへ」とは、いったん情景そのものを深く感受した上で、はじめてそこに生起してくる、より普遍的な連想の働き方なのではないだろうか。

もうひとつの解釈として、和歌実作の前提となる自然観照の態度がここに説かれているとする見方があり得る。この文章には、自然に対する新鮮な感受性と古歌修辞の摂取との両面が表われているだけに、この見方には魅力があるが、俊成自身がこの文章に与えている意味づけとは抵触するのである。すなわち、冒頭文の、「歌の姿・詞はさまざま思ひよそへられ」を、新たに風情を得て歌を詠み出すことと解するのは無理であり、「その程、しなじなも見るやうに覚ゆ」ほ、やはり既に完成されている和歌作品への評価判断を言うものと解するほうが自然である。しかも、文章の末尾では、冒頭に述べたことを敷延して、

歌の姿心も、ただかやうによそへて心得れば、まことに高く清げにも、艶に優にも、また、さまでならねどひとふしをかしきさまも、程々につけて、よそへられぬべき事なり。

と述べられている。この説明でも、「よそへ」ることによって「心得」られるのは、和歌作品の美の多様な様態であって、その創作方法ではない。やはり『古来風体抄』での俊成の関心は、批評の方法に向けられていると言わなければならない。

美の多元性の比喩―下巻序文の真の意味

そこで、下巻序文をどのように読むべきかという問題を、もう一度考えなおしてみたい。

注意されるのは、列挙される景物に対する評価的言辞に、次に示すような段階的な書き分けが施されているこ

とである。

○C群

〔C1〕雲居の花の盛りは、白雲の重なれるかと心もおよびがたきを

〔C2〕垣根の卯の花に時鳥のうちしのび、籬の撫子の朝露に開けたる程などは、又たぐひ忘れぬべきを

〔C3〕五月三日、九重のうちを思ひ出づれば、（中略）たとへんかたなきものなり

〔C4〕籬の女郎花に虫の声々露けく、野辺の秋萩に鹿の妻問へるなどは、いふべきにもあらず

〔C5〕籬の菊、霜にうつろひゆくなどは、又いふべきにもあらぬを

○D群

〔D1〕雪のうちより咲き出でたる軒近き紅梅、賤の垣根の梅も、色はことごとながら、にほひは同じく手折る袖にもうつり、香り身にしむ心地するを

〔D2〕井手の山吹にかはづの鳴き、岸の藤波に夕べの鶯、春の名残惜しみ顔なるなども、さまざま身にしむ心地のみするを

〔D3〕まして、楓の紅葉は、葉のさま、枝、茎まで近くて見るさへあはれになつかしくぞ見えたる

〔D4〕つゐに緑の松の上の雪などは、年さへ残りなくなるにつけても、袖の氷も身にしみまさる心地してこそは覚ゆるやうに

○E群

〔E1〕岩垣沼のかきつばた、山下照らす岩つつじなどまで、程につけては心うつらぬにあらず

〔E2〕さまでならぬ道の辺のあふちの花の風にうち香り、庭の紫陽花の四ひらに置ける露に、夕月夜のほのかに宿れるなどは、いみじく捨てがたく見ゆるを

〔E3〕紫苑・藤袴などはさまでならぬも、昔を忘れず夢の枕に通ひけんも、あはれ浅からず

〔E4〕ぬるでの紅葉の分きて色深きを折りて見れば、葉ざしなどはなつかしからずながら、色の深さもあはれに

右のように整理したものを「歌の姿心も、ただかやうによそへて心得れば、まことに高く清げにも、艶に優にも、また、さまでならねどひとふしをかしきさまも、程々につけて、よそへられぬべき事なり」と見較べる時、「さまでならねど」という用語のE2・E3との共通性をはじめ、全体的にも対応が感じとれる。もちろん私は、「高く・清げ」なる美がC群の景物に、「艶に優にも」がD群に、「ひとふしをかしきさま」がE群に、そのまま対応すると言うのではない。俊成の言う「思ひよそへ」は、そうした硬直した対応関係ではなく、もう少し柔軟で、場面により可変的なものだと思われる。ただ、C群においては「類比や説明が及ばないほど感動的な美」が、D群においては「心に浸透してくる叙情的な美」が、E群においては「やや思いがけぬ所に現われる発見的な美」が、それぞれ描かれていると捉えることはできるであろう。すなわち俊成は、四季の景物の美にさまざまな傾向・性質のものがあること、しかもそれは全く無秩序な多様ではなく、それなりの秩序を持つものとして見渡すことができることを、示しているのである。

景物の美は、それと性質の似た印象を享受着の心に与えた和歌を、「思ひよそへ」させる（その場合、その歌が、その景物じたいを素材としている必要はない。この点で、ほぼ同時代の『歌仙落書』が、各歌人の風体を景物美との類比によって

示す手法を用いつつ、類比に用いる景物を、各歌人の歌が素材として取り上げた景物とは無関係に、選んでいることは示唆的である。「補記」参照)。このような連想作用の反復によって、自然美の多様性と和歌美の多様性が、それぞれ全体としての秩序（多元的構造とでも言うべきもの）を持っていることが了解されてくるであろう。俊成はおそらく、自然美と和歌美とのこのような対応を示すことで、ともすれば形式的に用いられがちになる「たけ高し」「艶」「をかし」等の批評語に、自然美への感動と等質の生き生きした感受性の働きの裏づけを求めていたと思われる。和歌美の多様性に対応し得る批評主体は、感受性の活性化を通じて美の多元的構造を体験的に自覚する必要があったのである。

たしかに我々の側から客観的に見れば、ここで俊成の描く自然美は、それじたいすでに和歌的な知識を通して見られている。けれども、そのことを俊成の意図の解釈に短絡的に結びつけるべきではない。俊成は自然を和歌的に見ることを規範化しようとしたのではなく、和歌美への感覚をみがくために、自然美への感動から何ものかを汲み上げるべきことを説いていたと考えたい。

6　結　語

思えば、嘉応二年（一一七〇）『住吉杜歌合』の跋文に、

沉むや、汐路はるかに置く網のひきひきなる人の心なれば、海士の浮け舟心ひとつに定むることはありがたくなむあるを、かの神風伊勢島には浜荻と名づくれど、難波わたりには葦とのみいひ、あづまのかたにはよしといふなるがごとくに、おなじき歌なれども、人の心よりよりになむあるうへに、

と書きつけた時、「人の心」の多様さによる評価基準の浮動性を乗り越えて、批評の方法を確立するという問題は、すでに俊成の念頭に胚胎していたはずである。その省察の深化が、『千載集』の編纂作業に携わる中で促されたであろうことは、その時期の『御裳濯河歌合』一番判詞での、公任歌論への疑義にも窺われる（第七章参照）。「よしなき判をのみかきつもりたる事を思ひて」奉納した文治六年（一一九〇）の『五社百首』が、伊勢神宮に「ただ看る明月の影」の霊夢とともに納受されたことは、俊成に自己の方法への自信を強めさせたであろうし、建久期良経歌壇での新旧歌風の対立は、あらためて批評の問題を熟考する契機となったと思われる。

見てきたように、『古来風体抄』は、「人の心」の様ざまを和歌の歴史を通して展望するとともに、和歌美の多様性と秩序への感受力を磨くことにより、「人の心のひきひき」から批評者の「心」を自立させる方向を示した。相対主義や不可知論に埋没することない、批評主体の確立が求められたのである。もちろん、方法についての一般的示唆から具体的な作品評価の実践までの間には、主体の体験によってしか埋められない部分が残っている。こうした部分を『古来風体抄』から読み取ろうとすることには、そもそも無理があると思われる。それはたとえば、歌合判詞に見られる俊成の批評方法の実際の側から明らかにされるべきであろう。

（補注）この箇所、初撰本は「当時の歌おほえ」と読める。「おほえ」を「覚え」と解しても明解を得ないため、再撰本を参考に、「え」を、俊成自身が「く」を誤記したものと見て校訂した。前後の文脈からもこれが自然であると考えるが、自筆本の校訂については異論もあるかと思われる。諸賢のご批正をお願いしたい。

補　記

本章の初出稿は一九八六年七月発行の『神戸大学国文学研究ノート』誌に掲載された。第一章の初出稿を承けて、「もとの心」ではなく「人の心」をキー・ワードに俊成歌論を理解する可能性を示したのであるが、前稿から六年もの間を置いての発表になったため、前稿への批判論文である加藤睦「『古来風体抄』試論—序文冒頭部の一文をめぐって—」（『国語と国文学』一九八六年七月）と、発表の時期が重なることになった。加藤が『古来風体抄』下巻序文を『歌仙落書』の歌人評と類似の性格を持つものとしていることは、私の見解と同じであるが、これは二人が独立に達した結論である。

本章が扱った問題に関連する論考としては、初出稿までに家郷隆文「俊成の『思ひ寄そへ』思考—『古来風体抄』の場合—」（『藤女子大学国文学雑誌』21、一九七七年四月）、同「『古来風体抄』の『万葉集』歌」（大久保正編『万葉とその伝統』桜楓社、一九八〇年）、巽英子「『古来風躰抄』抄出例の性格」（早稲田大学『国文学研究』73、一九八一年三月）、松村雄二「藤原俊成の歌論と『天台止観』」（『共立女子短期大学文科紀要』27、一九八四年二月）などが発表されている。このような問題に関しては、それぞれの論者が作品を読解する観点の独自性と一貫性とが重要であり、要約によって議論することや、細部についての見解の相違をいちいち論じることにはあまり意味がないと考える。それぞれの論について、読者各位において判断されたい。また、初出稿後に刊行された錦仁『中世和歌の研究』（桜楓社、一九九一年）第三篇第一章2「『古来風体抄』論Ⅱ—「人の心」と「歌の心」—」（この本のために書き下ろされた章）は、本章での私の考察と同じく、「人の心」という語を取り上げて『古来風体抄』を論じたものであるが、その考察も、私とは基本的に枠組みをことにするものであり、同一平面上で批判しあうことは難しいように思われる。錦は、俊成における「人の心」と「歌の心」語の使い分けを、『古今集』仮名序を参照しつつ分析し、変遷し浮動する「人の心」に対して、和歌の普遍的本質を示す「歌の心」の語があると見て、後者を『古来風体抄』冒頭箇所に見える「もとの心」の指すものに重ねて理解しようとする。一方、私は、第一章で述べた手続きによって、「もとの心」を術語のように一人歩きさせることを避け、また、「人の心」を、狭く定義された術語としてではなく幅広い意味をはらんだ普通名詞として読みとっていくことにより、本章の論述を展開してきた。それは、俊成の歌論において「人の心」より「歌の心」に高い価値を与えられているとする錦の議論とは、一見すると相反するように受け取られるかもしれない。また、錦の帰納的な論証に対して、本章における解釈が恣意的に見える面があるかもしれない。しかし本章もまた、変遷し浮動する「人の心」に分け入って和歌の価値基準を探し求める俊成的批評のメカニズムを追いかけたわけであり、俊成が求めてきた「本質」(すなわち価値基準)を錦にならって「歌の心」と呼ぶことが許されるならば、錦の議論とそれほどかけ離れたものとも言えない。ただ本章では、「こころ」は広い意味領域を持つ普通名詞であり、「人の心」「歌の心」のように連体修飾語による限定される場合でも、一義的な意味を持ったテクニカルタームとしてではなく、文脈に即して読解されるべきだという点が、いささか強く意識されているのである。

第五章

情動表現への共感――古今集歌の享受――

1　俊成的選択と公任的選択――秀歌撰としての比較から――

『古来風体抄』の量的に主要な部分を占める八撰集（万葉集および古今以下千載までの七勅撰集）からの抄出歌群は、前章までに述べてきたところにしたがえば、各時代の和歌を支える「人の心」の諸相を示すものにほかならず、単純な意味で俊成好みの歌を集めた「秀歌撰」として扱うことはできない。さりとて個別の具体例についてみれば、「殊なるどもを」記し付けたと『古今集』『後拾遺集』抄出の後に述べられているような、「秀歌撰」的性格も否定はできない。和歌史的な観点と、俊成自身の主体的・個人的な美意識とは、俊成の和歌観としてどのように折り合うのか―以下の三章では、この問題についていくつかの角度から考察したい。

本章ではまず、ある場合にある種の操作を行えば、俊成の撰歌のかなり「主観的」な嗜好の部分（本書「はじめに」で用いた言い方では「第一のレベル」の和歌観）が明らかにでき、しかもそれがある点で、『古来風体抄』の柱である和歌の「直感的受容」と密接に結びついていることを明らかにしてみたい。具体的には、摂関政治全盛期を代表する歌人・歌論家であった藤原公任の価値観と、俊成のそれとのずれが析出できる箇所に注目して、その分析から俊成の和歌受容の方法を考えてみたいのである。

古今集時代の歌に対する俊成の評価基準が、公任に代表される平安時代の秀歌撰のそれと相違してきているこ とは、はやく谷山茂により在原業平および紀貫之の作品に関して具体的に指摘されている（「業平と俊成」初出一九五八年八月、「貫之と俊成」同一九六〇年六月、いずれも『谷山茂著作集　二』角川書店、一九八二年に収録）。俊成自身の言説から見ても、『御裳濯河歌合』判詞では公任の秀歌撰への批判的と解し得る言及を行なつており、『古来風体抄』においても、公任撰『拾遺抄』を「近き世」の価値観の源泉として、相対化する口ぶりをみせている。また具体的な成立事情は不明ながら、『三十六人撰』を改編した秀歌撰も残している。俊成の時代までは公任の権威が尊重されていたとする『八雲御抄』の記述も無視できないが、多元的な構成を持つ俊成の価値観の中に、公任的な価値観から離脱していく志向が含まれていたことは確かであろう（錦仁『中世和歌の研究』桜楓社、一九九一年、第二篇第一章2、参照）。

隣接する歌のどちらを評価するか―梅の歌の場合

さていま、この問題を具体的に掘り下げるために、『古今集』から『古来風体抄』に抄出された歌を、もう一度『古今集』内の原位置に戻してみる。一方、公任の秀歌撰の歌のうち、『古今集』に入っているもの（直接『古今集』から採歌されたかどうかはかならずしも問わない）の、『古今集』内での位置を確認していく。すると、俊成の選んだ歌の隣や比較的近い所に、公任が選んだ歌が位置している場合が、とくに春部においてかなり目につく。この現象じたいはおそらく偶然の結果にすぎないであろう。しかし、『古今集』を繙きつつ抄出すべき歌を決めて行った俊成の意識を想像する時、興味を引くものがある。俊成は公任の秀歌撰にどの歌が入っているかは、よく知っていたであろう。右のような場合、近くに（したがってたいていは同種の題材を扱う歌の中に）公任が採った歌がある時、なおその歌を捨てて別の歌を俊成が選んでいることになる。したがってこれらの例は、公任の価値観と俊成の価値観とが、どのような局面において決定的なずれを生ずるのかを考えるための、具体的材料を提供してくれると考えられる。

たとえば、春上の梅の歌群の中の伊勢歌二首の場合。

水のほとりに梅の花咲けりけるを詠める　　伊勢

春ごとに流るる川を花と見て折られぬ水に袖や濡れなむ（四三）

年をへて花の鏡となる水はちりかかるをや曇るといふらむ（四四）

『古来風体抄』に抄出されたのは四三「春ごとに」である。一方、公任撰『三十六人撰』には四四が入り、『和漢朗詠集』も、第一句を「年ごとに」とする形で同じ歌を収める。この二首は、題材はもとより祝言的性格を帯びる点も共通する。表現の性格も、「機知的趣向中心の歌」という次元で捉える限りは、大差が無いとも言い得る。もしそうであれば、俊成と公任との選択のずれにあまり意味はないことになるが、はたしてそうであろうか。

四三は、水面の影を実在と錯覚して折ろうとする誤りを、自分は毎春くりかえすであろうという思いを述べている。そのような錯覚は現実には起り得ないから、この思いは、作者が虚構した「歌の中の我」の思いである。しかし、読み手がこの歌を享受する時には、水面の花を折ろうとして袖を濡らすという行為の印象がまず与えられ、つづいて享受者のいわば知的反省の結果として、それが反映の美しさを強調するための誇張であるという理解がやってくる。直接に言葉に表された意味をたどる限り、作者は、反映に向かって思わず手をさしのべてしまう人物になりきっており、読み手の心もまた、一瞬ではあれその行為と一体になる。

これに対して四四では、作者は、最初から「散り」「塵」の言語連想によって情景を機知的に解釈する者として登場してくる。享受者はまずこの機知を解くことを求められ、水面に梅が散りかかる美的情景の印象は、それにともなういわば「余情」として与えられるであろう（ここに公任的な「余情」の一面を見ることも不可能ではない）。四三では美に動かされる人間の感情・行為（その動き）が、たとえ知的虚構としてであれ、歌のおもてに現われているのに対し、四四では、あくまで美を知的に解釈する静的（観照的）態度で表現構成がなされている。見ようによってはまことに微妙な差異にすぎないこのような性格のちがいが、俊成と公任との選択のずれの要因であるかどうかは、もちろんこの例だけでは即断できない。いちおう右のような考察を念頭に置いた上で、春部の他の場合を見ていくことにしよう。

俊成は、四三の前に、梅歌群冒頭の次の一首も抄出している。

　　題しらず　　　　　　　よみ人しらず

折りつれば袖こそにほへ梅の花ありとやここに鶯の鳴く（三二）

このあとには俊成の左注がある。まずこの歌までの抄出歌七首を総括して「この歌ども、いづれも姿心いみじくをかしく侍り。」と評し、さらに特に三二について、

その中、この歌、梅を折りける袖の深く匂ひけるを、ここには花はなけれども、鶯の香を訪ね来て鳴くらん心、めでたく侍るなり。

と、一首の趣向を解説している。袖の移り香が鶯を誘うというこの歌の奇抜な虚構は、俊成当時の人びとにもやや理解しにくいところがあったものか、顕昭の『古今秘注抄』も俊成左注とほぼ同様に歌意の説明を加えている（日本歌学大系別巻五所収『顕注密勘抄』一四五頁）。ただし俊成の注は、単に読者の不審を解くことに終るのではなく、この虚構を興趣あるものとして積極的に評価する姿勢を示している。俊成はこの趣向を不自然な作為とは見ずに、梅香のすばらしさを効果的に印象づける表現構成として、共感的に受け入れていたのである。一方、同じく梅香をめでる歌の中で、公任が『金玉集』『和漢朗詠集』に採った躬恒の歌、

春の夜の闇はあやなし梅の花色こそ見えね香やはかくるる（四一）

は、『古来風体抄』に採られていない。この歌は、香を隠し得ない闇を首尾一貫しないとして非難し、皮肉るという次元で表現が組み立てられている。梅香への偏愛は確かにこの歌を支える感情であるが、それはあくまで機知的な物言いを理解した上で、その背後に感取されるべきものである。三二の歌が、梅の香に引きつけられている鶯の振舞いを、それがたとえ現実としてはありえないものであっても、歌の上では眼前のものとして形象化しているのに対して、四一は梅香によって動かされる心情や行為は描かず、いわば事がらに対する知的観察と批評のレベルで歌意は完結している。機知的趣向の歌として一般化してしまえば捉えようのないこのような差異が、俊成が採った歌と公任のそれとの間には認められるのである。

春上巻末部の歌から

次に春上の末尾部分について見よう。俊成が春上から抄出した歌の最後は

弥生に閏月ありける年、詠みける　伊勢

桜花春くははれる年だにも人の心にあかれやはせぬ（六一）

であり、次のような左注が加えられている。

「年だにも」と置き、「人の心にあかれやはせぬ」といひはげましたる心姿、限りなく侍るなり。

この俊成注の「いひはげましたる」について、先学の注は「誇張して言う、強い口調で言う」（松野陽一、中世の文学『歌論集一』三弥井書店、一九七一年）、「強い口調で言っている」（有吉保、日本古典文学全集『歌論集』小学館、一九七五年）などの説明を与えている。第五句に見える「やは」の反語的用法は、国語学上は「勧誘や希望」「弱々しい願望」を示すものと説明され（西田直敏「助詞」、『岩波講座・日本語7・文法Ⅲ』一九七七年所収）、語法じたいが強める働きを担うとは言えない。にもかかわらず、閏月を楯に取って無理難題を呼びかけていくというこの歌の文脈では、すがりつくような切実な心情を感じさせるのである。閏月を強調する「だにも」の感情表出から、敢えての希望を示す「やはせぬ」へとつながるこのような文脈の効果を、俊成は「いひはげましたる心姿」として捉えているのである。この歌を「切なる願いを述べている」とする松田武夫『新釈古今和歌集』（風間書房、一九六八年）の評には、「才気の上にのみ成っている歌」とする竹岡正夫の批判（『古今和歌集全評釈』右文書院、一九七六年）もあるが、俊成の享受について考える際には、「切なる願い」への共感に立つものと見なければならないであろう。「限りなく侍るなり」という言い方は、明らかに、深切な感動を表わしている。

なお、この歌の趣向については窪田空穂に、

この理はもとより不自然なものであるが、桜を擬人しての上のものなので、緩和されるものである。また理

ではあるが、耽美的気分の上から、それを充たそうとしてのものなので、その上ではもつともなものとなつてはゐるのである。（『古今和歌集評釈』新訂版、東京堂、一九六〇年）

という懇切な解説がある。その言葉を借りるなら、俊成の受容は、「不自然な理」を、深い「耽美的気分」の必然的な現われとして共感的に、したがって心理的には不自然と感じることなく捉えるものであつた、とも言えよう。

この伊勢詠の七首後、春上巻軸から二首目には、公任が『金玉集』『深窓秘抄』『前十五番歌合』『三十六人撰』『和漢朗詠集』といった多くの撰集に選び入れ、非常に高く評価していたと見られる次の歌がある。

　　桜の花の咲けりけるを見にまうで来たりける人に、詠みて贈りける　　躬恒

　わが宿の花見がてらに来る人は散りなむのちぞ恋ひしかるべき（六七）

この歌を俊成は抄出していない。基本的には杜交的場面での機知の歌であろうが、温雅で破綻のない表現の中に軽い皮肉と憂愁が漂っており、その感情はさらにその背後の惜花・惜春の思いへ連綿とつらなって行く。その完成度と余情のあり様は公任の評価を得るにふさわしいものと思われるが、一方そこには、先の伊勢歌のような、惜花の情を切実に歌う表現は見られないのである。伊勢歌には、対象（花）に向う作者の情動が、表現の上に露わに（直接的に）形象化されており、俊成の左注は正にその点に評価の光を当てていた。そのような俊成の評価の傾きは、六七と対照させて見る時、より明らかになるであろう。

ただし、六一の歌は『和漢朗詠集』に採られ、公任も評価してはいたのであるが、実はこの点にも多少の問題がある。この歌の第五句「あかれやはせぬ」には、「あかれやはする」という異文があり、「古今集」の現存主要

伝本は「やはせぬ」であるが（『伊勢集』も同じ）、『和漢朗詠集』では「やはする」とする古写本がかなりあるのである。顕昭『古今集注』は、源俊頼所持本『古今集』に拠って「やはする」の本文を支持する意見が、俊恵らによって強く主張されていることを述べた上で、上句「だに」との照応という観点からこの説を非としている。

なお、この歌には第三句「年だにも」についても「今年だに」という異文が有り、こちらの方は『古今集』『和漢朗詠集』ともに伝本間で対立がある。このことを踏まえると、俊成の左注は、この歌の本文をめぐる不審に対して、「年だにも」「あかれやはせぬ」を鑑賞論的見地から支持するという意味をも暗に含んでいたように思われる。特に第五句については、「やはする」とした場合には、桜に呼びかける願望表明の意味は消え去って反語の意味となり、「第三者として、距離を持って叙した」（窪田空穂）性格を帯びることとなって、俊成の評価の基盤が崩れてしまう。『和漢朗詠集』の原態が「やはする」であったかどうかの決め手はないし、本稿が取ってきた視点からは、「やはする」に公任的、「やはせぬ」に俊成的な性格を認め得るとはいえ、そこから『和漢朗詠集』の本文を考えることは臆断になってしまうであろう。それにしても、俊成が、この歌の俊成的な享受との密接な関わりにおいて「やはせぬ」の本文を採ったということまでは確かであろう。

春下巻末部の歌から

次に、春下の巻末部分を見よう。春下から俊成が抄出した最後の歌は、巻軸より二首目の、

　　弥生のつごもりの日、雨の降りけるに、藤の花を折りて人につかはしける　　業平朝臣

濡れつつぞしひて折りつる年の内に春はいくかもあらじと思へば（一三三）

であり、次のような左注を付されている。

「しひて」といふことばに、姿も心もいみじくなり侍るなり。歌は、ただひとことばに、いみじくも、深くもなるものに侍るなり。

ここで俊成が「しひて」の語に注目していることについては、松野陽一（前掲書）が次のように説いている。美の極みを相手に捧げることのみを思って、他の条件を顧みないという心ざしの深さのこめられた表現で、この一語によって作者の審美的な姿勢の深さが具象化されることを讃えている。

ゆきとどいた解説と言うべきであるが、あえてつけ加えるならば、雨を冒して藤の花を折った詠み手の主体的意志が、「強ひて」という語によってやや異常なまでに強調されている点であろうか。言いかえれば、尋常程度の作者の「心ざし」の深さは「濡れつつ」によって十二分に暗示され得るのであり、付加された「強ひて」は、一首の心情表現を温雅な調和感から一歩踏み出させてしまっているとも言えるのである。そこでこの語は、藤花を折る行為に一種の激越さの印象を付与するとともに、それを敢えて行なう作者の、ひとり贈答相手への志にとどまらない、うつろい去る季節への痛切な惜別の情の露呈ともなっているのである。この一語が一首の「姿心」を「いみじく」しているという俊成の評価は、心情表現に陰影の深さを加えるこうした効果に着目してのものと見られよう。

『古今集』でこの歌の次に来る歌、すなわち春下の巻軸歌は、

亭子院の歌合の春の果ての歌　躬恒

今日のみと春を思はぬ時だにも立つことやすき花の陰かは（一三四）

である。公任はこの歌を『深窓秘抄』『三十六人撰』『和漢朗詠集』に採る。しかし俊成は、『古今集』春部の最後を飾るこの歌を『古来風体抄』には抄出していない。言うまでもなく、この歌も先の業平歌と同様に惜春を歌っている。ただ、その心情は反語を介して間接的に、いわば余情として示されている。さらに言えば、惜春の情を対象化し、他の日の心情と比較考量しつつ反語の言いまわしのもとに把握していく、ある客観性を帯びた詠み手の視点を感じさせる。業平歌のように、詠み手の情動ないし行為が、歌意の表面に直接現われてくるということはない。逆に言えば、そのような直接的な表現を排除した点にこそこの歌の様式的完成が認められるのであり、公任の評価を得たのもその点によるかと考えられる。一方、俊成はそこに最高の評価までは与えなかったわけである。

以上に見てきた四つの事例においても、公任的選択と俊成的選択との差異の性格が全く同一であるとは言えないが、それでも、ある共通の傾向を認めることはできる。それは、俊成の選歌の側に着目して言えば、対象によって動かされる主体の情動あるいは行為が、露わに表現されている歌への傾きということである。その場合、その情動や行為が（近代人的な観点からして）知的に虚構されたものであるかどうかは、あまり問題にされない。むしろ、表現構成の上で、それらが知的・客観的な視点によって間接化されていないということが、重要な意味を持つように見える。

最後にもうひとつだけ事例を挙げよう。今までに見た例では、公任が高く評価した躬恒の歌を、俊成は採っていなかった。逆に、公任の秀歌撰のいずれにも入らない躬恒歌が、『古今集』春上から『古来風体抄』に抄出されている。

　雁の声を聞きて、越へまかりにける人を思ひて詠める　　凡河内躬恒

春来れば雁かへるなり白雲の道行きぶりにことやつてまし（三〇）

がそれである。『古今集』春上には帰雁を詠む歌はこの歌を含めて二首しかなく、いま一首は伊勢の

　春霞立つを見すてて行く雁は花なき里に住みやならへる（三一）

で、この歌は『和漢朗詠集』に採られている。三一の歌の性格は、基本的に帰雁に対する知的・客観的な疑念と解釈である。これに対して三〇は、雁に音信を託そうとする主体的な願望が、「越へまかりにける人」への心情の形象化として表わされている。三〇の表現の性格は、同じ雁信の故事に依った、秋上の紀友則の作、「秋風に初雁がねぞきこゆなるたが玉章をかけてきつらむ」（二〇七）の客観性とも対照的である。二〇七は『和漢朗詠集』と『三十六人撰』に入り、『古来風体抄』には抄出されていない。

2　情動の流れへの一体化――俊成的享受の性格――

音声的・直感的享受

　前節に見て来た事例は、いわば公任との対照につごうのよいように選ばれたものであり、それらから導かれる傾向をそのまま俊成の和歌観の特徴と見てしまうことはやや早計である。そこで本節では、俊成の和歌観の中に、前述の傾向をどのように位置づけることができるのかを考えてみたい。より具体的に言うと、俊成が『古来風体抄』上巻序文に説く、秀歌の判定についての見解と、『古今集』抄出における、表現の直接性の重視との間に、

どのような内面的なつながりがあるのかを探ってみたいのである。

秀歌の判定についての俊成の説の核心を示すのは、次の周知の文言である。

歌のよきことを言はんとては、四条大納言公任の卿は、こがねたまの集と名づけ、通俊卿後拾遺の序には、「詞ぬもののごとくに、心海よりも深し」など申したためれど、必ずしも錦ぬもののごとくならねども、歌はただよみあげもし、詠じもしたるに、なにとなく艶にもあはれにもきこゆる事のあるなるべし。もとより詠歌といひて、声につきてよくもあしくもきこゆるものなり。

ふたつの文からなる右の部分の要点を述べれば、まず第一の文は、歌の朗唱を通して「何となく」感得される「艶」とか「あはれ」とかの印象が、秀歌の秀歌たる条件であることを述べる、次に第二の文で、音声による享受を通してはじめて歌の優劣が判明することを主張し、そうした音声化（朗唱）による享受が和歌の本質にかなうものであることの根拠として、「詠歌」という名称をあげている。全体として、朗唱にともなって得られる直観的印象こそを、秀歌判定の絶対的規準と見なす立場が、表明されていると言えよう。

この文章については、検討を要する点がふたつばかりある。ひとつは、朗唱による享受ということの意味である。「よみあげもし、詠じもしたるに」という言い方が、歌合の披講の形態に対応するとすれば、そのかぎりでは、講じられる歌を聴く、すなわち聴覚的受容を指すと考えられそうである。しかし、古歌の享受を含めたさまざまな場合に、この判定方法が適用されるものとすれば、多くは朗唱者と享受者（判定者）は一致すると見るべきではなかろうか。つまり、「歌はただよみあげもし……」以下の部分は、批評者自らが歌を朗唱してみて、その中で歌の印象を把握すべきであると説いているのではなかろうか。とすれば、次の文の「声につきて…」も、

「（聴いた時の）声調によって」ではなく、「発声（音声化）してみることによって」歌のよしあしが判明とするという趣旨に解される。

法然の消息文の次のような用例は、文章の性格を異にするとはいえ、同時代の資料として参考になろう。

罪のかろきおもきをも沙汰せず、心に往生せんと思ひて、口に南無阿弥陀仏ととなへば、声につきて決定往生の思ひをなすべし。その決定の心によりて、すなはち往生の業はさだまるなり。（日本思想大系『法然・一遍』二二四頁）

ここでは、口唱念仏の、発声という身体行為にともなって「決定往生の思ひ」が心に生ずることを、「声につきて」と表現している。俊成の考えている歌のよしあしの判定も、「聴覚的印象」という単なる静的享受の結果によるものではなく、一種の身体行為である朗唱にともなって心中に生起する印象に、根拠を置くものであったと見るべきではないか。

右の点に関わりつつ、もう一点、考えておかなければならないのは、「何となく艶にもあはれにもきこゆる」の部分の「何となく」の意味あいである。この言葉は、ともすれば「艶」「あはれ」等の美的印象の性質を形容するものと解されがちではなかろうか。すなわち、「艶」や「あはれ」はある漠としてとりとめ難い感覚的ないし情感的印象なのだというふうに。しかしこの点はさらに慎重に検討されてよい。たしかに、よく知られる慈円『自歌合』（『慈鎮和尚自歌合』）十禅師跋における類似の文言では、

歌はかならずしもをかしきふしをいひ、事の理をいひきらんとせざれども、もとより詠歌といひて、ただよみあげたるにも、うちながめたるにも、なにとなく艶にも幽玄にもきこゆる事のあるなるべし。

と述べられており、和歌表現における論理的明快さの拒否とも解される言葉がつけ加えられている。しかし、表現が論理的・説明的でないということと、それが与える印象がとりとめ難いということとは、じつは直ちに同じではない。むしろ、「艶」や「あはれ」といった美的印象は、秀歌判定の絶対的根拠として、それとしてのある「確かさ」を持っていなければならないのではないか。

問題をはじめに戻すと、「何となく」は、美的印象の内容を説明する言葉ではなく、それらの印象が心中に生起する様態を説明するものと考えられるべきであろう。美的印象は、朗唱を通して同時的・直接的に心に対して与えられるものであり、その間に知的反省や分析的説明は介在しない。原因や理由の理解を待たないで生起するという意味で、「何となく」なのである。つまり、曖昧性（不明確さ）ではなく、直接性を意味している。もとより、美的印象の内容の方は、とりとめ難い情感を伴うものをも含めて多様であり得る。ただそのいずれもが、朗唱の中で直接に享受者の心に与えられる（もっと判りやすく言えば享受者の心をじかに揺り動かす）ということがなければ、秀歌判定の根拠とはなり得ない。繰り返すようだが、この美的印象の体験は、それを説明することの困難にもかかわらず、体験としてのある確実性を持つのであり、単にあやふやな、ぼんやりとした「感じ」にすぎないわけではない。

歌が朗唱される時間

以上に述べてきたことで、俊成の和歌享受・秀歌判定の方法の輪郭はある程度あきらかになったと思われるが、なお一点付け加えたいことがある。それは、朗唱による受容の持つ時間的特性である。

黙読による場合、特に難解な歌でない限りは、一首の歌意は文字をたどることで比較的短時間のうちに把握でき、その把握に基づいて一首全体の分析的な批評へ進むことができる。ところが朗唱の場合は、朗唱にともなって次第に明らかにされる意味と情動の流れを、ゆっくりとたどっていくことになる。もちろん、朗唱をくり返す中で一首全体の意味的構成がしだいに把握されるとはいえ、なおそのつどの朗唱において、上句から下句への意味と情動の流れをたどりなおすということが、受容の中心になると思われる。そこでは、語の配列に添って現われてくる意味や情動の、緊迫、弛緩、屈折といった変化が、享受者によってじっくりと追体験される。言ってみれば、朗唱とは、歌の言葉の流れに身をゆだね、それに一体化することである。とすれば、そこから得られる印象が、直接的・非反省的性格を持つことは当然であろう。歌の優劣の判定がこの直観的印象にもとづいて行なわれたあと、印象を反芻し、分析して、言葉にしていく批評行為が、順序としてはいちばん最後にやってくる。

以上のような考察を念頭に置いて、前節に取り上げた歌および俊成の左注のいくつかについてもう一度考えてみたい。

桜花春くははれる年だにも人の心にあかれやはせぬ（六一）

「年だにも」と置き、「人の心にあかれやはせぬ」といひはげましたる心姿、かぎりなく侍るなり。

この左注は俊成的享受の特性をよく示しているように思われる。第三句の「だにも」にはじめて現われた感情の高まりが、さらに一層の切迫を見せて下句の訴えへと続く、この歌の情動の流れの特徴がよく捉えられている。そうした流れを共感的に追体験した所に生まれる批評であろう。

濡れつつぞしひて折りつる年の内に春はいくかもあらじと思へば（一三三）

「しひて」といふことばに、姿も心もいみじくなり侍るなり。(後略)

この左注では、一首の流れの中で情動の高まりを形成する部分への、鋭敏な反応が見て取れる。この歌の場合、情感の起伏は初・二句にあり、三句以下はむしろ説明的である。俊成は、この流れの追体験に基づいて、初・二句の情動の抑揚に大きな振幅を与えている「しひて」の効果を重く見たのである。これらの歌で、俊成はまず歌の情動に一体化し、その享受の体験からはじめて批評を引き出しているのであり、六一の歌の、暦に依拠した知識的側面や、一三三の(詞書によってより明確になる)杜交辞礼的側面などが、先立って考慮されることはない。これは近代的な鑑賞と異なる点であり、

折りつれば袖こそにほへ梅の花ありとやここに鶯の鳴く(三二)

にしても、その趣向を「めでたきなり」と評価するためには、下句における、袖に寄ろうとする鶯の現前を前にした主体の感情に、直接に同一化できなければならない。あるいは、

春ごとに流るる川を花と見て折られぬ水に袖やぬれなん(四三)

では、年ごとに水面の花に欺むかれる作為的愚かさに、それをあえて作為的に見ることなく同一化して、写映の美に耽溺できなければならないのである。一方、そのような享受が可能になるためには、歌の表現の側も、先立って理知的了解を要求するような形でない方がよい。つまり、俊成の享受方法は、歌の情動の世界に一体化すること、歌の情動の抑揚を共感的に追体験することが可能な歌において、その有効性を最もよく発揮するが、逆にそのようでない歌には、十分な有効性を持たないことがあり得る。公任的な秀歌、

わが宿の花見がてらに来る人は散りなむのちぞ恋ひしかるべき(六七)

今日のみと春を思はぬ時だにも立つことやすき花のかげかは（一三四）

は、主体的な感情表現が抑制されており、情動の流れは淡く均質的である。

春の夜の闇はあやなし梅の花色こそ見えね香やはかくるる（四一）

年をへて花の鏡となる水は散りかかるをやくもるといふらむ（四四）

は、情動への共感よりも趣向の知的興趣への理解を、まず要求する性格の歌である。これらの歌が俊成の評価を得なかったことは怪しむに足りない。

このように考えてくる時、前節に公任との対照において見られた俊成選歌の特徴（主体の情動・行為の直接的表現への傾斜、情動的表現に対する親和性）と、『古来風体抄』序文が強調する、朗唱に伴う直感的な和歌享受、批評の方法との間に、かなり本質的なつながりがあることが見通せる。このことはしかし、俊成の和歌上の嗜好が彼の批評方法を決定づけているとか、彼の和歌批評論が嗜好の正当化にすぎないとかいうことを、意味するわけではない。本章で見てきたのはあくまで両者の接点であり、いずれかを他方に解消することではないのである。

3　抄出歌左注から

本節では、前節に見た朗唱による歌の情動への一体化という享受の方法が、『古来風体抄』の他の『古今集』抄出歌からも読み取れるかどうかを検討したい（引用は歌本文を含め『古来風体抄』による）。

題しらず　　　　よみ人しらず

いしばしる滝なくもがな桜花手折りてもこん見ぬ人のため（五四）

「いしばしる」と置き、「滝なくもがな」などいへる、文字づかひのめでたく侍るなり。

この左注に言う「文字づかひ」は、松野・有吉ともに注するように、語の選択と配置を意味するであろう。しかし、そのどのような点が「めでた」いのであろうか。

まず、初句「いしばしる」は、叙景的な意味内容を残すとはいえ基本的に「滝」の枕詞であり、特段の感情的内容は含まない。詠み手の感情が露呈するのは、第二句の「なくもがな」まで来てからである。そしてこの歌では、花を手折りたいという主題の心情は、「滝など無ければよい」という滝への恨みの感情という形でもっとも強く表出されているのであって、情動表現の核は「滝なくもがな」にこそあり、下の句はむしろ状況の説明になっている。初句に情動的な内容がないことは、第二句の凝縮された心情表出との対象を形作り、この落差が、初句から朗唱してきた享受者の心に、急激に高まる情動の波を印象づけるのである。このように考えてくるならば、俊成左注の批評は、先の業平歌（六二）における「強ひて」への注目と同様に、一首中の情動の高まりを形成する箇所を洞察したものと解されるであろう。

二条后、東宮の御息所と申しける時、御屏風に竜田川に紅葉流れたる形かきたる所を詠める

業平の朝臣

ちはやぶる神代もきかず竜田川唐紅に水くくるとは（九四）

「神代も聞かず竜田川」といへるわたりのめでたきなり。

この左注について、島津忠夫は「奇抜な着想と声調が巧みに調和していることを賞したものか」（日本思想大系『古代中世芸術論』岩波書店、一九七三年）とし、松野陽一（前掲書）は「聞かずのところで句切れとなりながら、竜田

という地名にふさわしい『神代』を配しているために、誇張が不自然にならず、連続感をも感じさせる点を賞讃したものであろう」とする。松野の解釈は懇切であるが、俊成が特に左注を加えていることの意味づけとしてはなおやや消極的であるように思われる。

この歌で、下句の特色有る叙景を効果的にしているのは、一首の構成の妙である。上句で「神代も聞かず」という異様な表現によって主体の驚嘆の情が打ち出され、そのただならぬ予感にこたえる形で下句が続く。下句の叙景が巧緻のみに堕さず、ある雄大さを感じさせるとすれば、それは上句の驚きの印象が下句に投影しているからである。それとともに、上下句をつなぐ「竜田川」という地名が、下句のために視界の広さの印象を準備している。俊成の左注が取り出しているのは、まさにこの構成の要となる部分なのである。第二句の感情表出の大きな振幅が、下句に波及する効果をよく捉えた評であると思われる。なお、この歌が屏風歌であることは詞書に明示されており、それは『古来風体抄』にも引用されている。しかし私見によれば、俊成の受容は、詞書を前提に歌の虚構性を対象化するのでなく、歌の言葉の流れに一体化し、眼前の奇観への驚嘆と感動を追体験するものであった。「神代も聞かず竜田川」の部分は、竜田川のほとりに立つ者の驚きの言葉として共感的に享受され、かつ評価されたのであって、それを「奇抜」「誇張」として違和感を抱く近代人の観点は、俊成のものではなかったと考える。

隠岐の国に流されける時、船に乗りて出で立つとてよめる　　小野篁

わたの原八十島かけて漕ぎ出でぬと人には告げよあまの釣舟（四〇七）

「人には告げよ」などいへる姿心、たぐひなく侍るなり。

この左注が本稿の視点からよく理解されることは、多言を要しないであろう。作者の感情の高まりが、釣舟への呼びかけとして直接に表出される部分に、俊成は歌の核心を見ている。なお、この歌は公任の諸書にも採られており、公任が秀歌とした歌でありつつ俊成的享受にも適合した例である。

最後に触れておきたいのが次の例である。

五条の后の宮の西の台に住みける人を、行方知らずなりて、またの年、梅の花盛りに、月の傾くまであばらなる板敷にふして、こぞを恋ひてよみける

業平朝臣

月やあらぬ春や昔の春ならぬわが身ひとつはもとの身にして（七四七）

「月やあらぬ」といひ、「春や昔の」など続けるほどの、限りなくめでたきなり。

この歌は、貫之の「結ぶ手の」とともに俊成が最も評価した歌として知られている。しかし、上句の解釈をめぐる疑問・反語両説の対立は俊成当時から存在したと見られ（教長注はやや不明瞭ながら疑問説的、顕昭『古今集注』は反語説）、かつ俊成自身の解釈を確実に知り得る資料は今のところ見いだし得ない。このことは、この歌を手がかりに俊成の和歌観を考えることの困難さを意味する。『古来風体抄』左注の理解もやはり困難であり、左注から逆に俊成の歌意解釈を窺うのにも無理がある。ただ、本稿の視点から、上句における大きな情動の振幅を、俊成が非常に強い共鳴をもって享受したであろうことは推し量り得る。「月やあらぬ、春や昔の」という問いかけの重層が、やり場のない作者の悲嘆をさらに増幅していく部分の表現効果が、よく捉えられているのである。

ところで、はやく谷山茂により指摘されているように、顕昭『古今集注』には、「カヤウニイヒソラシタルヲ、

業平ガ歌ノ幽玄ナルコトニイヒテ、ソノヤウヲマネバムトオモヘル人」への批判が有り、それは俊成に対する批判であった可能性がある。この問題については第十二章でも改めて述べるが、かりに顕昭の批判が俊成に対するものであったとしても、「イヒソラシタルヲ、…幽玄ナルコトニイヒテ」という評を、俊成自身によるこの歌の解釈と見てしまうべきではない。顕昭は、恋人に会えないという意味が表面に明示されないことをもって、「イヒソラシタル」と言っているのであるが、俊成が、そのような表現の間接性そのものを評価しているのでないことは、左注を率直に読めば了解される。俊成の立場では、上句を朗唱すれば、そこに波打つ悲痛な喪失感は、直接にかつ切実に感得されるのである。説明的言辞を要しないまでに情動表現が雄弁であることをもって、俊成はこの歌を評価しているのであって、単に説明を避けた暗示的な表現の効果として捉えてはいないのである。

4　まとめと補説

この章では、情動表現の直接性（歌の情動が享受者の心に直接に作用するという意味での）という要素に、俊成歌論の基調を見いだしてきた。前章との関連で言うならば、歌に託された「人の心」と享受者・批評者の「心」との接触への関心を、『古来風体抄』の思想的基調として読み取ってきたことの延長上に、本章の問題意識がある。しかし一方、決してこのような「基調」に、俊成歌論の全体が解消されてしまうわけではない。時代による風姿の変遷や、「人の心」の多様性を念頭に置いた、多元的な和歌観が、基調の上に組み上げられている。そのことについては前章にも既に述べてきたが、公任的なものとの関係の別の側面という点については、さらに第七章でも再説することになる。

初出稿執筆時には十分意識していなかったことであるが、本章の論述の全体に、第三章にも引いた田中裕『中世文学論研究』（特に、公任の「余情」と対比した俊成歌論の検討の部分）が強く投影している。また、和歌享受の身体行為的側面への注目には、渡部泰明『中世和歌の生成』（若草書房、一九九九年）のいくつかの章と関心の重なりがある。渡部の初出稿から、影響を受けた点があると思われる。また、「歌の中の我」という言い方については、栗木京子『短歌を楽しむ』（岩波ジュニア新書、一九九九年）から間接的な示唆を得た点がある。その他、「直感」の捉え方などについては、森有正、メルロ＝ポンティおよびベルグソンの翻訳書、等の哲学書からの影響もあるが、明示して引用できる関連性ではないので、言及するに止める。

第六章

貫之「むすぶ手の」歌はどう読まれたのか

――「歌の本体」の理解のために――

1　俊成の解釈は標準的解釈なのか

『古今和歌集』離別部所収の紀貫之の歌「むすぶ手のしづくに濁る山の井のあかでも人に別れぬるかな」を、俊成が「歌の本体」と呼んで高く評価していたことはよく知られている。俊成の評価は、この歌の歌意や表現技法のどのような理解に基づいていたのであろうか。

概観したところ、中世・近世および近代以降の主要な『古今集』注釈において、この歌の解釈に関わって強力な異説と言えるほどのものは見出せない。したがって、俊成の理解も、こうした標準的解釈（この場合は現代の通説でもある）とそう異らないものであったと考えるのが、穏当な態度のように思われる。しかし、実はこの点についても多少の不安が残るのである。本章では、右の不安の具体的根拠である『千五百番歌合』二百七十番の俊成判詞と、そこから派生する問題について考察し、それを通して、俊成の古今集受容の一面を考えてみたい。

まず、貫之歌の本文と俊成の評を、『古来風体抄』初撰本により掲げる。

志賀の山越にて、石井のもとにて、ものいひける人に別れける時よめる　　貫之

むすぶ手のしづくに濁る山の井のあかでも人に別れぬるかな

この歌、「むすぶ手の」と置けるより、「しづくに濁る山の井の」といひて、「あかでも」などいへる、おほかた、すべて、詞、ことの続き、姿心かぎりもなき歌なるべし。歌の本体は、ただこの歌なるべし。

『古今集』の主要伝本では、雅経本を除いて、大部分が（俊成本系統を含め）詞書後半が「ものいひける人の、別れける時…」となっている。『古来風体抄』は意味をとりやすい形に改めたかと思われる。当面の問題には関わらないであろう。なお再撰本は歌評本文に小異があるが、内容に影響しない。

さて、前述のような意味での「標準的」理解では、歌の実質的な意味をになうのは下句で、「わずかな時間の出会いに満足する（飽く）ことなく、人（あなた）と別れてしまうのだな」という気持を表わす。上句は「あかでも」という語を導くための序詞であるが、単なる形式的修辞ではなく、相手との現実の出会いの場である石井を詠みこむ（『拾遺集』に再録された際の詞書を信じれば、相手の女性が実際に石井の水を汲んだその情景を詠みこんでいる）。上句の意味は、「ひとたび手にすくって飲むと、手からしたたる滴で浅い山の井の水はたちまち濁ってそれ以上は飲めず、満足できない」といったものである。すなわち、「あかでも」は上句からのつながりでは「飲み飽かぬ」の意であり、下句へのつながりでは「短い出会いに飽かぬ」の意となる。上句が、序詞として働くとともに、場面の情景を連想させることにより一首の情感の形成に寄与している点に、この歌の特質が認められる。俊成の評言も特に上句の表現を取り上げているところから、こうした序詞の用法の卓抜さに主として関わる評価として理解されるであろう。

『古今集』諸注では、さらに、「あかでも」に「閼伽」「垢」などの懸詞を認めるかどうかについての言及がしばしば見られるが、それはいわば副次的な問題としてであり、「飲み飽かぬ」から「飽かぬ別れ」への意味の転回として上下句の関係を捉える基本線では全て一致しているように思われる。

いちおう標準的理解を右のように押えた上で、次に『千五百番歌合』の問題の箇所を見よう。春四の二百七十番である（有吉保『千五百番歌合の校本と研究』〔風間書房、一九七一年〕により、私に校訂）。

左　　顕昭

山吹のうつろふかげをむすぶ手のしづくにあかぬ井出の玉水

右勝　　内大臣

昔たれ井手の山吹植ゑ置きて花ゆゑ里の名を残すらん

左右の井手の山吹、左は「しづくにあかぬ」といへる、かの「あかでも人に」といへる本歌の、「あかでも」といへる詞をあしく心得て申す人もあるを、そのよしに心を得たるにやと見え侍るにや。

歌合判詞に通例の椀曲な言いまわしをとっているが、顕昭の本歌取が本歌「むすぶ手の」の誤った解釈に基づいているとする非難である。

まず顕昭歌の表現の側から俊成の言について考えてみよう。歌意は、「散りつつある山吹の姿を映している水面から水をすくいあげると、その滴にも花の色が映って見飽きることがない、井出の玉水」といった所であろうか。三・四句の語句が本歌から取られているが、「滴で濁るために飲み飽かない」という本歌の脈絡は、「滴そのものに飽きることがない」という脈絡に切り換えられている。しかし「しづくにあかぬ」という表現によって花の色を宿す水滴の美しさを想起させようとする点にはやや無理があり、そのあたりの不明確さが俊成の批判を誘ったとも考えられる。それにしても、俊成の指摘する本歌の「あかでも」じたいの解釈の誤りとは、いったい何を意味するのであろうか。顕昭の歌だけからは推測し難いのである。

貫之の歌に対する顕昭の解釈は、『古今集注』ほかの顕昭の現存著作の中に、直接の注解の形では残されていないようである。しかし、『古今秘注抄』（定家が注を加えて『顕注密勘抄』となったもの）の、恋五「山の井の浅き心も思はぬに影ばかりのみ人に見ゆらむ」の注の中に、次のような形で見えている（日本歌学大系・別巻五、二四一頁）。

山の井とは、山にいでたる浅き井の水なり。されば此の集には

むすぶ手のしづくににごる山の井のあかでも人にわかれぬるかな

と詠めり。これは志賀の山越の道にて石井のもとにて詠むといへり。水浅くて、結ぶ手に濁りて、飽くばかりもえ飲まずと詠めり。

これによれば、顕昭は貫之歌の上句に、「水を飲み飽かない」の意味を認めていることがわかる。

また顕昭の兄、藤原清輔は、貫之歌が伝人麿作の古歌「結ぶ手の石間を狭み奥山の岩垣清水あかずもあるかな」を踏まえていると見ていた（『奥義抄』『清輔本古今集』）。この古歌は恋歌であり、『古今和歌六帖』の「はじめてあへる」に見える。第四句までの序詞が「水を存分に飲めない」という脈絡で導いた「飽かず」の語は、恋歌としての脈絡では恋人との短い逢瀬に満足し得ないという意になる。この「飲み飽かぬ」から「出会いに飽かぬ」への意味の転換を、貫之歌が踏襲したものと清輔は見ているのであろう。

このように見てくると、顕昭説（あるいは六条家説）における「むすぶ手の」歌の理解が前述の標準的解釈と一

致するものであり、『千五百番歌合』顕昭歌の本歌取もそうした理解に基づくものであった、という可能性は高いと言わねばならない。このことは、俊成による顕昭歌批判の了解を難しくするが、そのことに立入る前に、同じ歌合のすこし後の箇所、二百八十七番での俊成の言説を見ておきたい。

　　左勝　　左大臣

　手にむすぶ石井の水のあかでのみ春に別るる志賀の山越

　　右　　釈阿

　惜しむとて春はとまらぬ物ゆゑに卯月の空はいとふとや見ん

　　左歌、「井の水のあかでのみ」といへる心姿、「しづくに濁る山の井」にもいくほどの勝劣いかがとまでおぼえ得る。老のまどひにこそ侍らめ。右歌、とかく申すに及ぶべからず。左、万里の勝に見え侍り。

左大臣良経の歌と判者自作との組み合わせであるから、左歌が絶賛されて勝つのは当然なのであるが、本歌にまさるとも劣らぬとほめているあたりに先の二百七十番を意識した口ぶりが認められる。建久期以降の両者の関係から見て、良経は俊成の持説をよく知っていたと考えられるから、俊成は、自説どおりの「正しい」本歌取として良経歌をほめあげることにより、先の顕昭歌への非難にいわば駄目を押しているのである。俊成のこの執拗さは、六条家と顕昭への根深い反感にもとづくものであろう。

　さて良経の歌は、本歌の離別の情を、花の名所でもある志賀山越での惜春の情に詠み換えるものである。「あかで、わかる」の意味は、対象が人から春にかわっただけで、本歌と同様惜別である。一・二句は「あかで」を導く序詞であり、この表現法も本歌を踏襲している。このように本歌に寄り添った作であるため、良経自身の本歌解釈をここから推測することはかえって難しい。しかし、「あかでも」の部分については、下句に対しては「飽かでも」の意味でつながっていることは間違いないので、俊成が問題にしたのは、上句の序詞部分からのつながりに関係するのではないかと思われる。つまり、顕昭の歌がはっきり表面に出しているような「飲み飽かぬ」という意味を、認めるかどうかという点である。前述のように良経歌の序詞の意味脈絡は本歌のそれに依存しているので、後世の目から見ればこの点に関してはどちらとも取れるのではあるが、俊成が「飲み飽かぬ」という意味脈絡を否定する立場であったと仮定し、良経もその説に従って本歌取りをしていると考えることも、不可能ではないと思われるのである。

この点を、節をあらためて考えたい。

2　想定される俊成の解釈

上記の『千五百番歌合』判詞で、俊成が「顕昭説」を否定していることについて、次の二つの場合が考えられる。

① 俊成の説が、序詞から「あかでも」への意味の続きに関して、「飲み飽かぬ」という意味を認めないものであった。

② 俊成説と顕昭説は実際にはあまり差がなかったが、俊成が、誤解または故意の曲解により、顕昭説にあらざる何らかの異説を顕昭説と見たてて非難した。

六条家と御子左家のいきさつから見れば、②の可能性も否定はできない。しかし、そのような強引なやり方は逆に非難を浴びる危険性も大きいので、敢えてしたであろうかという疑念もある。ここでは①の可能性について検討したい。

まず参考資料として、俊成および俊成の指導を受けた可能性のある歌人たちの作品から、貫之「むすぶ手の」の本歌取およびその影響を認め得る歌を列挙してみる（原則として各歌人ごとに詠作年時順に配列し、便宜上全てに通し番号をふる）。

俊成

1　あさましやいかにむすびし山の井のまたも影見ぬ契りなりけん（右大臣家百首・遇不逢恋）

2　山の井をむすびて夏は過ぎぬべし秋や立ちなん志賀の浦浪（千五百番歌合・夏）

定家

3　夏山や行く手にむすぶ清水にもあかで別れし故郷をのみ（皇后宮大輔百首・旅恋）

4　手にむすぶほどだにあかぬ山の井の影はなれゆく袖の白玉（一字百首・恋）

5　あかざりし山井の清水手にくめばしづくも月の影ぞやどれる（花月百首）

6　夏の夜はげにこそあかね山の井のしづくにむすぶ月の暉も（韻歌百二十八首）

7　山の井のしづくも影も染めはててあかずは何のなほ時雨るらん（建保二年内裏百首・時雨）

良経

8　手にくみし山井の水にすまねどもあかでわかるるしののめの月（秋篠月清集・月の歌よみける中に）

9　山の井のむすびもはてぬ契りかなあかぬしづくにかつ消ゆる泡（秋篠月清集・恋の歌よみける中に）

10　手にむすぶ石井の水のあかでのみ春に別るる志賀の山越（千五百番歌合・春一）

慈円

11　むすぶ手に影乱れ行く山の井のあかでも月のかたぶきにける（老若五十首歌合・夏）

12　あかにとて心に深くむすべばや濁らざるらむ山の井の水（厭離欣求百首）

13　法の水に深き心は山の井のむすぶしづくも濁らざるらむ（略秘贈答和歌）

14　むすぶ手に消えぬ思ひや山の井の流れにすだく螢なるらむ（建保院百首・夏）

15　いとどしく恋する人にむすばれて涙に濁る山の井の水（太神宮百首・恋）

式子内親王

16　逢坂の関の杉むら過ぎがてにあくまでむかふ山の井の水（式子内親王集・二番目の百首・夏）

後鳥羽院

17　むすぶ手の露に月すむ山の井のあかでもあくる夏の空かな（内宮百首・夏）

18　夕づく夜しばしやどれる山の井のあかぬ光ぞ水にすずしき（千五百番歌合・夏）

19　山の井のあかでも春ぞ暮れにけるむすぶしづくに影をとめなん（詠五百首和歌・春）

定家以下の歌が必らず俊成の説にそって詠まれているという保証はないし、これらの歌がすべて本歌について同じ解釈を共有しているとも考えられない。9の良経歌には、俊成が非難した顕昭歌の句と同類とも見える、「あかぬしづく」という表現があり、これらを含めて（標準的な解釈とは異なる）「俊成説」を整合的に導くことは難しいであろう。要するにこれらの歌は、俊成周辺における「むすぶ手の」歌の受容の幅をうかがう上で、おおよその指標になるというにすぎない。しかし、その前提の上でもうすこし考察をすすめてみよう。

定家以下の歌では、水面への反映を扱うものが実に多いことに気づかされる。月光の反映は5、6、8、11、17、18と競い詠まれ、1、4、7、19も「影」に関わる。これは言うまでもなく、

あさか山影さへ見ゆる山の井の浅くは人を思ふものかは

の古歌以来、

山の井の浅き心もおもはぬに影ばかりのみ人の見ゆらむ（古今集・恋五・読人知らず）

影だにも見えずなりゆく山の井は浅きよりまた水や絶えにし（後撰集・恋一・紀乳母）

等の恋歌において、「山の井」と「影」の縁語関係が確立していたためである。そして、前掲1の俊成歌などは、実は貫之歌よりも、これらの恋歌、また『古今和歌六帖』（第二・山の井）のやはり恋の暗喩を担った

くやしくぞ汲みそめてける浅ければ袖のみぬるる山の井の水

浅からんことをだにこそ恨みしか絶えやはつべき山の井の水

などの世界を継承するものである。すなわち、貫之の「むすぶ手の」を、「あさか山」以来の「山の井」の恋歌の系列からいちおう独立した作と見なすならば、俊成歌1は、貫之歌との直接の関係はないとすることも可能になる。一方、定家以下の、貫之歌を本歌取しつつ「影」を詠む作は、本歌とともに「山の井」の恋歌の系列をも摂取し、両者をいわば融合したものということになろう。貫之「むすぶ手の」について、清輔は古歌「むすぶ手の石間を狭み」との関係を強調し、顕昭の『古今集注』『古今秘注抄』（『日本歌学大系』別巻五）は、「あさか山」の山の井とは別の場所であることを言う。いずれも、「山の井」の古歌・恋歌系列とのつながりをあまり積極的

には考えていないように見える。そしてもちろん、標準的解釈に立てば、「山の井は浅い（浅いからすぐ濁る）」という通念以外では、貫之歌と他の「山の井」歌とに共通の要素は特にないと言える。しかし俊成も同じように考えていたと言い切れるであろうか。むしろ、貫之歌について異説が生じ得るとすれば、この点をめぐってのほかは考えにくいように思われるのである。

俊成は、「しづくに濁る」という表現から、水面に映った人物の姿がたちまち乱れ、曇っていくさまを読み取っていたのではないか。水を汲もうと近づいた人物の影は、水面に宿ったと見る間にもうその人自身の手のしたたりにかき消える、その時間の短さが「飽かで」という語を導くというように、この序詞を理解していたのではなかろうか。そしてそれを重視するあまり、「水を飲むが飲み飽かぬ」という脈絡の方を、むしろ「褻」に堕した解釈として否定してしまったのではあるまいか。水をすくいあげる目的に飲用があったことは確かであろうが、俊成はあえてそれを「あかでも」の解釈に直結させようとしなかったのである。

1から19の歌も、そのような目で見れば、かならずしも「水を飲む」という面を明確にしてはいない。2、3、14、16など夏の季節に関するものでは、手を浸した時の冷感、清水に見入る時の涼感などを含めて「山の井」が想い描かれているであろう。そして中でも慈円11や後鳥羽院18などは、水面の影像のはかなさという俊成の本歌解釈を忠実に継承していることになる。

なお、和歌における水の「濁り」と射影との関係に関して補足しておくと、

浅してふことをゆゆしみ山の井は掘りし濁りに影は見えぬぞ（後撰集・恋一・平貞文）

山の井の水は濁さじ木の間より漏り来る月の影宿しけり（林葉集）

のように、「濁り」は反映を乱すものであり、澄んだ水が鮮明な像を映すものとされる。これは、「山の井」に限らず、

濁りなき清滝川の清ければ底より立つと見ゆる藤波（忠岑集）

などのように、水面の射影に関する和歌に一般的な捉え方である。近代自然科学の見地に立てば、「濁る」は水中の透明度の問題であり、水面の射影に直接影響しないが、和歌の美意識ではそうはならないのである。

3　想定される俊成の享受

はじめに見たように、『古来風体抄』の貫之歌評は、歌の上句に特に注目するものであった。

「むすぶ手の」と置けるより、「しづくに濁る山の井の」といひて、「あかでも」などいへる、おほかた、すべて、ことば、ことのつづき、姿心かぎりもなき歌なるべし。

前節に想定した俊成説の線上でこの評を読んでみよう。

俊成歌1に「むすぶ」を男女が契りを結ぶこととの懸詞に用いており、前掲『古今和歌六帖』の「くやしくぞ汲みそめてける」で水を汲むことが男女関係の暗喩であることから、初句「むすぶ手の」がすでに恋愛的な状況を感じさせ得る表現であったと思われる。そして「しづくに濁る山の井の」は、「山の井」からの恋歌世界に根を持つ連想によって、水面に映る女性の容姿と、それがたちまちにかき消えていくありさまとを、つぎつぎに心像として喚起する。それは時のうつろいと出会いのはかなさとを十全に表象する。こうした上句の含意は、「あかでも」以下の下句にしっかりと受け止められることによりはじめて定位されるのであり、一首の詠吟をくりかえす中で感得されるものと言えよう。「あかでも」に到る表現をしみじみと味わい返すかのような俊成の歌評は、

このような読みこみに対応していたのではなかろうか。

通説においても、この歌の序詞は恋歌的なものであるが、想定される俊成説においては、序詞じたいがすでに男女の出会いと別れのいわば小さな物語を含み、心像の継起によってそれを表現しているのである。もちろん、俊成がこの歌を恋歌そのものと見なしていたとは考えられない。歌じたいは詞書が示すような状況の下でのあいさつ詠でありながら、恋歌的世界の重ね合わせによって、別れを惜しむ心情の深々とした波動を表現し得ていると見たのである。

ひとつの仮説を提示したが、あくまで『千五百番歌合』二百七十番判詞の解釈という隘路を通過する試みである。より穏当な判詞の解釈が見いだされるならば、このような仮説が固執されるべきではない。ただ、現代における通説的な理解が、一見それ以外の解釈の余地をほとんど含まないように見える場合であっても、中世の歌人の享受には微妙に異なる屈折が含まれていた可能性は、いつも念頭に置いておくべきだ思うのである。

補記

本章は前章と相補うものであり、俊成の『古今集』尊重が、古今集歌を、独特の、とまでは言えないまでも、微妙に自己流のアクセントを置いた享受によって、自らの嗜好に引きつけていた可能性を指摘している。伝統尊重と直感重視という、一見、矛盾する基準が交わる場所が、そこにあると考える。

なお、「山の井」について検討する際、片桐洋一編『歌枕歌ことば辞典』（角川書店、一九八三年）の「やまのゐ」の項を参考とした。

第七章

直感を導く古歌――「古今集本体説」が意味するもの――

1　『古今集』を「そのまま受け入れる」こと――『古今問答』の言説――

『古今問答』という資料は、俊成歌論の中でどのような位置を持つのであろうか。

本書の成立時期について、片桐洋一は、天理図書館善本叢書『和歌物語古註続集』（八木書店、一九七二年）解題において、『古今問答』における俊成使用の『古今集』本文が建久本であることを指摘し、それによって成立を建久二年（一一九一）前後と推定した。これに対して浅田徹「俊成本古今集試論―伝本分立の解釈私案―」（『和歌文学研究』66、一九九三年九月）は、本文についての片桐の認定は認めた上で、俊成の使用本が証本書写と連動して交替するのではないとの観点から、『古今問答』の成立期をただちに建久本書写時点前後と特定できないとの見解を示している。一方、松野陽一『藤原俊成の研究』（笠間書院、一九七三年）は、「崇徳院」の号の使用から成立の上限を治承元年（一一七七）七月二十九日と押さえた上で、文中に『奥義抄』以外の歌学書が引かれない点に注目して、上限に比較的近い時点での成立の可能性を示唆している。私は、実証的な面では、これら先学によって示された論点につけ加えるべきものを持っていない。しかし、本書に窺える俊成の和歌観の顕著な特色は、おのずから俊成歌論の形成の特定の段階に本書を位置づけることを求めるように思われる。
その特色とは、既に片桐前掲解題に指摘されている、『古今集』の絶対化とでも言うべき言説の出現である。例えば、秋下・二五三「ちはやぶる神南備山の紅葉葉に」についての、

何神座哉。

神なびのみむろの山と許ぞ知給て候。何神と未知候也。

惣て此歌不審、これもいと心えずながら、たゞさて候なり。不及難也。古今歌、難ずるに不及事也。（前掲、天理図書館善本叢書所収影印、三九頁により、表記を一部変更）

のような問答や、伝人麿歌「ほのぼのと明石の浦の朝霧に島隠れ行く船をしぞ思ふ」についての問、

「をし」は、寄船て仕へる詞歟。「船を思」とは如何。（同上、六二頁）

（山本訳。「船をしぞ」の「をし」は、船に関連して使う言葉か？「船を思う」とはどういう気持ちか？）

に対する答、

人麿第一歌也。いたく無口説て、只、仰信じて可候也。船をこそはおもひ侍けめ。

のように、古今歌に対する疑問自体を封ずるような言い方が見られることである。そこには、「夜を寒み置く初霜をはらひつつ草の枕にあまたたび寝ぬ」（羇旅・四一六）の、

初霜は一夜事歟。而「あまた」とは如何。

霜をきそめんころは、初霜といはん事、一夜にも不可限歟。凡（およそ）、歌はいたくきびしくは不可口説也。

（六二から六三頁）

に見られるような、歌意の合理性のみを詮索することへの警告も含まれていたろう。しかし、秋上・二四二の貞文歌についての、

「いまよりはうへてだにみじ花すゝき」

ほにいでたるすゝきみんからに、わびしき事如何。

貞文歌、わびしくこそは見え侍けめ。（三七から三八頁）

あるいは、秋上・二四八の遍昭歌についての

「秋のゝらとは」など申哉。

遍昭よみて、古今に入れり。さてこそは。（三八頁）

のような問答では、当代人の感性・知性が古今集歌に対して抱く抵抗感や疑問そのものを、排除していることが明確である。基本的には俊成の立場は、古今集歌が「わびしかりけり」と言っていれば「わびしくこそは」と感じられるし、古今集歌が「秋の野ら」と言っていれば、「さてこそ」と感じる、というものであり、古今歌の論理や表現をそのとおり「さてこそ」と感じるべく、主体の感性・知性の方を調整することを求めるものなのである。

片桐洋一は、これらの言説について、

答者俊成のこのような答え方を、問題の核心をそらす態度として批難することも勿論出来よう。しかし、考証中心の清輔ら六條家の学風に対して、古典の表現をとにかくそのままに受け入れようとする態度は、一つの見識ある学問的姿勢である。一見消極的に見える答者の姿勢の中に、御子左家の学問的姿勢の原点がまざ

まざと感じられるのである。（前掲書、解題七頁）

と論じた。また、浅田徹「俊成の古今問答をめぐって—問者の知りたかったこと—」（早稲田大「『国文学研究』」115、一九九五年三月）は、問者の質問傾向に注目して、「一々の難儀のレベルをこえて集全体に奥深い何かを秘めた特殊な書物と感ずるようになってゆく」この時期の「一般歌人」の古今集観の現れをそこに認め、

古今歌の深い由緒を聴こうとする弟子と、それを抑圧して普通のことを教えようとする師匠との「すれ違いが露呈」した例として、『古今問答』を捉えている。いずれも、院政期末から鎌倉期への歌学史の流れを踏まえた発言として、決して不当とは思わない。しかし、俊成の姿勢に、「学問的姿勢」（片桐）とか「普通のことを教えようとする師匠」（浅田）とかいう捉え方でカヴァーできない性格がはらまれていることも、また見逃すべきではない。「船をしぞ思ふ」とはどんな気持ちなのだろうか？とか、ススキの穂を見たぐらいで「わびしく」なるものだろうか？という疑問は、なるほど「文学的」には幼稚な疑問かもしれないが、日常生活的な感性の側からすれば、決して突拍子もない疑問ではない。俊成が、このような疑問をまさに「抑圧」して、古今集歌を「とにかくそのままに受け入れる」べきであることを説いたのは、なぜなのか。それは、古今集歌の世界へのこのようなまさしく「問答無用」の同意を、和歌というひとつの価値領域に参入するために、ぜひ必要な手続として考えていたからではなかろうか。

2　『古今問答』の位置と意義——伝統への同意——

ここで、これとは逆に、一見『古今集』への相対化とも受け取れる言説を含む資料を見ておこう。文治三年

（一一八七）頃と見られる『御裳濯河歌合』一番判詞の冒頭箇所である。判詞であるが、内容的には以下の判詞全体への序文という性格を持つものである。まず、

豊葦原のならひとして、難波津の歌は人の心をやるなかだちとなりにければ、これを詠まざる人はなかるべし。しかはあれども、よしとはいかなるをいひ、あしとはいづれをさだむべしとは、我も人も知るところにあらざるものなり。

と、歌の普及の反面での価値判断の困難が述べられる。この論の運びは後の『古来風体抄』でも踏襲されるものであるが、『御裳濯河歌合』では「我も人も知るところにあらざるもの」という悲観的判断がまず示されてしまう点で、『古来風体抄』とは落差がある。以下、俊成の論は、この悲観的判断の理由を述べる形で展開する。

その故は、青丹よし奈良の御門の御時、撰び置かれたる万葉集は、世も上がり人の心も及び難ければ、しばらく措く。それよりこのかた、紀貫之、凡河内躬恒らが撰べるところの古今集をこそは、歌のもととは仰ぐべきこととなるを、

この箇所も、細部の口吻では『古来風体抄』とかなり重なるが、『古今集』を「歌のもと」とすることの断念へとつながっていく点が大きく異なる。すなわち、この後に、仮名序六歌仙評が古今集中の六歌仙歌の欠点を挙げていることに注意し、

撰集（ここでは古今集を指す）は、さまざまの歌の姿をわかず、その筋にとりてよろしきをば採り撰べるなるべし。

と『古今集』の相対化とも解し得る見方に行ってしまう。さらに、公任の『前十五番歌合』『三十六人撰』『和歌

九品』に触れ、特に『和歌九品』が『古今集』の歌の中に価値序列を設けることについて、

多くは古今集の内の歌を、あるをば上が上品にあげ、あるをば下が下品に置けり。これらのたぐひは、疑心もむすぼほれぬべけれど、先達の事は及ぶところにあらず。

と、深刻な懐疑をかいま見せている。

ここで俊成は、和歌作品の価値を判定するための基準を模索し、『古今集』を基準とする方向にひとつの解決を予想しながらも、なおその方向に困難を認めて思索を屈折させているようである。公任の秀歌撰への言及には懐疑的口吻が感じられるが、懐疑の理由が明示されるのは『和歌九品』についてのみであり、俊成の立場は明瞭に示されていない。後述する『古来風体抄』の方から遡って考えれば、公任的（『拾遺抄』的）価値観への俊成の不同意をここに認めることはできようが、それだけでなく、『和歌九品』のような単純な尺度では、実際に求められる多様な価値判断に対して有効性を持たないという認識があったのではないかと想像される。むしろ、「さまざまの歌の姿を」含む『古今集』を総体として「歌のもと」と認定できれば、『古今集』歌自体に優劣をつける公任的な基準よりも、包括的な規模を持った有効な基準が得られるという予感があったのではなかろうか。

やがて俊成は、『古来風体抄』で、「和歌史」という大規模な「尺度」と組み合わされた形で、その尺度のいわば基準点として、『古今集』をあらためて「歌の本体と仰ぎ信ずべきもの」として位置づけ直すことになる。その経過を図式化すれば、歌合判者としての経験が醸成した和歌作品の価値判断をめぐる問題意識が、『千載集』の撰歌を経ていちだんと深化し、『御裳濯河歌合』序文での彷徨の後、『古来風体抄』でいちおうの解決を得る、というふうになろう。『古今問答』の『古今集』観が、右の『御裳濯河歌合』から『古来風体抄』へと向かう線

の上に置かれ得ることは他言を要しまい。

これはあくまで図式化に都合よく並べた場合の話であって、事実的な成立時期に直結するわけではない。ただ、この図式の示唆的な点は、いわゆる「古今集本体説」が決して平穏裡に成立したわけではないことを思わせる点である。むしろそれは、『御裳濯河歌合』のような懐疑を清算するために必要な転換であったのである。単純化して言ってしまえば、俊成は、古今集歌の価値を疑わないと「決める」ことで、和歌をめぐる価値基準を再編する選択肢を採ったのである。こうした意志的な要因の働きが、『古今問答』に出現する強制的なトーンを了解する鍵であろう。

問答無用で『古今集』歌を受け入れよという主張がたとえ暴力的と見えるとしても（実際にも暴力的なのだが）、なおそれが一つの見識でもあるのは、その背後に、ひとつの醒めた自覚が働いているからである。それは、（むろん俊成がこのような言葉で考えたわけではないが）「作品の文学的な価値は、ありのままの自由な心の動きによって認知されるわけではない」という自覚である。個々の和歌作品に対する価値判断は、実は、和歌文芸を一つの価値の領域として認めることを前提に成り立っている（決してその逆ではない）。そしてこの承認は、多くの場合、この領域が背負っている歴史（伝統）への同意（その歴史に価値を認めること）に支えられている。それ故に、この承認には、和歌文芸の領域に、同時代の日常的な価値意識を適用しないことが含意されている。『古今問答』における俊成の立場は、和歌の世界での価値判断の背後に、暗黙の不明確なものとしてあるこうした「合意」の積み重なりを、『古今集』の価値への無条件的な「合意」という鮮明で単純な形に、形成しなおすことを求めるものであったと言えよう。

つぎにこの問題を、『古来風体抄』に即してあらためて跡づけてみよう。

3　直感の根拠としての『古今集』

『古来風体抄』の代々撰集抄出歌に付された俊成左注については、錦仁『中世和歌の研究』（桜楓社、一九九一年）第三編第一章1に、詳細な論がある。錦は、『古今集』歌に対する俊成左注がつねに肯定的であるのに対して、『拾遺集』の左注には明確に批判的なものが含まれるという落差に注目する。そしてこの問題を、同時代人が「歌の本体」としている実方歌「五月闇倉橋山の郭公おぼつかなくも鳴きわたるかな」等の修辞性過剰の『拾遺集』（『拾遺抄』）歌に対する、俊成の不同意を軸に解明していく。錦によれば、『拾遺集』の中によい歌と共に「見習ってはならない歌」が存在することを主張したいという強いモティーフが俊成にはあったが、「どの歌が善く、どの歌が悪い、と分けてしまえば、彼の眼による勝手な判断と思われる」ことになる。その批判を避けるために考案されたのが、

『古今集』を最高の歌集と位置づけ、そのなかのある種の歌を理想の「歌の本躰」と称揚する。これが絶対的な〈善き〉歌の鑑だから、これを判断基準にすれば、上古の和歌も『古今集』以降の和歌も、どれが〈善き〉で〈悪しき〉なのか判断できるようになる。（四一九頁から四二〇頁）

というシステムであり、俊成はこのようにして、自己の価値判断を基礎づける「歴史（＝和歌史）という客観的証拠」を「みずから創り出」したのである。錦の解釈は、『古来風体抄』の構想の意志的な側面に照明をあてた点できわめて示唆的である。しかし、俊成の価値判断（嗜好）といわゆる「古今集本体説」との関連の把握に、

なお検討の余地があるように思う。

私がそのように言うのは、錦自身が、行平歌「たち別れいなばの山の峰におふる松とし聞かばいま帰りこむ」の左注、「この歌、あまりにぞ鎖ゆきたれど、姿をかしきなり」について、

仮に『拾遺集』の歌であったなら、掛詞や縁語の多用など詞の技巧が複雑でのびやかな感じがしないことを理由に、非難の一つも書き付けられたことであろう。（四一四頁）

という大胆な想定に踏み込み、

俊成は、『古今集』のある歌が、批判すべきマイナス点があっても、やはり褒め讃えてしまうのである。（同右）

とまで述べているからである。また、『古今集』抄出歌左注に見られる「詞は批判しても歌は褒める」やり方を、「甘やかとも思えるほどの批評」と捉えてもいる（四一三頁）。こうした俊成の『古今集』評価の性格は、前述の『古今問答』の性格をも勘案すれば、実はそれじたいも意志的に「創り出された」評価であり、いわば、古今歌を肯定するように操作された感性の判断なのではないかと、私は考えるのである。

周知のように、俊成自身は、『古今集』が「歌の本体」であり得る理由を、『万葉集』との対比において次のように説明していた。

この集のころをひよりぞ、歌のよきあしきもことに撰びさだめられたれば、歌の本体には、ただ古今集を仰ぎ信ずべき事なり。（『古来風体抄』上巻）

錦が「頗る明快な論理」と評するこの説明を、かつて細谷直樹は、六条家との対抗上『古今集』尊重を選ばざる

を得なかった俊成の、苦しい事後合理化と解した（「俊成の万葉観と古今観」、『中世歌論の研究』笠間書院、一九七六年所収）。しかし、いずれの論者も、俊成の「古今集本体説」の性格（俊成の嗜好の自然な発露でもないが、外在的な理由で選ばれた単なる建前でもない）を、十分捉えきっていないように思われる。

ここであらためて想起されなければならないのが、和歌の価値判断に際しての「直感」の働きを、俊成がきわめて重く見ていたことである。『古来風体抄』は、とりあえずは名称が示すとおり「和歌史」の書物であるが、周知のように俊成はその冒頭近くで、歌の価値判断は「よみあげもし、詠じもしたるに、なにとなく」感得されるものだと強調している。価値判断は、批評者の直感を通してしかなされ得ない。その意味では、いわば絶対的に「主観的」であり、説明不可能である。このことを強調した上で、ではこの「直感」はどのようにして恣意性を免れるのか（客観性を帯びることができるのか）、という問題の次元が始まり、そこで「和歌史」が登場する。批評者の感性は、和歌の風姿の歴史的変遷に接することで涵養（教育）されなければならない。錦の言う「創り出された」和歌史は、そのように感性を方向づけるための装置なのであり、「古今集本体説」とは、この教育のための基準点の設定を意味している。

言い換えれば、もしもこのような「批評主体」の確立という要請が俊成歌論の中になければ、「古今集本体説」のような言説は、おそらく必要がなかった。特定の、実作上の規範にふさわしい「秀歌例」が提示されればよかったのである。しかし、批評する直感が問題である以上、基準は、ある統一的な批評意識を経過した（と信じられ得る）「集」、涵養されるべき感性がそこに全面的に同化できるひとつの「世界」でなければならなかった。俊成的な批評主体は、『古今集』の撰歌に働いている価値基準を、いわば内面化し、自らの批評的感性をそこに一体化することによって成立する。その時、端的に言えば、たとえ秀句仕立ての歌であっても、『古今集』の行平歌は「あまりにぞ鎖ゆきたれど、姿をかし」と感じるように、批評者の感性の方が調整（教育）されるのである。

つまり、『古今集』の「本体」性とは、個別の歌が同時代歌に直接に尺度として対置されるところにではなく、集全体が批評者の感性に内面化されるところになり立つ。巽英子「『古来風体抄』抄出例の性格」（早稲田大「国文学研究」73、一九八一年三月）が、『古今集』歌の「表現の歴史的相対化」として捉えたいくつかの左注、たとえば巻頭二首めの歌に対する、

この歌、又、古今にとりては心も詞もめでたくきこゆる歌なり。「ひちて」といふ詞や、今の世となりては、すこしふりにて侍るらん。

のようなものの存在も、右の観点から理解することができる。『古今集』を「本体」と認めておきながら、個々の歌語について同時代の視点から「ふりて」「用ひ難き」等とコメントする、一見矛盾した言説が成り立つのは、批評する直感の感性的基盤と、批評対象に個別的に適用される用語や表現法に対する模範とが、同じ次元にないからである。いくたびか現れる「古今にとりては」といった表現は、「感性の基盤」としての『古今集』に対する、包括的な合意を前提にするのであり、『古今集』の「絶対化」といったことが言えるとすれば、それはこの次元でのことなのである。

4　批評の対象としての『拾遺集』『拾遺抄』

もちろん、感性の基盤となる集は、『古今集』以降の勅撰集のいずれであることも、論理的には可能であった。この点についてては、ある種の『拾遺抄』歌に対する反感が、俊成の和歌史の構想を導くモティーフであったとする、前述の錦仁の想定を思い起こす必要があろう。私の観点に従って言えば、俊成は『拾遺抄』とその時代の和歌に、同時代との連続性を認めつつ、この同時代的和歌の世界に対して自立して臨み得る批評の支えを、『古今集』に求めたのである。

『古来風体抄』は、『拾遺集』『拾遺抄』に次のように述べている。

大納言公任卿、この拾遺集を抄して拾遺抄と名づけてありけるを、世の人これをいますこしもてあそぶほどに、拾遺集はあいなく少しおされにけるなるべし。この拾遺集も又、後撰集の後いくばく久しからざれども、なほ古今・後撰にもれたる歌も多く、当時の歌詠みの歌も、よき歌多かりける上に、万葉集の歌、人麿・赤人が歌をも多く入れられたれば、よき歌もまことに多く、又すこし乱れたる事もまじれる故に、抄はことによき歌のみ多く、又時世もやうやうくだりにければ、今の世の人の心にもことにかなふにや、近き世の人の歌詠む風体、多くはただ拾遺抄の歌をこひねがふなるべし。

『拾遺抄』は（俊成の考えた成立順では）『拾遺集』から抄出したにすぎなくても、二つの撰集を支える価値観は既に異なっていると見られている。『拾遺集』の世界が、古歌とつながる部分を含む幅広いものであるのに対し、『拾遺抄』の世界は「今の世」「近き世」の価値観とつながるのである。『千載集』を選んだ経験を持つ者としては当然ながら、俊成は、撰集の個性が、撰者の価値観、撰歌の時代範囲の双方によって規定されることを重く見る。それ故たとえば、

桜散る木の下風は寒からで空に知られぬ雪ぞ降りける（拾遺集・春・六四）

が、たとえ『古今集』撰者の一人である貫之の歌であっても、

この歌は、古今集の承均法師の「花のところは春ながら」といへる歌の古きさまなるを、やはらげて詠みなしたれば、末の世の人の心にかなへるなり。

と注される時、まさに『拾遺抄』的な世界を代表する歌として、『古今集』歌と対比され得るのである（第四章2参照）。

しかし、このように『拾遺集』と『拾遺抄』との間に異質性を見るとしても、後者の歌が前者に含まれている以上、『拾遺集』の世界には既に『拾遺抄』的なもの（すなわち俊成の同時代の価値観につながるもの）が抱え込まれていることにはなろう。それ故、『古来風体抄』の『拾遺集』抄出に付された左注は、『古今集』抄出歌左注と同列に扱うことはできない。『拾遺集』も『拾遺抄』も、ひとまとまりの世界として批評意識に内面化されるものではなく、むしろ俊成の同時代の歌と同じように、批評の対象となるものだからである。つまり、これらの左注の場合は、直接に同時代にとって模範になる歌とならない歌を弁別し、また同時代歌の批評の指標として役立つ歌を指示したりしているはずである。この点でまず注目されるのは、次のようなタイプの左注であろう。

秋部の為頼歌「おぼつかないづくなるらん虫の音をたづねば草の露や乱れん」に対する、

これ、優の体ばかりなり。

同部の兼盛歌「暮れて行く秋の形見に置くものは我がもと結の霜にぞありける」に対する、

これこそ、あはれに詠める歌に侍るめれ。

冬部の兼盛歌「ふしつけし淀のわたりをけさ見ればとけん期もなく氷しにけり」に対する、

これ、一つの姿なり。この体にとりてはをかしかるべし。

などがそれで、『俊頼髄脳』や長明『無名抄』所引の俊恵の言説などに見られると同様の、歌体論的視点がはっきりと現れている。いったいに俊成は、和歌の価値を構成するいくつかの美的価値基準について、『古来風体抄』下巻巻頭で比喩的に述べている以外、あまり積極的に論じてはいない。しかし、右に引いた三箇所では、「優」「あはれ」および「こころをさきとして詞をいたわらぬ」とでも称するべき基準について、典型的な歌を示して解説している。このような歌体論的視点が、『古今集』ではなく『拾遺集』の歌についてこそ現れることは、示唆的である。詳しく言うと、二首の兼盛歌は『拾遺抄』歌であり、為頼歌は『拾遺抄』の歌ではないが『拾遺集』時代の歌人の作である。歌体論は、歌の評価を行う指標としての実際的意味を持つものだから、このように同時代との類比の可能な時代範囲から、例歌が撰ばれたと考えられる。

『拾遺集』（『拾遺抄』）の中にあって、俊成が無条件に賞賛していると解し得る次の例でも、左注の表現には、同時代歌との連続性が含意されている。

稲荷に詣でて、懸想しはじめて侍りける女の、こと人にあひて侍りければ、つかはしける

長能

我といへば稲荷の神もつらきかな人のためとは祈らざりしを

この歌、いみじくをかしき姿なり。ただ、そのふしとなけれど、歌はかく詠むべきなり。「これが俊成の理想とする最高の作品とはとうてい思えない」との錦の留保は、われわれ現代人の感じ方としては無理からぬものと思われるが、だからと言って俊成の賛辞を割り引くべきではない。構成に特段の工夫がないにもかかわらず、表現の展開に身を委ねる直感的享受によって、詠み手の感情の流れが追体験的に共感され得ることを、評価していると見られる。いわば「俊成好みの歌」なのであろう。もとより本章での考察の観点からは、端的に「歌はかく詠むべきなり」と言われていること、つまり「及ばぬ姿」ではない、基本的には到達可能な同じ世界の中での秀歌として遇されていることこそが、注意される。

夏部の実方歌「五月闇倉橋山の時鳥おぼつかなくも鳴きわたるかな」に対する、

この歌、まことに有り難くよめり。よりて、今の世の人、歌の本体とするなり。されど、あまりに秀句にまつはれり。これはいみじけれど、ひとへに学ばん事いかが。

のような場合も、同時代に規範として妥当する歌かどうかが、直接問題になっていることは同様である。「まことに有り難くよめり」や「これはいみじけれど」が、名歌に遠慮した儀礼的評価にすぎないと解し得るのは、続く文言では特定の歌語ではなく一首の風体そのものが疑問視されているからである。『拾遺集』の歌の場合、同時代の規範となり得ないとされることは、歌自体が否定的に評価されることに近い意味を持ったであろう。

このように俊成歌論の「和歌史」は、批評主体を涵養する『古今集』と、批評の実践場としての『拾遺集』（およびそれ以後の歌）とを大きく区分する枠組みを持つ。それは、均質に流れる年代記的時間の枠組みとは異なるものであることを、注意しておくべきであろう。

補記

本章の初出稿は『日本文学』誌の特集「中世の〈歴史叙述〉と〈教育〉」のために執筆された。文中で「教育」という語にアクセントが置かれているのは、そのことと関係がある。この特集号のテーマが予告された際、まさに私が考えていた問題と符合するテーマであると感じて執筆し投稿したものであり、テーマに合わせるために無理をしている点はない。ただ、締め切りを意識して執筆を急いだため、文章にやや粗雑と思われる点があり、本書に収録するに際して多少の修正を加えた。この論文は、過去の論考による俊成歌論の構造（考え方の組み立て）の解明を締めくくったものであり、本書収録にあたっても第一部の最後に据えることとした。

結びに述べた、歴史的時間の捉え方については、いまだ考察が十分とは言えない。現代の歴史叙述では、平安時代と奈良時代、『万葉集』と『古今集』との間に大きな区分を設けるのが通例であるが、それにとらわれ過ぎると、中世（あるいは広く近世以前）の歴史叙述の持つ、固有の遠近感を捉え損なう危険がある。現在で言う平安時代前半とそれ以降の間にも、何らかの断絶が感じられていた可能性があるのではないか。より普遍的な問いに結びつく問題であるが、今はこのような言い方にとどめておくほかない。

第Ⅱ部　批評者俊成の形成と転身——批評語「幽玄」の追跡から——

第八章

「幽玄」の批評機能・序論——建仁元年『十五夜撰歌合』の場合——

1　「幽玄」から何を探るか

「はじめに」でも述べたが、本章以下の諸章では、歌合判詞における俊成の批評の在り方を、「幽玄」という批評語を通して考察する。

いままでの多くの「幽玄」の研究においては、歌合判詞の特性に考慮を払いながらも、最後には各用例に共適する「幽玄」の美的理念としての性格を抽出する方向へと進むのが一般的であった。これに対して、俊成判詞の具体的場面に入り込み、そこで「幽玄」がどのような批評上の狙いを持って用いられ、実際にどのような批評上の有効性を発揮しているかを考察するというのが、第Ⅱ部での狙いである。批評としていきいきと働いている姿での俊成歌論を、「幽玄」をなかだちとして捉えてみたいのである。

本章はその予備的考察であって、建仁元年八月十五夜に行なわれた「撰歌合」の判詞における一用例のみを取り上げるものである。この用例は、やや複雑な本文上の問題があり、また厳密には俊成自身の判詞とは言えないなど、資料としての性格に、他の用例とは別に扱った方がよい問題がある。しかし、このような一見して周辺的な性格にもかかわらず、あるいはむしろそれ故にかえって、この用例の検討は、俊成の批評と「幽玄」との関係についてある興味深い視角を開くのである。具体的には以下の論述にゆだねるが、この視角の重要性が、この章を「幽玄」の考察への導入として置く理由であることを強調しておきたい。

2　『十五夜撰歌合』の本文異同の様相

正治・建仁期後鳥羽院歌壇では、驚くほど頻繁に大小の歌合や百首歌・五十首歌などの和歌行事が行われたが、本歌合もそのひとつである。月に関する結題十題を歌人二十四人に詠ませ、その中から百首を撰んで五十番に仕立てている。建仁元年（一二〇一）八月十四日に撰歌、翌日披講されたことが『明月記』により知られる。評定と判を定家が記録したことについては、『明月記』十五日条に、

予、賜紙硯、又書判評定詞。此役極難堪。評定之詞、如流。不暫停滞。

（予、紙硯を賜りて、また判・評定の詞を書く。此の役、極めて堪へ難し、評定の詞、流るるが如し。暫くもとどこほらず。）

と述べられている。

このように、この歌合の判詞は、当座の評定と判の要点を定家が筆録したものであり、その点では、俊成の批評姿勢を精密に考察する資料としては必ずしも適切ではない。ここに、この歌合の「幽玄」の用例を他のものと分離して扱う理由のひとつがあるが、さらにもうひとつの理由として、「幽玄」が用いられている番の本文上の問題があるのである。

「幽玄」の語が判詞に現れる三十四番の本文を、まず宮内庁書陵部蔵智仁親王筆本（五一〇・五〇）により示すと

三十四番　左深山暁月　右野月霞涼

左勝　　有家朝臣

花をのみおしみなれたるみよしの丶梢に落るありあけの月

右　　内大臣

白露にあふきを丶きつ草の葉はおほろ月夜も秋くまなさに

右歌幽玄の事におもひよりて侍れと左うるはしくよろしき歌也とて為勝

であり、右歌第三句「葉は」の右傍に「原イ」の注記が有る。

さて、朝原則夫の調査をふまえた松野陽一の整理（『藤原俊成の研究』笠間書院、一九七三年、第二章第二節）では、本歌合の伝本は第一類、第二類よびその混態本に分類される。右の智仁親王筆本は第一類であるが、同じ類の彰考館蔵歌合部類本、筑波大学図書館蔵本、肥前嶋原松平文庫蔵本、三手文庫蔵本は、三十四番に関しては異文注記の有無以外にほとんど異同がない。また一類本に近い群書類従本（版本）は、

しら露にあふきを丶きつ丶草のはらおほろ月夜も秋くまなさに

としている。これに対して第二類本では、右の歌題「野月露涼」が（他の番も含めて全て）「野月露深」となり、左歌第四句が「梢にのこる」となるほか、右歌の本文については次のような異同を示す。

（イ）白露も〔一句分空白〕草のはらおほろ月夜も秋くまなさに（静嘉堂文庫蔵本）

（ロ）白露もあはれふかきは草のはらおほろ月夜も秋くまなさに（彰考館蔵桝型一冊本・内閣文庫蔵本）

（ハ）白露もふかきは〔三字空白〕草の原おほろ月夜も秋くまなさに（伊達文庫蔵本）

（ニ）白露もあつきはをきの草の原おほろ月夜も秋はくまなさ（神宮文庫蔵九五六本）

（ホ）白露もあかつきは〔一字空白〕草の原朧月よに秋くまなさに（神宮文庫蔵九三一本）

また一類・二類の中間的形態を持ち、松野前掲書で混態本かとされている諸本のうち、宮内庁書陵部蔵歌合部類本（一五一・三六一）は、

白露もあるきはをきつ草の原おなし月にも秋くまなきに

であり、同類の宮内庁書陵部蔵本（二六六・三九六）は、右の第二句を「あかきはおきつ」とする。松野前掲書では触れられていないが、同じ類に属する島根大学図書館蔵桑原文庫本は、前掲書陵部一五一・三六一と同文である（後述する理由で、このグループについて以下では「中間本」と呼称しておく）。

判詞そのものは、二類本が「右歌も幽玄の事には思よりて」とするといった程度の小異は有るが、解釈の変更をもたらすような異同は無い。しかし、「幽玄」と評された歌の本文にこのように多くの異同があり、また歌の表現意図と深く関連する歌題にも無視しがたい異同があることは、本文の問題を解決しなくては判詞の解釈が不可能であることを意味する。この点を考えるためには、伝本の各類の性格、特に一類本と二類本の本文の特色を見通しておく必要がある。

一類本本文と二類本本文を比較すると、二類本本文の顕著な特色として、以下のような例が指摘できる。

①三番右の慈円歌（月前松風）

一類本の「秋は月つきすむ夜半は松の風いかになかめていかにしのばん」に対し、二類本は第二句を「わがすむ夜半は」とする。一見こちらでも意味はとおるようであるが、歌の表現意図からすれば、故意に「月」を重ねて

たたみかける口調が、「いかに」を重複させる下句の口調に対応しているはずである（慈円に「並列表現・繰り返し表現」への好みがあることは、斎藤映理子「慈円の歌風の特質」〔『広島女学院大学国語国文学誌』55、一九七五年一二月〕に指摘がある）。題詠の作法からも、「月澄む夜半は松の風」が題に示された対象への称美を表わす重要な部分であって、「我が住む夜半」では歌のまとまりが崩れる。

②十八番右の通親歌（月下擣衣）

一類本「君故にうらむるつちの音はしていかなる里の月をみるらん」に対し、二類本は一・二句「野辺行くにうつなるつちの」。閨怨と擣衣を結びつける漢詩起源の伝統的発想を上句に提示し、下句でその閨怨の女性の在処を思いやるというのが一首の趣向か。二類本の本文では、意味はつながっても表現意図の不明確な歌となる。

③二十番右の雅経歌（海辺秋月）

一類本「秋はこよひ浦は明石の波の上にかかる月をばいつか眺めん」に対し、二類本は一・二句「秋はこよひ明石の浦の」。①の場合と似て「…は…は」のたたみかけは、下句の問いかけの効果を強める意図的なものと思われるが、二類本はそれを崩している。

④五十番左の俊成歌（河月似氷）

一類本「大ゐ河ゐぜきに通ふ浪の音は凍らで凍る月のかげかな」に対し、二類本は、二・三句「ゐぜきも通ふ浪路には」。歌の趣向は、氷かと見まがふ月光の反射を、井堰の水音によって流れる水と知る、という所にある。「大ゐ河ゐぜきの音のなかりせば紅葉をしけるわたりとやみん」（金葉集・秋・顕季）を意識するか。いずれにせよ「浪の音」の語を消した二類本本文では歌の狙いが不明となる。

これらの例は、単なる誤写とは考えにくく、それぞれの歌に含まれるやや特異な表現を、作者の意図を無視して穏健な（穏健に見えるが実際には無意味な）表現に改めたもののように見える。転写のどの段階で、誰がどのような理由でこのような改訂を加えたのかは明らかでないが、原態遡及の面から見て二類本本文に注意が必要であることは確かである（以上の例では、中間本の本文は一類本と一致している）。

ただし、一類本単独での本文再建が可能かというと、そうとも言えない。たとえば四十三番の判詞の一部を、一類本を智仁親王筆本で示すと

左歌秋浮雲をなせる心海邉月歌すかた詞もいとおかしとて

と本行にあり、「浮」に「本マ、稼イ」と傍記がある（一類本諸本は本行本文に一致）。この判詞は、左の良経歌

秋の雲しくとは見れど稲筵伏見の里は月のみぞ澄む

に対するものと判断できるが、「海辺」の語は歌に対応せず不審である。二類本諸本では、「秋浮雲をなせる」の箇所が「秋稼重かさせる」（神宮文庫九五六本）「秋懐重而させる」（伊達文庫蔵本・静嘉堂文庫蔵本・彰考館文庫蔵枡型本）、「海辺月」が「治世の月」（神宮文庫九五六本）「治世の月の」（伊達文庫本など）などとなっている。いずれもこのままでは解釈困難な部分を含み、意味が通るような本文批評を試みるしかない場合であるが、智仁親王本の異文注記と二類本の一部の本文を参考に、

左歌、秋稼雲をなせる心、治世の月の歌、姿詞もいとおかしとて、

と再建するのが妥当なように思われる。秋の実りを雲にたとえ、治世を言祝いだ歌の意図を捉えての評である。なお中間本三本では「秋稼重をなせる心治世の同歌」であり、「同」は「月」の誤写による独自異文であるが、

「重」は二類本に近い。この状況は、はじめに「雲」が「重」と誤写され、そこからさらに二類本の異文が生まれた事情を暗示する。すくなくともこの箇所では、一類本と二類本から書写過程で中間本のような本文が合成される事情は考えにくい。これらの本を「混態本」ではなく「中間本」と呼称しておくゆえんである。

一類本と二類本の異同のうち重要なものに、先に触れた歌題の異同がある。すなわち一類本・中間本が「野月露涼」のであるのに対して、二類本は全ての箇所で「野月露深」とするのである。「涼」「深」は草体が類似するので、きっかけは単純な誤写であったかもしれないが、対立異文になっているため、校訂上の難しい問題となる。ところが、この歌合の歌を収める各作者の私家集にも対立があり、『拾遺愚草』が「野月露深」、『秋篠月清集』では教家本系が「深」または「滋」とするものと「涼」とするものに分かれ、定家本は「涼」、『後鳥羽院御集』『如願法師集』『明日香井集』の私家集大成所収伝本は「涼」である。そこで歌本文をも含めて考えると、各作者の歌には、「涼」「深」のいずれの題でも妥当しそうなものも多いが、

月すめば露を霜（二類本・霰）かと宮城野の小萩が原はなほ秋の風（後鳥羽院）

草枕月すむ野辺の白露にまだ一重なる旅衣かな（慈円）

浅茅分け宿る月さへ影寒き露深草の野辺の秋風（俊成卿女）

分くるだに寒けき野辺の白露に夜離れず宿る秋の夜の月（越前）

などは露の冷感を強調していると見られよう。

は、一類本本文では右のごとくの本文で、「影寒き」「寒けき野辺」が題の「冷」に対応していると見られるが、二類本ではそれぞれ「影清き」「露けき野辺」であり、歌題本文の異同に照応した本文になっている。しかし、

先に見てきた二類本本文のあり方から考えると、右の二箇所の異同は、無難な表現を求める二類本独自の改訂とも考えられる。どちらかといえば「露深」より「露涼」の方が特異な題であり、「露涼」として矛盾する歌も見られないことから、「深」から「涼」の本文が生じた可能性は低く、原態は「露涼」と考えてよいと思われる。定家自筆本と考えられる冷泉家本（『冷泉家時雨亭叢書』所収）を含めて『拾遺愚草』本文が「深」であることは、この推測に大きくさしさわるが、あえて定家の誤記ないし記憶違いを想定しておきたいのである。

3　通親歌の本文校訂と「幽玄」の解釈

前項で検討した諸点から判断して、三十四番右歌（通親歌）本文については、一類本本文を基礎に次のように校訂する。

白露に扇を置きつ草の原朧月夜も秋くまなさに

すこし説明を加えると、第三句の一類本本文「草の葉は」は、「ら」を踊り字と誤認したために生じた形と考え、異文注記・二類本・中間本の「草の原」を採用する。二類本間の本文異同は、第二句の「あふき」が中間本のように「あかき」などと誤写され（この例でも、中間本本文は、現存の一類本と二類本から合成されたと考えることは難しく、むしろ両類の各祖本が分化する過程の本文を伝えている部分があるように思われる）意味不明のまま転写や恣意的合理化をこうむった結果と考える。つまりこの歌の場合は、二類本共通祖本段階での意図的な和歌本文の改変の例には当たらないが、相対的に意味のとりやすい前掲（ロ）の形などを含めて、二類本本文に、解釈の基盤となり得るだけの信頼性はないと判断される。

なお、歌題は前節に述べたように「野月露涼」と考える。

では、この校訂本文により解釈を試みたい。

まず一・二句の意は、秋を知らせる白露の涼しさに、不用となった扇を傍に置いたというのであろう。炎暑が去れば扇は忘れられ打ち捨てられるとする発想（言うまでもなく『文選』二十七巻「怨歌行」など漢詩文が起源である）に拠り、結題「野月露涼」の後半「露涼し」の題意を満たしている。

続く三・四句は、先学の指摘があるように『源氏物語』花宴巻を踏まえる。

朧月夜の内侍と契った源氏は、別れ際に相手の名を尋ねるが、女は

　憂き身世にやがて消えなば尋ねても草の原をば問はじとや思ふ

とのみ答え、二人は扇を交換して別れる。後で源氏が女の扇を開いてみると「桜の三重かさねにて、濃き方に霞める月をかきて水にうつしたる心ばへ」という図柄である。

通親歌が、「草の原」「朧月夜」の語によって右の場面を呼び起こそうと狙ったことは明らかである。ただしその主眼は、二句に出した「扇」との関連で、物語に現われる扇の絵柄を活かそうとするところにあった。すなわち第四句の「朧月夜」が指すのは、直接には朧月夜内侍の扇に描かれている「霞める月」にほかならない。つまりこの歌では、「野月露涼」という題の前半「野の月」は、実景ではなく扇面に描かれた月として表現されているのであって、そこに通親が狙った趣向の珍しさがあった。一首の意を敷衍するなら、「草野一面に置いた露の涼しさに、扇も不用になった。扇面にこそ春霞のおぼろな月が描かれていても、季節はすでにまぎれもなく秋なので」のようになろうか。「草の原」の語は「花宴」を喚起するキー・ワードとして働いているが、歌意の上で

は単に「野」を意味している。「花宴」の利用も、物語の進行や雰囲気というよりも、むしろ一小道具である扇におもに関わっている。

なお、『和泉式部続集』に

水無月の晦がたに、六波羅の説経聞きにまかりける人の、

扇をとりかへてやるとて

白露に置きまどはすな秋来とも法に扇の風はことなり（三五二）

のあることを、通親が知っていたとすれば、歌の着想に間接的な影響を与えた可能性がある。

さて、この番の判詞は、先に見たように

右歌、幽玄の事に思ひ寄りて侍れど、左、うるはしくよろしき歌なりとて、勝と為す。

となっていて、通親歌は左の有家歌、

花をのみ惜しみなれたるみ吉野の梢に落つる有明の月

に負けている。有家の作では、「深山暁月」の題の「深山」を吉野山に設定している。この歌枕選択は常識的で、後鳥羽院、慈円、忠良、俊成卿女の撰入歌も同じ設定であるが、有家歌は花の名所としての吉野山を正面に押し出している点が他の作者の作と異なる。伝統的な花の吉野の印象を活かしてはなやいだ雰囲気を上句にもたらし、下句に題の「暁月」をさりげなく描出して、月を惜しむ心は言外の余情として表わしている。歌枕のあつかい、結題の処理に無理が無く、古典的節度にかなっているという意味で、「うるはし」の評は適切であろう。これに対比すると、通親歌はやや凝り過ぎの感があり、構想・表現に無理が生じている。左を勝とした判はまず妥当な

ところであろう。けれども、判詞は右歌にも長所を認め、それを「幽玄の事に思ひ寄りて」と表現しているのである。

この点については、評定・判の場の性格を考慮しておく必要があろう。

『明月記』には「寄人等を召す」「有家参らず」としか記さないが、十二日前の「影供歌合」同様に通親が在席したことは確かであろう。通親歌の成績が良くない（八首中負五）のは、評定に加った通親が儀礼として自作の非を主張したこととの反映とも見られる。その反面、五十三番のような場合は、右歌が作者苦心の作であることは誰の目にも明らかなので、結果的に成功していなくてもその表現意図に何らかの讃辞を呈しておくことが、通親に対する礼儀であるという雰囲気は、評定の場に存在したであろう。「幽玄の事に思ひ寄りて」という判詞の評価が、歌の着想、趣向に向けられているのは、まさにその点にこそ作者の力の入れ所があり、その点をはずした批評では、この場面で意味を持たなかったからである。

先に見たような経緯からして、判詞が俊成の言葉を直接記録しているのか評定の経過を要約しているのかは決めがたいが、いずれにしても右のようなこの場の共通感情（もちろん判者俊成を含めた）がそこに反映していると考えられる。

4　表現意図をすくいあげる「幽玄」

ところで、歌の着想の卓抜さを誉める評語として、一般的には「をかしき筋」「珍しきふし」、などが考えられよう。ここで「幽玄」というやや特殊な語が用いられたのは、この歌の着想のある特性をすくいあげるためであろう。ひとつの解釈として、歌の典拠となった「花宴」巻の内容そのものが「幽玄」とされていたと考えることもできる。しかし、前述のように、この歌は「花宴」の物語の情感を再現しようとするよりも、扇の図柄という一細部に着眼している。そのことのみを指して「幽玄の事に思ひ寄りて」と評するであろうか。私はむしろ、通親が、『源氏物語』と漢詩文の教養を活用して、平凡で常識的な詠みぶりから超脱しようとした、その着想の性格が「幽玄の事に思ひ寄りて」と評されていると考える。いくぶん趣向倒れの作ではあるが、その趣向が、文学的教養に支えられていて、卑俗ではなく、いわば高雅な趣味性を備えた意外性を目指している点を、肯定的に評価しようとした批評であろう。

これを街学趣味として否定的に評価することも可能だったのであり、ここで肯定的に評価されたのは、ある程度まで場の雰囲気の規制による。「幽玄」の語は、作品の性格と場の要請とを折り合わせ得る批評語として選択されたのである。

周知のように、俊成には『源氏物語』の「花宴」を称讃する言説（『六百番歌合』冬上十三番判詞、『正治二年和字奏状』）がある。『六百番歌合』の場合、俊成の言説を引き出したのは良経の作「見し秋を何に残さん草の原ひとつに変わる野辺の景色に」であったが、俊成の見解はこれよりはやくその指導下の歌人たちに知られており、その影響のもとにこの良経の作、定家「閑居百首」（文治三年冬）の作「草の原小篠が末も露深しおのがさまざま秋立ちぬとて」が生まれた可能性も高い。このふたりの作は、いずれも朧月夜内侍の歌から「草の原」の句を借りている。後鳥羽院歌壇においては、『千五百番歌合百首』（建仁元年六月頃詠進か）に公経・通具が同じ歌を本歌とする作を詠み、定家も建仁元年十一月『句題五十首』の作で「草の原」を詠んでいる。おそらく長老俊成の見解と無関係ではないと思われるこうした流行現象の中に、本章が取り上げた通親の作も位置づけられる。この状況は、通親歌の作意が評定の場でただちに理解されることを可能にしていたと思われるが、同時に、「花宴」に取材したことだけで歌人たちに強い印象を与えることは、既に難しかったことをも思わせる。通親歌は、扇を接点として、漢詩文の世界と「花宴」の世界とを歌題「野月露涼」に結びつける凝った着想と、その背景に窺われる作者の趣味・教養の深さによって、評定の人びとに訴えたのである。判詞が「幽玄」と評したのもこれらの点であった。

本章では「幽玄」の語を、作品の持つ雰囲気・印象を表わす語というよりも、作者の表現意図、とくに歌の構想の性格にかなり踏み込んでいくような批評機能を持つ語として捉えた。それは、この番の評定の場の性格に対応して「幽玄」が発揮した機動性を示すのであるが、このことは他の歌合における用例を考える上でも参考になるはずである。歌合の批評は、格子のように整えられた美意識の秩序の中にそれぞれの歌の位置を与え、その位置に応じた批評語を割りあてていくというような、静的なものではない。そうではないところに、歌合批評と批評語の本来の姿を見いだしたいと思う。

（補注）新古今期の歌人の『源氏物語』受容については、寺本直彦『源氏物語受容史論考・正篇』（風間書房、一九七〇年）第一章、久保田淳『新古今歌人の研究』（東京大学出版会、一九七三年）第二編第三章に論考がある。

補記

初出稿の後、建仁元年八月『十五夜撰歌合』の伝本、本文の調査をやや補足した。その結果は、二類本の一本である神宮文庫本（九五六）の影印とともに、『京都府立総合資料館蔵　仙洞十人歌合ほか二種　神宮文庫蔵　建仁歌合』（和泉書院影印叢刊73）に「解説」として収めた。その一部は、初出稿を改訂して本章とする際に取り入れたが、論の運びの都合上、省略した内容も多い。伝本の問題については前掲書解説を併せて参照されたい（なお、智仁親王筆本の書写について「慶長十年（一六〇五）」と記している箇所は、「慶長十一年（一六〇六）」の誤記である）。初出稿および前掲書をなすに当たり、資料の閲覧、複写提供などをお許し頂いた所蔵者各位にあらためてお礼申し上げる。

第九章

秀歌でない歌の「幽玄」――永万二年『中宮亮重家家歌合』など――

1　初期用例の検証課題――「すくいあげ」の批評機能――

歌合において「幽玄」と評された歌が必ずしも勝と判定されていないという事実は、俊成歌論研究ではつねに注意されてきた。美的理念という観点から「幽玄」を考える立場からは、理念としての価値序列の中での幽玄の位置づけに関わる問題と見なされ、俊成が「幽玄」を最高の理念としていたかどうか、また、していたとしてそのようになった時期はいつか、といった角度から検討されてきた。

しかし、歌合判詞は、判者の「理念」を直接に述べるものではない。判者の価値判断は、あくまで出詠された歌との関係の中で示される。また言うまでもなく、歌合における勝・負・持の判定は相対評価であり、勝負の結果じたいが当該歌に対する判者の評価を直接に反映するわけではない。判者の評価は、判詞に示された判の経緯から読み取らなければならないのである。俊成の「幽玄」用例を考える場合は、歌の勝負にこだわるのではなく、相手方の歌への評を含めた判詞の分析を通して、その歌に対する俊成の総合的評価がどの程度のものであり、その評価の中で「幽玄」という評がどんな機能を果たしているかを了解する必要がある。

そのような観点から検討してみると、俊成自身があまり高く評価していない歌、そして第三者的にも（現代の研究者として可能な限り、当時の歌合歌としての基準で判断して）秀歌とは言い難いような歌に対して、「幽玄」の評語が用いられている場合がある。その例のひとつは、既に前章で見てきた。そこでは、達成された表現としては秀歌と言えない歌から、作者の表現意図や構想に関わる部分を肯定的にすくいあげる（救い上げる）機能を「幽玄」が担っていると考えられた。そこに、「幽玄の批評機能」という興味深い問題領域が見えて来るのである。本章では、この種の批評機能が、より早い時期の「幽玄」用例のいくつかについても認められることを明らかにしたい。

2　古歌・古語摂取との関係——永万二年『中宮亮重家家歌合』の場合——

永万二年（仁安元年・一一六六）の『中宮亮重家家歌合』は、伝本が現存する俊成判の歌合としては最初のものであるが、「幽玄」の使用が一例見られる。なお、以下の本章での歌合本文の引用は基本的に萩谷朴『平安朝歌合大成』によるが、表記は私意により改める。本文校訂上の問題がある場合は、そのつど言及する。

〔花〕二番左勝　　別当隆季

うちよする五百重の波の白木綿は花散る里の遠目なりけり

右　　三河

散り散らずおぼつかなきに花盛り木のもとをこそ住み家にはせめ

左、風体は幽玄、詞義非二凡俗一。ただし、花を「白波」「白木綿」など詠むは常の事なれど、波に寄せつる時は海・川を引き、木綿と懸けつれば森・社とも言へるや、よしありてきこゆらむ。「花散る里の遠目」ならば、「五百重の波の白木綿」ならずともや侍るべからむ。右、古ごとどもをとかく引き寄せられたるうちに、かの伊勢の御息所の歌は、山路にて故郷のとくいぶかしかりけるに、「散り散らず聞かまほしきを」といへるこそ、ことにをかしきを、木のもとの歌には、落不落おぼつかなからむ言葉は、花を思ふ心し深からずやきこゆらむ。末に、「住み家にはせめ」といひ果てられたるほども、余情たらずやあらむ。なほ、「波の白木綿」は、歌のさま、たけまさりてや。

左歌の第二句について、和歌本文を「いそへの波」とし、判詞中の引用を「五百重の波」とする諸本（内閣文庫蔵二本等）と、両者ともに「いそへの波」とする伝本（群書類従本・歌合部類版本）があるが、萩谷朴『平安朝歌合大成』、『新編国歌大観』（本歌合は谷山茂校訂）はいずれも判詞本文に合わせて和歌本文を「五百重の波」と校訂している。この扱いが妥当であろう。後述するように、「五百重の波」はやや特異な語ではあるが、作者がそれを用いた理由は了解できるのに対して、より一般的な語である「いそへ（磯辺）」から誤写や恣意的改訂によって生じた可能性は小さいと考えられる。

判詞冒頭部分の「詞義」を「調義」とする異同についても、上記両書の校訂に従い「詞義」を採る。左歌に関する判詞中、「『花散る里の遠目』ならば、『五百重の波の白木綿』ならずとも」の傍点箇所「波の」は、『平安朝歌合大成』では底本の内閣文庫二〇一・一二一本のまま「波を」とされていて、後述の久保田論文もこの本文に従っている。この箇所を「の」とするのは、必ずしも古態の本文ではない類従本・歌合部類版本であり、それを採用しなかった『平安朝歌合大成』の処置をあながち不合理とすることはできない。しかし、後述するような文脈から見ると「を」はやはり不自然であり、和歌本文そのままの引用「五百重の波の白木綿」であると考えたい

（判詞末尾で「波の白木綿」と言っていることも、俊成がこの表現をひとまとまりと見ていたことを示唆する）。なお、『新編国歌大観』は、『平安朝歌合大成』と底本を同じくするが、この箇所は「の」と校訂している。この箇所の直前の「花散る里の」の「の」も、『新編国歌大観』の校訂に従い類従本・部類本により補う。右歌についての判詞では、「このもとの歌には」の箇所に『平安朝歌合大成』は、「この本の歌」の漢字表記を当てているが、私見は先に掲げた校訂本文により、その理由は後述する。

さて、この判詞において考えるべき点は、冒頭での左歌（隆季歌）に対する肯定的評価（「風体は幽玄、詞義非凡俗」）と、その後に続く修辞上の欠点の指摘とが、どのように関わっているかである。まず、後者の欠点指摘の方から考えていこう。

久保田淳「幽玄とその周辺」（『講座日本思想5・美』〔東京大学出版会、一九八四年〕所収、のち『中世和歌史の研究』明治書院、一九九三年に収録。以下、本章で触れる久保田論文は全て同じ。）が述べるように、俊成はここで縁語関係（「言葉の寄せ」、ここでは「波」と水辺、「白木綿」と「社」など）に支えられていない比喩を、必然性に乏しいとして批判しているのである。ただし久保田は、左歌の上句の表現が「花散里・五百重の波」「花散里・白木綿」の「二重の見立て」として捉えられているとするが、後に述べるように「波の白木綿」はすでにひとまとまりの和歌的表現として定着していたと見られるので、俊成が問題にしたのは、もっぱら「波の白木綿」対「花散る里の遠目」の比喩関係であると見てよいと思われる。俊成が「白波」と「白木綿」とを分けて述べているのは、縁語関係の不在を具体的に示す都合からであろう。波または木綿いずれか一方の「寄せ」が下句にあれば、それでも十分であるということを言いたかったのである。

さて、「言葉の寄せ」の不在を問題にする俊成の意見は、一見すると表現方法の慣例のみを重視した形式的な批判と見えるかもしれないが、実はこの歌の欠点を的確に突いているのである。歌の表現をよく見ると、「五百重の波の白木綿」も「花散る里の遠目」も、具象的な印象を呼び起こすほどの鮮明さはなく、このふたつが比喩でつながれることの必然性が感じられない。「…は…なりけり」と言われても、なるほどそうであろうと享受者が得心するだけの、焦点を結んだ印象が得られないのである。もちろん、具象性に支えられない比喩関係は和歌には珍しくないが、その場合には、伝統的な歌の世界の論理（たとえば縁語関係や懸詞など）の助けを借りる必要がある。そうした論理によって比喩されるものと比喩するものとが結びつけられてはじめて、歌らしいまとまりを持った表現世界が成り立つ。「言葉の寄せ」がないことを指摘する俊成の批判は、「言葉の寄せ」によって支えられる必要のある歌にそれがないことを突いているのであり、より深いところでは隆季歌の比喩の説得力の弱さと、それに由来する印象の薄さに向けられていたと考えられる。

このことを踏まえて、「風体は幽玄、詞義非凡俗」という肯定的評価について見よう。

谷山茂、田中裕の論考は、

磯辺に打ち寄せる波が遠目には美しい白木綿の花に見え、同時にその花の散る里のイメージが、一首の縹渺たる声調に支えられて、なんとなく艶にも「あはれ」にも目にうかぶ。それが幽玄の風体である。（谷山『幽玄の研究』一九四三年、引用は『谷山茂著作集一、幽玄』一九八二年、角川書店、七六頁による）

この場合の幽玄はおそらく「波」「白ゆふ」「花散る里」「遠目」などの用詞が順次に喚起する映像の重層にか丶はるもので、そこに甚深微妙なものを感じたのであらう。（田中『中世文学論研究』一九六九年、塙書房、八四

頁）

と、立論の方法は異なるものの、いずれも歌の映像的表現効果が「幽玄」と評されていると見る。しかし、俊成が隆季歌の表現の弱点を指摘していることを踏まえると、そのような表現効果を俊成が評価したと考えることはためらわれる。比喩がぴたりと決っていないための効果の弱さを、他面では「縹紗」あるいは「微妙」として評価するということは考えにくい。

それでは、俊成の肯定的評価は隆季歌のどこへ向けられていたと考えられるであろうか。この点に関して参考になるのは、第二句「五百重の波」が万葉歌語であり、そのことと「幽玄」評とは無関係でないとした久保田の指摘である（谷山、田中の論考は『平安朝歌合大成』以前で、「いそべの波」の本文を用いている）。以下、久保田の観点を私なりに踏まえて、隆季歌の上句の表現を検討してみる。

まず「白木綿」であるが、俊成が花と白木綿の見立てを「世の常」と称している割には古い作例は少なく、『古今集』から『詞花集』までの六勅撰集には見出し得ない。「白木綿」という語そのものも、『八代集総索引・和歌自立語篇』（大学堂書店）によれば六集中では『詞花集』の一例のみである。しかし、金葉集期の歌人たちの作には、次のように白木綿が詠まれている。

夜を寒み採る榊葉に置く霜を白木綿花と人や見るらん（堀河百首・神楽・基俊）

みなわまき常滑走る穴師川ひまこそなけれ波の白木綿（堀河百首・川・公実）

風吹けば梢も磯の心地して花の白木綿波ぞ越えける（永久百首・落花・俊頼）

吉野川岩の井堰を湧きかへり白木綿花や滝の玉水（散木奇歌集・雑上）

住吉の浜松が枝に風吹けば波の白木綿かけぬまぞなき（続詞花集・神祇・道経）

このうち、『永久百首』の俊頼歌は、桜花・白木綿・波という構成要素を隆季歌と同じくする。多様な要素を動的な叙景にまとめあげる手腕はさすがに俊頼と思わせるものであり、これと比較することで先に指摘した隆季歌の散漫さが確かめられよう。ともあれ、この時期に「白綿木」「白綿木花」が、多く「波」とともに（基俊歌を除く四首）詠まれているのは、『万葉集』の摂取によるものであろう。仲実の『綺語抄』上・水部の「波」の項の、「しらゆふはな」条に掲げる四首の万葉歌、

初瀬川白木綿花に落ちたぎつ瀬をさやけしと見にこし我を（巻七・一一一一）

山高み白木綿花に落ちたぎつなつみの川と見れど飽かぬかも（巻九・一七四〇）

山高み白木綿花に落ちたぎつ滝のかふちは見れど飽かぬかも（巻六・九一四）

逢坂をうち出て見れば近江のうみ白木綿花に波たちわたる（巻十三・三二五二）

などがその源泉である（引用本文は『日本歌学大系・別巻二』、万葉集歌番号は『新編国歌大観』による）。特に『散木奇歌集』の俊頼歌は直接に万葉一一一一等を踏まえている。また、『堀河百首』の公実歌も、上の句の用語から見て万葉的雰囲気を狙っている。このようにして、万葉歌における波と白木綿花との比喩関係が、金葉集期歌人によっていわば再発見され、「波の白木綿」という表現が生み出されたと見られる。そしてこれに続く時期には

神南備の三室の山は春来てぞ花の白木綿かけて見えける（久安百首・春・清輔）

幾かへり波の白木綿かけつらん神さびにける住之江の松（久安百首・神祇・俊成）

のような作が現れる。清輔歌は、社の縁語として白木綿を用いているが、花の比喩としたのはやはり『永久百

首』俊頼歌からの影響があろうか。俊成歌の方も、先の道経歌の表現を踏襲しているようである。なお、清輔の作は後に『千載集』に選ばれており、永万二年の時点においても既に俊成の記憶にとどめられていたとすれば、「世の常」との発言はこの歌あたりを念頭に置いていたかと推測される。

問題を隆季歌の「五百重の波の白木綿」に戻すと、久保田の指摘する万葉語「五百重の波」の摂取は、「波の白木綿」の万葉的雰囲気をより強める修飾を意図したものであったと考えられる（ちなみに、前引の『綺語抄』では「しらゆふはな」のすぐ次に「いほへなみ」の条があり、久保田所引の万葉五七一「みさごまひ荒磯に寄する五百重波立ちても居ても我が思ふ君」など二首を掲げる）。隆季の万葉摂取は他にも例があり（久安五年『右衛門督家成歌合』六番左、『平安朝歌大成』三四六に指摘）、「うちよする五百重の波の白木綿」が意図して万葉的雰囲気を狙って構成された表現であったことは、まず間違いないと言えよう。

一方、俊成の側からすると、「波の白木綿」が万葉起源の語であることを意識していたかはともかく、彼自身が『久安百首』でこの表現を悠久の昔を想起させる文脈で用いていることからして、万葉語「五百重」と違和感なく取り合わされていることは十分理解したであろう。同時に、すでになじみのある「波の白木綿」表現と適合的に結ばれることで、「五百重」の新奇な語という印象も中和されていると感じたであろう。要するに、俊成にとって、「うちよする五百重の波の白木綿」という上句は、万葉的古風の雰囲気と、あるはるかさ（または気高さ）の語感を有する表現として、評価し得るものであった。そして下句「花散る里の遠目」は、上句を受け止めてそれを活かす力を持っていないとはいえ、上句の雰囲気を破壊しない程度の穏和な表現であったから、上句への評価をとりあえず一首全体の長所として述べてもさしつかえないと考えることができた。そこで、主に上句における、当代の平凡な表現から離脱して、はるかさを感じさせる古風に向う志向（それが単なる新奇さへの志向でなかった点が重要である）を、「風体は幽玄、詞義は凡俗にあらず」という言い方であらわしたのである。「幽玄」と「凡俗にあらず」は、ここではほぼ同じことの両面であって、万葉的語感で統一を図った語の選択と構成（詞義）によって、平俗性から離脱している一首の性格（風体）が、すなわち「幽玄」なのである。言い換えれば、成功した表現が生み出す映像性のような高度な表現効果ではなく、十全に成功してはいないがその表現の中に見てとれる志向（表現の方向性）が、「幽玄」なものとみなされたのである。以上のように考えるならば、隆季歌への讃辞と欠点指摘との両面の関係も理解できる。

隆季歌への俊成の評価をいちおう右のように押さえた上で、次に右歌（三河歌）の評価に目を向けたい。それとの対応を無視しては、左歌評価の意味を十分に理解できないからである。

三河歌について俊成はまず、「古ごとどもとかく引き寄せられたる」と複数の古歌の摂取を指摘する。古歌のひとつは、俊成も後に引く

散り散らず聞かまほしきを古郷の花見て帰る人も逢はなん（拾遺集・春・伊勢）

であり、いまひとつは久保田の指摘の如く

木のもとを住み家とすればおのづから花見る人となりぬべきかな（詞花集・雑上・花山院）

であろう。その上で、俊成は伊勢歌の摂取の仕方に疑問を呈する。すなわち、「散り散らず」という表現は、まだ遠方に居ながら落花を気づかうという伊勢歌の設定においてこそ興趣がある。それなのに三河の歌は、既に満開の桜の下にいて花を見ている設定である。そのような場面での「散り散らずおぼつかなき」は、眼前の花に対

していかにも迂遠であり、花への深切な思いの欠如を感じさせる、と言うのである。三河の作意としては、落花を惜しんで木の下にとどまろうと詠むことで花への思いを示しているのであるが、それならば惜花の心情をもっと直接に述べるべきで、伊勢歌の表現の借用はふさわしくないと俊成は見ている（先にも触れた、「このもとの歌には」の箇所は、「木の根元に状況を設定した歌（すなわち三河歌）においては」と解される。久保田論文は、二つの古歌の取り合わせの悪さを俊成が批判したと見ているが、私見によれば、歌の状況設定と「散り散らずおぼつかなき」の用語との不調和が問題視されている）。

俊成はさらに、三河歌第五句の表現の余情の不足を指摘する。これも、「住み家にはせめ」と明確に言い切ると、木のもとに住むことを自己目的としているように感じられ、かえって花への思いから焦点が逸れてしまう点への批判であろう。全体として三河歌の欠点は、歌意は明確であるが、花を思う心情の流露（花題の「本意」）が感じられない所にある。これは、題の本意を十分に表わすべき歌合歌としては、根本的な欠陥となろう。

さて、以上のような俊成の視点から隆季歌と三河歌とを較べると、一方は古歌の雰囲気を志向しているが歌のまとまりに欠け、他方は、論理的まとまりが先行して、古歌を摂取しながらもその情趣を生かし得ていない。ある意味で対照的な左右の歌に対して、古歌の雰囲気を破壊して徒らに明快な表現を形成した右歌を、「凡俗」に流れたものと見、左歌の「非凡俗」を相対的に高く評価するのが、俊成の見地だったのではなかろうか。「凡俗にあらず」という左歌への評は、もちろん表面的文脈としては右歌とは無関係に述べられるが、判詞全体を通して示される評価判定の枠組の中では、右歌への評価と対応していると見られる。すなわち、

なほ「波の白木綿」は、歌のさま、たけまさりてや。

という最終判定において勝因とされた「たけ」の高さは、古典的品格を指し、その点でやはり「凡俗」と対立するのである。「たけまさりてや」は、いちおう左歌が達成している表現についての評であり、先の「風体は幽玄、詞義は凡俗にあらず」はむしろ表現上の志向に対する評であったとはいえ、いずれも、万葉の古歌に近づこうとして当代的平俗性からいくらかなりと離れ得ている左歌の性格について、言われているのである。ともあれ、左歌の勝因はあくまで相対的な品格の高さだったのであり、右歌の基本的な欠陥を考慮すると、この勝に託された左歌そのものへの評価をあまり高く見積ることはできない。

「幽玄」と評される歌に万葉的な表現がしばしば見られることは、田中裕が注意し、久保田淳がより詳細な検討により例を加えつつ確認した。両氏の論では、「幽玄」の意味は基本的には表現効果の面から考えられているが、私は、それらの歌における古歌・万葉志向そのものが「幽玄」と評されたのではないかと考える。万葉的雰囲気がすなわち「幽玄」というのではなくて、当代的な平俗な表現から離脱しようとする表現の方向性が、「幽玄」という評を呼び出すのである。もちろん、単に奇矯な古語摂取では右の場合に該当しないから、「幽玄」と評される歌にはある程度の語感上の統一性や品格が必要であったろう。しかし、その達成がきわめて高度でなければならなかったわけではなく、平俗さから離れようとする方向性が表現を通して感取できる程度であれば十分だったと思われるのである。

右のように考えると、どう見てもさしたる秀歌とは思われないような歌が「幽玄」と評されているいくつかの場合について、自然な説明が可能になるように思われる。私見では、そのような例は、これに続く時期の「幽玄」用例である『住吉社歌合』『広田社歌合』の四例中にも見出されるが、この両社頭歌合については次の章で扱うこととし、本章では、承安三年（一一七三）の、『三井寺新羅社歌合』の例について見ておきたい。

3　古風を志向する意図の評価――『三井寺新羅社歌合』の用例――

『三井寺新羅社歌合』の「幽玄」用例は、「古郷時鳥」題一番に見られる。

　一番左持　　中納言君

難波潟朝漕ぎ行けば時鳥声を高津の宮に鳴くなり

　　右　　少輔公

ふる里のみかきが原の郭公声は昔に隔てざりけり

左歌、詞存二古風一、興入二幽玄一。但し、郭公高声強非二其庶幾一歟。右歌、姿心よろしくは見え侍るを、かの「石上旧き都の郭公」といへる素性が歌にかよひ過ぎてや侍らむ。但し、これは、「みかきが原」と置きて昔に隔てずといへるこそ、物の上手のしわざと見え侍れ。されど古き詞多し。初めて勝つとも申し難し。持なるべし。

写本の多くが「興入幽玄」を「近代入幽玄」とする本文を持つ。「興」の中央の横一画を、「近」のシンニョウと「代」の横画とに二重誤認したことから生じた本文であろう。

ここで、左歌（中納言君歌）に対して「幽玄」と並んで用いられている「古風」という評に関しては、はやく田中裕（前掲書）が、第二句に類似の「朝こぎくれば」が、『和歌初学抄』に「古歌詞」として見えることを指摘している。これを承けて、久保田前掲論文や武田元治『「幽玄」―用例の注釈と考察』（風間書房、一九九四年）は、万

葉歌

名児の海を朝漕ぎくれば海なかに鹿子《かこ》ぞ鳴くなるあはれその水手《かこ》（巻七・一四一七）

を例示している（以下、万葉歌のよみは西本願寺本訓によって示しておく）。類似の表現を持つ万葉歌として、さらに

あゆち潟潮干にけらし知多の浦に潮漕ぐ舟も沖による見ゆ（巻七・一一六三）

しだの浦を朝漕ぐ舟はよしなしに漕ぐらめかもよなしこさるらめ（巻十四・三四三〇）

をあげてもよかろう。「詞、古風を存す」の評が、これらの万葉歌を思わせる主に初句・第二句の用語法に対するものであつたことは疑えない。

そこで「興、幽玄に入る」であるが、ここでも「幽玄」が万葉志向に関連して使われていることは推測できるものの、一方で、「興」という以上、多少とも歌の趣向面（当時の用語での「風情」）に関わる評であろうと考えられる。たしかにこの歌の趣向には特徴がある。すなわち、「古郷」の題意を懐旧なり荒廃の詠嘆なりとして表現する代りに、歌の表現じたいに古風味を与えることによって、言わば高津宮当時の古人になりかわって郭公を聞くという風情で仕立てているのである。俊成は、こうした狙いの中に、古歌に近づくことによって当代のありきたりな歌境から踏み出そうとする志向を認め、それを「興、幽玄に入る」と評したのであろう。

しかし、俊成はこの歌を最終的に高く評価するのではなく、下句の表現に欠点があるとしている。その判詞からだけでは、「時鳥の高声」がなぜ「庶幾されず」なのかを理解することが難しいが、次の二番の判詞が幸いにも俊成の真意を探る手がかりを与えてくれる。

二番左持　　　　蓮忠

時鳥過ぎがてに鳴くふるさとをいかでか人の住みあらしけむ

右　泰覚

いにしへを思ひいでてや時鳥声を高津の宮に鳴くらむ

この番、共に優にこそ侍るめれ。各ふるさとを思へる心、かの箕子之作二麦秀詩一、周大夫之成二黍離章一、みなこの心なるべし。高津の宮も、「いにしへを思ひ出でてや」といひては、今すこしよくきこゆるなるべし。いづれも、なにとなくあはれにきこゆ。よりて、又、持とす。

泰覚歌に対する「高津の宮も、『いにしへを思ひ出でてや』といひては、今すこしよくきこゆるなるべし」という評は、同じ「声を高津の」という懸詞（秀句）を用いた一番左中納言君歌との比較において言われているのである。すなわち、泰覚歌では、懐旧の情に迫られた郭公が声高く鳴き叫ぶという、上句からの歌意の脈絡に支えられているため、「声を高津」の懸詞が自然に共感し得るものとなっていると評するのである。全体にこの二番判詞では、懐旧の情や荒廃の嘆きという、「古郷」の題意の正統的な表現への俊成の共鳴が表に出ているが、そうした共鳴が基盤となって、泰覚歌の修辞への評価も中納言君歌の場合とは異ってきたと考えられる。ここから中納言君歌への批判の意味を逆照射すると、そこでは郭公が高く鳴くべき理由が歌意の脈絡の中にない。そのため、「声を高津の」は単に懸詞のためにあつらえた不自然な表現となり、歌の中で浮き上ってしまっている。しかも、この秀句仕立ての表現じたいが万葉的ではなく、上句における狙いを裏切っている、ということになろう。

俊成は、中納言君歌の欠点を右のように見ていたと考えられるが、それではこの歌に対する彼の総合的評価はどの程度のものであったのだろうか。この点を、相手方の少輔公歌との比較の面から考えておこう。

俊成は、少輔公歌を、そのものとしては「姿心よろしく」と肯定的に受け止め、さらに「垣」と「隔て」の縁語関係によって一首をまとめた点にも作者の技量を認めている。ただ、その構想・表現ともに、素性の名歌

いそのかみ古き都の郭公声ばかりこそ昔なりけれ（古今集・夏）

をそのまま踏襲していると見られることを欠点とする。つまり、その長所が素性歌の長所に依存している以上、少輔公歌を勝とすることは歌合判として公正を欠くとするのである。一方、中納言君歌を勝とする可能性について、俊成は全く言及しない。歌の出来映えとしては、右歌を上と見ていたのである。さらに言えば、「幽玄」と評した中納言君歌の万葉志向についても、少輔公歌や二番左右歌の正統的な題詠の詠法による穏和な詠みぶりを、それのみによって凌駕する長所とまでは見ていないようである（「中納言君」は歌合主催者の作名と考えられるから、俊成の評価には辞令が含まれていた可能性もある）。

この歌合は、三井寺の僧侶たちによる歌合である。前引の古郷時鳥二番右歌など三首が季経の代作であったことが知られており、他にも同様の例が在ったかもしれないが、やはり基本的には素人歌人の歌合で、あまり歌の水準が高いとはいえない。その中で、古郷時鳥二番右季経代作歌などが相対的にすぐれた歌であり、同一番左中納言君歌はそれよりも歌としては劣ると考えられる。「幽玄」は、その程度の歌の、好意的に見れば評価し得る特徴に対して用いられたのであった。

4　秀歌でない「幽玄」の意義

「幽玄」はおそらく、他のより一般的な批評用語では評価しにくい、いわば別格の歌を評するのに用いられ得

る語であったろう。構想や表現が定型からやや逸脱してはいるが、その逸脱の方向が卑俗や奇矯でなく、品格のある古風に向っているというのが、「幽玄」と評される歌の基本条件である。このような条件を満たしてなおかつすぐれた表現を達成することは決して容易ではない。仮に俊成が秀歌に対してのみ「幽玄」を用いていたならば、今見る判詞中の用例はさらに少なくなっていたであろう。しかし実際には、秀歌の達成に至らない、方向性の段階を「幽玄」と評する本章で見たような用法が行なわれている。それらは、非秀歌にも一定の評価を与えなければならないという、歌合判詞に課された条件を物語るとともに、歌の構想次元にまで関わる批評用語としての「幽玄」の一面を明らかにしてもいるのである。

補記

初出稿以後、歌合伝本の調査等をより進めて、その成果を反映した改稿を行うべきであったが、力が及ばなかった。特に永万二年『中宮亮重家家歌合』については、『平安朝歌合大成』で「未調査」となっている肥前嶋原松平文庫（旧呼称、島原公民館松平文庫）蔵の写本について、同文庫蔵書の一般的性格に鑑みて、精査するべき重要性を感じながら、果たし得ていない。とはいえ、本章のようなテーマの論考の中で、特定の作品の伝本論や本文批評を追究することには限界があり、別個に論じる方がよいかとも思う。残された課題としたい。

第十章
西行との批評的対決と「幽玄」――『御裳濯河歌合』の場合――

1　批評語「幽玄」の双価性

『古今集』真名序が、

難波津に咲くやこの花冬ごもり今は春べと咲くやこの花

を「興、幽玄に入る」と評した時（「幽玄」が「難波津」歌への評であることについては、谷山茂著作集一『幽玄』所収「古今真名序の幽玄」に明らかにされている）、この歌を無条件にすぐれた歌として賞賛していたわけではないだろう。表面的な歌意には全く現れない仁徳帝への風諭が込められているという、その表現意図・表現方法の両面にわたる「奥深さ」が、「幽玄」という評に対応する性格であるが、それは視点をほんの少しずらせば、『古今集』時代の意識から見た上古の歌に特有の判りづらさ、異様さでもあった。こうした双価性は、「幽玄」という語にある程度生得の性格である。たとえば、約三世紀後に藤原定家が陸奥の歌枕を「幽玄の名所」と呼んだ時（『明月記』建永二年四月二十一日）、それは実態のはっきり判らない名所ということで、プラス評価はほとんど込められていなかったのではないかと思われる（補注1）。しかし、それらの名所が屏風の「御所遠き所」に描かれるものとされたことに託して敢えて比喩的に言うのだが、和歌的なものの周縁にそれらのための位置を確保してやるという役目も、「幽玄」の語は果たしていたのである。

「幽玄」のこの双価性を、和歌批評のために活用したのは藤原俊成であった。

これまでの章にも述べてきたように、俊成の歌合判詞における「幽玄」は、やや特異な歌境を狙いながら結果として十分に成功していない作に、一定の評価を与えて「救済」する機能を果たしていた。その限りで「幽玄」はつねにプラス評価を担うが、作品の全面的な高評価とは結びつかずに使われることによって、批評上の効果としては双価的に働く。すなわち、俊成が良い評価を与える歌の圏域のようなものがあるとした場合、その圏の中心近くではなく周縁のあたりに、「幽玄」という批評語が作品を定位する場所がある。前稿で取り上げた『千載集』以前の用例では、そうした「周縁」のうち特に万葉的な「古風」と親縁性を持つ領域が「幽玄」と関わる。あたかも、万葉的古風を志向しつつ十全な成果を挙げ得ない作のための批評語であるかのように。

本章では、まずこれらの点についてより明確にすることから始め、次章に向けて、その戦略的な用法がどのように転移して行くのかをうかがってみたい。

2　非秀歌を救済する「幽玄」

前章で取り上げなかった『広田社歌合』（承安二年・一一七二）の藤原実定歌への評を例にとってみよう（以下、歌合の引用本文は『平安朝歌合大成』によるが、表記は私意に従う）。

武庫の海をなぎたる朝に見渡せば眉も乱れぬ阿波の島山（海上眺望・二番左）

に対して、判詞では以下のように「幽玄」が用いられる。

左、詞をいたはらずして、又、さびたる姿、ひとつの体に侍るめり。「眉も乱れぬ阿波の島山」といへる、かの「黛色迴臨蒼海上」といひ、「竜門翠黛眉相対」などいへる詩、思ひ出でられて、幽玄にこそ見え侍れ。

この批評は、実定歌の表現上の力点が、「眉も乱れぬ」というやや特異な措辞を含んだ下句の叙景にあることを明確に踏まえ、また身分の高い有名歌人の作を相応に遇するという場面的要請も十分顧慮してなされている。「詞をいたはらずして、…ひとつの体に侍るめり」は、下句を引き立てるために上句を故意に無造作に運んでいる作者の練達をも、正当に受け止めた上での総評であり、その前提のもとで判詞は下句の表現の吟味へと進むのである。

ここで、引用されているふたつの漢詩句は、いずれも「まゆ」の語を含んでおり、「眉も乱れぬ」という措辞を核として構成された下句の表現の一定の特異性を、漢詩に通ずるものとして肯定的に評価するための例証として使われている。この肯定的評価が、ほかでもなく「幽玄」の語によってなされたのは、漢詩文の世界が「超俗的」領域に属するという暗黙の了解が既に存在していたからであろう。俊成の批評の主文脈は、漢詩句を想起させることを理由に、下句の表現の性格を「幽玄」として捉えるところにある。漢詩句が伴う印象や映像を、実定歌の表現効果がもたらす印象・映像と同一視して、それらをひっくるめて「幽玄」と評していると解するのは当らない（少なくとも、主導的な文脈はそうではない）。

ところで、この前後の時期までの他の用例では、前述のように判詞「幽玄」は万葉的古風と親縁性を持っていた。前章で論じたもののほか、

うち時雨れものさびしかる葦の屋のこやの寝覚に都恋しも（住吉社歌合〔嘉応二年・一一七〇〕・旅宿時雨・二十五番左・実定）

葛城や菅の根しのぎ入りぬとも憂き名はなほや世にとまりなむ（広田社歌合・述懐・二十八番左・浄縁）

の「恋しも」「菅の根（葉）しのぎ」については久保田淳「幽玄とその周辺」（『講座日本思想5』東京大学出版会、一九八四年、『中世和歌史の研究』明治書院、一九九三年に再録。以下の久保田説の引用はこれによる）に指摘があり、

こぎいでて御沖海原見渡せば雲居の岸にかくる白波（広田社歌合・海上眺望・八番右・盛方）

の「御沖海原」についても、

海原の沖ゆく舟を返れとかひれ振らしけむ松浦佐世姫（巻一・八七六）

等の万葉歌との関連を考え得る。

しかし、このことからただちに、たとえば「幽玄」は古風の歌を評する、というように、批評語と批評対象とを固定的に結び付けたのでは、歌合における批評の特色は捉えられない。あくまで、そのつどの批評主体の姿勢や意図との相関の中で考える必要がある。「眉も乱れぬ」の評価をめぐって漢詩句が引用されたことは、俊成にとって、当該表現が「幽玄」と評され得るために接触ないし志向しているべき「超俗的」世界が、必ずしも万葉的世界でなくても（漢詩的世界であっても、それ以外の何らかの境位であっても）かまわなかったことを意味している。批評意図にとって重要だったのは、こうした世界が、穏健さからいくらか逸脱した当該歌の表現を「救済」するための、言ってみればアリバイとして機能し得るかどうかであった。

ここには、「幽玄」の双価性に関わってふたつの問題点が見出される。一つは、「和歌的なもの」の中から何ら

かの新しさを目指す動きに対して、許容し得る、さらには望ましい方向として「超俗的なもの」を示唆する働きを、これらの用法が潜在的させていることである。俊成自身が、この時点でそれをどこまで意識していたかは確言できない。ただ、こうした用法を繰り返す間に、定常性（穏当さ）とは異なる「幽玄」の価値領域の存在が、彼の中でしだいに明瞭に意識され始めたと考えることはできよう。それは、晩年の、歌道の指導理念とも見える「幽玄」の用法や、卑俗な要素を除去して摂取するべきだとする万葉集観などを、（かなりの曲折を経た後に）生み出す下地となったと思われる。

しかし当面重要なのは第二の点で、それは、いま見てきた『千載集』編纂以前の時期までは、「幽玄」を用いる俊成の批評の軸足は定常性の側に置かれ、ある程度を越えて「逸脱」の側に加担しないことである。このことは、つとに福田雄作（「俊成歌論管見」、『定家歌論とその周辺』笠間書院、一九七四年）、藤平春男（「〈幽玄論〉批判」、『新古今歌風の形成』明治書院、一九六九年）が指摘した事実、すなわち「幽玄」と評した歌への俊成の評価の低さに、深く関係している。周知のように、両氏の論はそれぞれ、「幽玄」を俊成歌論の中心理念と見なす従前の通説を批判する意図を持つものであった。しかし、「幽玄」と評された歌が必ずしも秀歌ではないという点は、本来、「中心理念」が何かといった抽象的な議論との関係以前に、端的に押さえておくべき事実である。私自身は、歌論を「中心理念」によって把握するという問題意識を全く持っていないが、「幽玄」が、基本的にはプラス評価の批評語でありつつ、秀歌でない歌を評する場合のメカニズムにはこだわっておかなければならない。

本章で先に掲げた、住吉・広田両社頭歌合の四首の場合も、無条件の秀歌では決してない。概してそれらは、ほかならぬ「幽玄」の評を誘発した箇所の措辞の特異性自体に、一首の個性を依存している。それなりの熟練を見せる実定歌も含めて、その措辞の表現性が、定常的表現のそれを越える歌境の広がりや深まりを実現しているとまでは言えず、いわば言葉倒れに終っているのである。両歌合から『千載集』に採られた歌、たとえば、

藻塩草敷津の浦の寝覚には時雨にのみや袖は濡れける（住吉社歌合・俊恵）

ふりにける松もの言はば問ひてまし昔もかくや住の江の月（同・実定）

今日こそは都の方の山の端も見えず鳴尾の沖に出でけれ（広田社歌合・実家）

おしなべて雪の白木綿かけてけりいづれ榊の梢なるらむ（同・実国）

などと較べれば、やはりこれらの歌の方が、定常的な表現技法の上に題材に適合した情感・情景を破綻なく組み上げて、この時代なりのすぐれた歌になっている。

梅野きみ子「俊成の「幽玄」風志向」「俊成の「幽玄」風志向（続）」（『後藤重郎先生古稀記念国語国文学論集』和泉書院、一九九一年、『椙山女学園大学研究論集』一九九一年三月、のち『王朝の美的語彙　えんとその周辺』新典社、一九九五年、第二章（3）（4）として収録［補注2］）も説くように、勅撰集の撰歌もまた諸種の配慮に左右される。その意味では、両社頭歌合からの『千載集』入集歌十三首が、「幽玄」と評されて入集しなかった四首よりもひとしなみに高く評価されていたと断定することはできない。しかし、非入集に特段の理由を求めなければならないほど、この四首がすぐれた歌であったとも、やはり言えないであろう。

「幽玄」が救済的機能を担い得たのは、実のところ、そう評された歌の性格とのパラレルな関係の上でのことである。救済不可能なほど破綻もしていないが、定常的な「和歌的なもの」の在り方を根底的に問い直すほどの強烈な個性もない。「和歌的なもの」の周縁に救い上げておけば、歌合の場での処遇としては過不足ない。『千載

集』下命以前に俊成の「幽玄」が応援した歌はそうした歌であった。しかし、この状況は、新しい個性的な作品が出現し、定常的な「和歌的なもの」を支える価値観自体が変動すれば変わって来るはずである。まさに、そうした変動に巻き込まれるべき歴史的宿命を、批評語「幽玄」は負っていた。『千載集』編纂の最終段階に重なって行われたと憶しい西行の自歌合『御裳濯河歌合』への加判は、そのような意味で「幽玄」にとっての最初の試練となった。「幽玄」は秀歌と出会ったのである。

3　西行歌と対決する批評語「幽玄」

後世『新古今集』の「三夕の歌」の一つに数えられる「鴫立つ沢」歌は、西行自らも評価していたらしく、精撰家集『山家心中集』、晩年の自歌合『御裳濯河歌合』のいずれにも入れている。しかし、この歌の入らない『千載集』を見るに値しないと言ったという『今物語』の説話は、西行が没して以降のこの歌の評価の高まりを背景として生まれたものであろう。『新古今集』に定家・家隆・雅経の撰で入るほか、影響歌の存在からも新古今期における評価は窺える（稲田利徳「西行の名歌説話の生成と展開」、『説話論集・第三集』清文堂、一九九三年）。一方、俊成が『千載集』撰歌の段階でこの歌を知っていたことは、『山家集』『山家心中集』両集に見えることからほぼ確実で、『千載集』撰外は意識的であったと見られる。その選択は、西行自身とも次世代の新古今歌人達ともいわば対立していたわけで、先の説話は結果的にせよその構図をよく象徴している。

偶然であろうが、この歌は『御裳濯河歌合』で『千載集』入集歌と番えられた。その結果この番の判詞は、『千載集』撰歌時の俊成の価値意識を、「鴫立つ沢」との対比において浮き彫りにすることになった。その判詞は、次に引くように、短いが密度の高いものである。

十八番　左勝

おほかたの露には何のなるやらむ袂に置くは涙なりけり

右

心なき身にもあはれは知られけり鴫立つ沢の秋の夕暮

「鴫立つ沢の」といへる、心幽玄に姿及びがたし。ただし、左歌、「露には何の」といへる、詞浅きに似て、心ことに深し。勝と申すべし。

この判詞の右歌評を理解するポイントは、「心幽玄に姿及びがたし」と言われるような、ある種の隔絶感・距離感（超俗性）が、「鴫立つ沢の」という表現のどこから汲み取られているかである。「幽玄」と古風との関係を跡づける久保田淳の論（前掲）は、この歌についても、

暁の鴫の羽根がきもも羽がき君が来ぬ夜は我ぞ数かく（古今集・恋五）

しながが鳥猪名の伏原飛び渡る鴫の羽根音おもしろきかな（拾遺集・神楽歌）

を挙げて、古歌との接点を探っている。しかし、これらと西行歌との連想関係はやや薄く、俊成の評を十分に根拠づけ得ない。この問題は、むしろ西行歌そのものの表現から考えるべきで、その際、田中裕（『中世文学論研究』塙書房、一九六九年、第一章第二節）や久保田が先行歌として指摘する、源兼昌の

我が門のおくての引板に驚きて室の刈田に鴫ぞ立つなる（千載集・秋下）

は参考になる。『千載集』から『古来風体抄』に抄出された歌に含まれ、『右大臣家歌合』（治承三年・一一七九）判

詞にも言及されて、俊成が高く評価し、記憶にとどめていたと思われるこの歌と、西行歌とを対比してみよう（西行自身がこの歌を明確に意識していたかどうかは、ここでは問わない）。

兼昌歌が、一首全体を使って景物を組み合わせ、情景を具体的に描き出すのに対して、西行歌は、「鴫立つ沢」という簡略な表現で、最小限度の叙景的要素を提示するに過ぎない。第五句「秋の夕暮」を加えても、享受者が把握し得る情景・情感は決して十分に具体的ではない。それでは、上句が享受者の想像力を援助してくれるかと言うと、単純な意味ではそうではない。「あはれは知られけり」という結果が確定的に示され、しかもそれは「心なき身」でさえ判るという前提になっているから、享受者にはその「あはれ」を拒否しようがないというだけである。具体的描出によって「あはれ」の共有へと導くかわりに、上句の一種の強制力によって、下句の世界を「あはれ」なものとして享受させてしまうという点に、この歌の構成の独特さがある。（補注3）

近代人の鑑賞が、ともすればこの上句を、叙景に付加された余分な理屈と見なしがちなのは、上句から下句へと展開する和歌の表現構成の意義を軽視しているからではないか。また、この歌が名歌となる以前には、下句の情感は決して自明のものではなかったことを考慮しないからではないか。つまり、二重の意味で近代的和歌観の偏りに影響されているからではなかろうか。実は、この歌を支えているのはむしろ上句の観念性で、これによって下句の抽象的とさえ言える簡略な叙景が力を得ているのである。俊成の判詞は、こうした特色を、「鴫立つ沢の」という簡略な表現が極めて深い情感を呼び起こすという、結果（表現効果）の側から捉えている。彼の批評態度の印象を重視する一面をよく示しているが、歌の構成の特性を彼なりに見抜いた上での評であったはずである。

上句の中心にある「あはれ」という語の含意については、(三十年後の作ではあるが)慈円の歌が参考になる。

悟りつつあはれを知れと教へける頃はまことに秋の夕暮(拾玉集・二八三二)

仏教的認識と情緒的感受性とは両立するべきであることを、慈円は彼に親しい天台教理の「従空入仮」に依拠して詠んでいるのであろうが、必ずしも彼ほどの教理知識の水準を想定しなくても、このような考えは平安末期以降の人々に受け入れられていたと思われる。たとえば長明『発心集』の「数奇人」説話が示すように、感傷や叙情と仏道とは必ずしも背反するものとされていない。西行歌の「あはれ」も、何かに驚いて飛び立つ鴫に、六道(鳥すなわち畜生道を含む)を輪廻する衆生の不安と苦痛とを感受しての、感慨や落涙であったと解してよいであろう。「心なき身」とは、情緒を十分に解し得ないという卑下とともに、仏教の教理を十分に解し得ないという卑下をも含むのである(仏教者を「心なき」存在と見る『新古今集聞書』等の説は、西行当時の仏教思想の実態に照応しないと思われる)。

つまりこの歌は、享受者の「和歌的なもの」に対する常識的な感性に訴えるのではなく、むしろ観念性によっていったんそれを突き放しつつ、独特の表現力によって、修行者の心の境位と結びついた叙情世界を暗示するのである。「心幽玄に姿及びがたし」は、突き放しが生み出す隔絶感と、そこから逆説的に生ずる深い喚起力を、第四句の表現効果の上に集約して評している。

しかし、この賛辞が全面的な承認とまでは言えないことは、左歌との対比の中で示される。

左歌もまた具象的な叙景歌ではない。しかし、「露」と「涙」の比喩の互換性という、和歌世界の慣習化した発想の上に立脚している。「おほかたの露」を何かの涙であろうと考え、「袂の涙」を露の一種と考えることは、和歌的定常性になじんだ享受者にとって、何の抵抗もない。「何のなるやらむ」という問い、「涙なりけり」という判断、いずれも常識に揺さぶりを掛けるようなものではない。この点で、左歌の表現特性は右歌と大きく異なる。しかも、この一見平凡な、あるいは稚拙な着想が、この歌においては、いわば涙と露との類似の最初の発見の場でのごとき、初々しい感動と横溢する叙情をもたらす。素朴な問いかけへの（もちろん意図的に遂行された）回帰が、常識化した比喩に新しい息吹を吹き込み、自然との交感とでも言うべきある普遍的な境位さえ呼び起こすに到っている。定常性に従いながらそれを超えて行く、一種「奇跡的」なこの歌の表現の在り方を、「詞浅きに似て、心ことに深し」という俊成の評は極めて的確に捉え得ていると言えよう。

このように俊成の判詞は、両方の歌に賛辞を与えながら、その対蹠的な性格を的確に描き分けている。そしていずれにも欠点を指摘しないまま左を勝とするのであるが、それは、両首が対蹠的な二様式の代表的秀歌であることを認めつつ、いわば最終審級において左歌に加担したことを示す。この態度決定は、兼昌歌と「鴫立つ沢」歌との評価の分岐と相まって、『千載集』編纂時における俊成の価値観の在り方をよく示していると思われる。『千載集』を支える価値意識を問うことは、大きなテーマとして別考を要するが、敢えて概括すれば、「定常性の上に構成される叙情性」こそが、この時点の俊成の「和歌的なもの」の中心を占めていたと言えよう。定常性に揺さぶりを掛ける「鴫立つ沢」歌は、その達成度を評価されながらも、「和歌的なもの」の周縁に定位されたのである。

「幽玄」の働き方は、以前と基本的に変っていない。しかしそれを「救済」的機能と呼ぶことはもはや躊躇される。「救済」する側とされる側との関係が逆転しつつあるからである。俊成は、いわば、自らの「和歌的なもの」を防衛するために、「鳴立つ沢」歌を周縁的な位置に押し止めようとしている。判の場に潜むこうした緊迫した力関係が、両歌を共に高く評価しながらも、なお左歌への「詞浅きに似て、心ことに深し」の方に、判者のより深切な共感を確かに表現するという、複雑で密度の高い判詞を生み出したのである。

4　「ともに幽玄」の批評的狙い

『御裳濯河歌合』のもう一つの「幽玄」用例も、西行歌の特性と俊成の価値観との間の緊張関係を背景に持っている。しかし、現象的には先のものとかなり性格を異にしてもいる。

二十九番　左持

狩り暮れし天の河原と聞くからに昔の波の袖にかかれる

右

津の国の難波の春は夢なれや葦の枯れ葉に風渡るなり

ともに幽玄の体なり。又、持とす。

このように判詞は極めて簡略で、両首の間に何の質的差異も認めていないように読める。しかし、実際の両首の性格と突き合わせてみると、このような判詞の在り方自体が問題を含むものと思われて来る。

左歌が『伊勢物語』八十二段の、

狩り暮らしたなばたつめに宿借らん天の河原に我は来にけり

右歌が『後拾遺集』春上の能因歌、

心あらん人に見せばや津の国の難波わたりの春のけしきをそれぞれ踏まえること、そうした過去の風雅への郷愁・憧憬が両首の共通の基調であり、「共に幽玄の体」という評はこの共通性に対応していると見られること、これらについては先学の論に尽くされている。しかし、そうした共通性は確かにあるとしても、左右歌は果たして表現の質や達成度においてほぼ等しいと言えるであろうか。

まず左歌であるが、全体の構成は、『伊勢物語』歌の引用、その過去の詠歌の場に居合わせるという設定、その感慨からの落涙、というように時間的・論理的にごく素直な順序で展開している。むしろ散文的な展開と言ってよい。河・波（涙）の連想関係でいちおう和歌らしい修辞を組み立てているが、非凡なものは感じられない。原歌を一字だけ変えて「狩り暮れし」と用いるあたりの無造作さに、西行の個性の一面を感じることが出来るが、それが一首全体の表現効果を高めているわけではない。後世の評価が常に公正というのではないが、『雲葉集』に採られた以外はあまり注目されていないのは、この歌に関しては相応の扱いと言えよう。

一方の右歌は、上下句の間に意味の断絶を持ついわゆる疎句歌で、「夢なれや」という観念的な思考と、下の句の叙景との対比を通して、より深い感情内容を暗示することを狙った構成を採っている。その点、先の「鴫立つ沢」歌とも共通する性格を持つが、ただ能因歌の連想が享受者を援助するので、強制的な印象は緩和されている。それにしてもこの歌が指し示そうとするのは、能因歌の世界そのものではなく、それへの単なる憧憬（懐古）でもない。能因歌が喚起する春の情景と、眼前の冬景色との断絶・対比から生み出される独特の感動・感慨である。「無常観」と言ってしまえば身も蓋もないが、そうした種類の観念性に隈取られた感情内容である。この歌は、

『新古今集』に定家・家隆・有家・雅経の撰で入集したほか、『玄玉集』『自讃歌』に入り、『ささめごと』等の歌論書にも引かれて、中世における西行の代表歌の一つとなった。それはやはり、この歌の作品としての個性の強さ、表現構成の鋭さと喚起力の深度に、対応した評価であった。

左右歌のこうした質的懸隔を、俊成が意識しなかったとは考えにくい。意識しながら、判詞の表面には出さなかったということであろう。それは、右歌の表現特性との正面からの対決を避けるためであったと思われる。質的に劣る左歌と敢えて一括して「幽玄」という賛辞を呈することで、右歌への非加担を婉曲に示しているのである。この韜晦的態度も、先の十八番とはやや異なった意味でではあるが、やはり『千載集』との関係から理解される。

両首は、『山家心中集』にも『山家集』にもない歌で、『千載集』の資料収集の段階では俊成の目に触れていなかったと思われる。一方、谷山茂が、

少くとも、この歌合を俊成のもとに届けた時期からみると、その主目的はどうであろうと、再度の撰歌資料または修正資料を提供した結果にもなる。（『谷山茂著作集』三、一一七頁）

と指摘したような『御裳濯河歌合』の側面を、俊成は否応なく意識したであろう。先に見た十八番のように『千載集』の撰入歌と撰外歌とが番えられていれば、『千載集』の編纂方針を擁護するためにも、正面からの緊迫した批評姿勢を取らざるを得なかったのもそのためである。しかし、二十九番のように両首が初見である場合は、あまり踏み込んだ批評は、逆にこの歌合の「修正資料」的性格をいたずらに呼び覚まし、編纂作業が完成に近づいている段階で、めんどうな課題を改めて背負い込むことになる。左右歌の非本質的な共通性にのみ触れて勝負

判を回避したこの番の判詞は、一見そう見えるような無造作な判ではない。右歌のすぐれた特性への価値判断を明確にすることなく事態を切り抜けるために、慎重に考慮されていたのである。

ここでも俊成は、「幽玄」と評された歌を、「周縁」に位置づける。しかも、そのことをあまり鮮明に感じさせないように意を用いる。こうした目的のために、「幽玄」の双価性は最大限に利用されている。

5　『御裳濯河歌合』以後へ

本章で試みてきたような俊成判詞の読みは、現存用例の順序としては『御裳濯河歌合』の次に現れる、約六年後の『六百番歌合』判詞での用法が、幽玄ならざる歌を非とする「指導理念」的なものであることの理解を、困難にすると思われるかも知れない。しかしそれは、「幽玄」理念が、俊成の歌論の内部で次第に成熟・深化していったというような閉鎖的な図式に、事柄を当てはめようとする場合の話である。この六年ほどの間に起こったのは、『御裳濯河歌合』判詞が「周縁」に押し止めようとした種類の表現特性が、俊成に近い若い世代の歌人達の支持を得ていくという重大な転回であった。これと並行して、またある程度は連動して、俊成自身の歌論的内省の深化（特に本稿が仮に「定常性」と呼んだものが、「伝統」として捉えなおされる）があった。またおそらく、和歌と関係する場合の「幽玄」という言葉への同時代人の価値意識にも、ある種の変化が生じていた。これらの動きの力動的な絡み合いの結果として、建久期の俊成における「幽玄」は、文治期とは異なる戦略的な意味を担ったのである。このことについては次章に述べよう。

（補注1）

初出校執筆後、『明月記』建永二年四月二十一日条の正確な本文が、冷泉家蔵自筆本の影印公刊により明らかになり、国書刊行会本で「此国殊幽玄名所多難辨仍御所遠キ方に書之」となっていた割注本文のうち、「難辨」は「難棄」であることが判明した。渡邉裕美子「幽玄の陸奥―『最勝四天王院障子和歌』をめぐって―」（『明月記研究』3、一九九八年一月、『新古今時代の表現方法』笠間書院、二〇一〇年、に第四章第二節として収録。）は、このことを踏まえた論考で、拙稿が冒頭に当該本文を国書刊行会本により引き、「幽玄」のどちらかと言えばマイナス評価に結びつく例としていることについて批判した上で、むしろ拙稿全体の論旨である「幽玄の双価性」は、この箇所にも適用されるのではないかと指摘している。渡邉の批評には感謝したいが、私の当初の論旨は、当該箇所を「弁へ難し」と訓じた場合の印象にある程度支えられていたことも事実である。渡邉の論を承けて書かれた、第十二章の初出稿では、「補記」において、「当該箇所割り注は『此の国、殊に幽玄の名所多し。棄て難きによりて御所遠き方にこれを書く。』と訓み、『この国（陸奥）には、よく判らない名所がとてもたくさんある。かと言って棄ててしまうわけにもいかないので、御所から離れた位置に描くことにする。』と解釈できる」との「憶見」を披瀝したが、一つの解釈可能性を示すに止まるもので、強力な反論とは言えない。いずれにせよ、『明月記』のこの部分のこの本文に「幽玄」にマイナス評価的な「不可解性」のニュアンスが含まれることの、積極的根拠を求めることはもはや妥当ではない。しかし、「周縁性」との関係を認めることは可能であろう。本書への収録に当たっては、論旨を変更しない形で収めたが、論の当否についての判断は読者に委ねたい。

（補注２）

梅野は『王朝の美的語彙　えんとその周辺』への再録にあたって、本章初出稿に言及し、拙稿の「周縁」という表現を引用して、俊成の「幽玄」が，最晩年に「周縁」から「中心」へと移行することを論じている。俊成最晩年の「幽玄」用例についての私見は、次章と第十二章に述べたが、梅野の捉え方との相違は問題意識の異なりによる点が大きいと思われる。判断は読者に委ねたい。

（補注３）

「鴫立つ沢」歌の分析については、文中に示した先行研究の他、久保田淳『山家集入門』（有斐閣新書、一九七八年）、森重敏『西行法師和歌講読』（和泉書院、一九九六年）からも示唆を受けた。

第十一章

伝統を志向する「幽玄」――『六百番歌合』の場合――

1　「幽玄」用法転回の検証課題

これまでの各章では、俊成の歌合判詞の中での「幽玄」は、時には、あまり優れた作ではない歌の、それなりの狙いや特色を救い出すのに用いられること、時には、優れてはいるが俊成が全面的には承認しない歌風の作を、それなりに処遇するために用いられていることを、指摘してきた。このような、機動的とも戦術的とも称すべき自在な用法は、この語が本来持っていた双価的な性格を十二分に利用したものであり、歌合の場面の要請を敏感に感受しつつ批評を遂行していく俊成の姿勢をよく示していると思われる。ここで言う「場面」とは、必ずしも事実的な披講や難陳の場そのものではない。出詠者をはじめ衆目の注視が集まる歌合判詞独特の言語空間の意味である。そのような意味での「場面」における言語表現として見てはじめて、個々の「幽玄」用例の歌論的意味は了解できるのである。

ところで、『六百番歌合』判詞に見える二例の「幽玄」は、それまでの例と異なって直接に出詠歌を批評していない。むしろ一つの価値尺度として（「幽玄」ならざるものを非とするという形で）、出詠歌に対置されているように見える。それは、「俊成が晩年に指導理念としての『幽玄』に到達する」というストーリイを語るのに有利な材料かもしれない。もちろん本書はそうした観点とは無縁であるが、その理由は、事実認定の問題というより方法論上のものである。本書は、歌論や歌論史を理念史的に捉えようとする欲求を持たないのである。

さて、『六百番歌合』判詞の「幽玄」用例が、それまでと異なるところを持っているとすれば、この批評語が背負わされた機能に、独特のものがあったからであろう。そのことは、空前の規模、「新風」歌人の先鋭な作風の登場、激しい難陳などによって、顕在的にも潜在的にも特に広い範囲から注視を受け、かつ将来にわたっても注目される可能性のあった、この歌合の批評場面の特殊性と、何らかの関係を持つと予想される。本章では、こうした点を念頭に置きつつ、「幽玄」用例を含む判詞を読み解き、そこでの「幽玄」の用法を、この時期の俊成歌論のあり方の中に位置づけることを、課題とする。なお、『六百番歌合』の引用本文は、基本的に『新編国歌大観』に拠るが、小西甚一編著『新校六百番歌合』（有精堂、一九七六年）をも参照した。表記は適宜に改め、重要と思われる異文を〔　〕に包んで示す。

2　古歌の理想化

○用例Ａ〈秋上・六番（残暑）〉

左　持　　　女房（良経）

うちよする波より秋の竜田川さても忘れぬ柳影かな

右　　　　信定（慈円）

秋浅き日かげに夏は残れども暮るる籬は荻の上風

右方申して云、左歌、宜しきの由を申す。左方申して云、「秋浅き」、聞きにくし。「暮るる籬」も心得ずや。

判云。左歌、「波より秋の」など、いとをかしくは見え侍り。「柳影」にとりてぞ、「竜田川」は「紅葉流るる」など古く詠めるは、いま少し幽玄に侍るを、「柳影」は、中ごろも詠み侍れど、少し俗に近くや侍らん。右歌、さきに二番の右にや侍りつる歌の同じ心にぞ侍れど、「秋浅き」、聞きにくしとも覚え侍らず。「暮るる籬」も艶にこそ聞こえ侍れ。左は首尾相叶ひ難なく見え侍り。右は余情有る体に侍るべし。なずらへて持とすべし。

問題になっている竜田川の「柳影」という表現の史的展開については、既に小林一彦の周到な分析がある（「竜田川の錦―紅葉から柳へ―」〔「国語科通信」83、一九九二年七月〕、和歌文学会第三十八回大会発表「竜田川の風景」〔一九九二年一〇月〕も関連）。小林の論を参照しつつ、必要な点を述べれば、竜田川の柳を最初に詠んだ作は、

夏衣竜田河原の柳陰涼みに来つつならす頃かな（後拾遺集・夏・曾禰好忠）

であると見られ、右の判詞で俊成が「中ごろ」の作例として言及しているのはこの歌であろうと考えられる。それ以後では、忠盛の『久安百首』の例、俊恵の二例などが目につくが、多くの作例を見るのは新古今時代である。中でも目をひくのは慈円で、『六百番歌合』以前では、

影うつす柳の糸をたよりにて波の綾織る竜田川かな（日吉百首、文治三年頃）

竜田川波もて洗ふ青柳のうちたれ髪をけづる春風（御裳濯百首、文治四年秋）

風吹けば竜田河原の波の綾を柳の糸の織るとこそ見れ（宇治山百首、建久元年五月）

竜田川柳の眉を書く折は水の鏡やたよりなるらん（賦百字百首、建久元年六月）

と、建久元年（一一九〇）までの数年間に四首がある。小林が挙げている新古今歌人の作で、慈円の歌以外に『六百番歌合』以前に詠まれた可能性があるのは、寂蓮の年次不明の一首のみであり、良経と慈円との交流の状況から判断して、用例Aにおける良経の歌には慈円の影響があると見てよいであろう。すなわち、竜田川と柳の取り合わせは、好忠と俊恵に学んだ慈円によって積極的に取り上げられ、良経や他の新古今期の作者に波及したと、大ざっぱに押さえることができる。一方、俊成にはこの取り合わせの作例はなく、用例Aでの「柳影」への不同意が、実作面からも裏付けられる。

俊成と九条家との結びつきから見て、この取り合わせへの慈円の好みを俊成は知っていたと考えられる。これらの点を念頭に置いて用例Aの判詞を読むと、慈円の嗜好が良経にまで飛び火するのを見て、それに対する不同意を表明し、模倣の続出を防ごうとする動機が俊成にあったことはかなり確実に推定できる。番の相手がほかならぬ慈円であることも、無関係ではないはずで、俊成としては主家の二人に注意を促す機会を逃したくなかったのであろう。ただし、「柳影」についてのコメントは、勝負には影響していない。良経歌は、結局「首尾相叶ひ難なく見え」と評され、方人の難にもかかわらず肯定的に評価された慈円歌との勝負は、持になっている。もちろん主催者良経への遠慮はあったであろうが、良経歌自体は秋立つ・波・竜田の秀句を無理なく利用して「残暑」の題を詠みこなしていて、「柳影」の件のみをもって否定的に評価してしまうわけにはいかなかったのであろう。逆に言えば、それでもあえて一言コメントを付けずにはいられない動機が俊成にはあったということである。このように「柳影」にこだわったことで、判詞のこの部分の言説は、批評場面の中心にある出詠歌の勝敗からは、やや遊離することになった。しかし、判詞に注がれるであろう新風歌人たちの眼差しは、強く意識されていたのである。

俊成はここで、「少し俗に近くや」という「柳影」に対する自らの印象を、「古く」詠まれた「紅葉流るる」竜田川の印象である「いま少し幽玄」と対照させて示している。この「紅葉流るる」は、

竜田川紅葉葉流る神南備のみむろの山に時雨降るらし

を念頭に置いていると思われる。『古今集』秋下では作者表記は読人不知であるが、『拾遺集』『大和物語』や『人丸集』諸本に見られるように、奈良帝（聖武）の「竜田川紅葉乱れて流るめり」に応唱された柿本人麿の歌という理解のもとに広く享受されてきた。俊成も、『古今問答』および『古来風体抄』古今集抄出箇所で同じ理解に立ち、『古来風体抄』拾遺集抄出箇所にも重ねて掲げて、「これ古今の歌なり（まことにめでたくも侍るかな）」との左注を加えている（括弧内は再撰本での追加）。人麿の代表的秀歌の一つとして捉えていたと見てよいであろう。もちろん俊成は、「竜田川」には必ず「紅葉」を詠むべきであると規範的に主張するための「証歌」として、この歌を持ち出すわけではない。この歌によって形成される「竜田川」の印象を基準として、「竜田川」と「柳影」の組み合わせを評価しているのである。

前章にも引いた久保田淳「幽玄とその周辺」（『中世和歌史の研究』明治書院、一九九三年）は、俊成が設定した「少し俗に近く」と「いますこし幽玄」との対照について、

一方が直ちに殆ど絶対視されている『古今集』の読人しらずの古歌を連想させるのに対し、もう一方がとか

く低く見られがちな『後拾遺集』の、しかも王朝和歌の流れにおいてはやや異端ともいうべき曾禰好忠の詠を想起させるということも、このような見方を生む背後にはあるように想われる。

と述べた上で、さらに伝人麿歌と好忠歌が描く情景を比較し、対象と歌人との心理的な距離の有無という観点を導入して了解を試みている。この分析は、二つの情景の差異については十分説得的であるが、「幽玄」という語が使用される条件を、こうしたいわば純粋な表現内容の分析から導くことには、ある種の無理があるように思われる。言い換えれば、久保田が「背後にある」とした条件、とりわけ「竜田川」の歌が伝人麿歌であるということが、かなり大きな比重を持つのではないかということである。

俊成が使う「幽玄」が、しばしば「古歌」的な表現が与える、ある「遠さ」の印象をプラス評価で捉える場合に用いられることは、既に、たとえば田中裕（『中世文学論研究』塙書房、一九六九年）、さらに久保田自身も繰り返し指摘している。これを承けて、前章・前々章では、批評機能という角度からもこのことを確認してきた。もちろん、「幽玄」と「古歌的なもの」とが等価交換できるわけではない。しかし、古歌が「幽玄」と印象され得るということは、この語が和歌の批評語としての働くための潜在的な基盤であったと言ってよい。用例Aの場合においても、「古歌」的なものとのこの関連は保持されている、と言うよりむしろ、「幽玄」は古歌の印象そのものとしてある。歌が描き出す情景の内部での「距離」（前掲久保田論文）に先だって、歌と享受者との「歴史的距離」が、「幽玄」という印象の形成を動機づけていたと見てよかろう。もちろんそれは単に時間的な古さということではなく、当該歌が人麿作とされていることに由来する質的な隔絶感を、含むものであったろう。

なお、やや些末な点になるが、久保田が「とかく低く見られがちな『後拾遺集』の、しかも王朝和歌の流れにおいてはやや異端ともいうべき曾禰好忠の詠を想起させる」とする点については、必ずしも好忠が詠んだことが否定的評価の因となっているとは解せないように思われる。確かに『古来風体抄』では、『拾遺集』から抄出された（と俊成は理解していた）『拾遺抄』の風体は、「近き世」の価値意識に連続するものとして、『後拾遺集』以下に引き継がれると巨視的には見られている。したがって、好忠のような『拾遺集』時代の作者の『後拾遺集』入集歌が、「近き世」につながる意味での「中ごろ」の作例と意識されていた可能性はある。「近き世」が「俗」と全く等価であるわけではないが、「古歌」との対比の中で「俗に近し」との印象を持たれ得ることは理解しやすい（後年の『千五百番歌合』百六十七番判詞には、勝負を明瞭に示すためのレトリックという要素がかなりあるとはいえ、「なほ中古の歌は万葉集の歌の心に及びがたかるべし」という発言もされる）。しかし一方、俊成は『古来風体抄』で『後拾遺集』『詞花集』から好忠歌を四首採っており、すくなくとも一定の評価は好忠に与えていたと思われる。「中ごろも詠み侍れど、少し俗に近くや侍らん」とは、「中ごろ」の作例、あるいは好忠歌を学ぶこと一般を否定しているのではなく、たとえ「中ごろ」に作例があっても、竜田川の柳影については俊成は不同意であると言っているのである。そしてその理由を求めて行くと、結局、俊成の感性の中に、人麿歌が詠む「紅葉流るる」竜田川の情景が、「幽玄」を感じさせるものとして決定的に刷り込まれてしまっているという所に、戻って来るほかないのではなかろうか。そういう彼の感性が、「柳影」にはどうしても違和感を抱いてしまうということなのであろう。

ここでは、「幽玄」と「俗」といういわば印象批評的な価値判断は、古歌（人麿歌）の理想化といういわば和歌史的な価値判断と分かち難く重なりあっている。現代的な観点から批判的に捉えれば、俊成の感性が古歌尊重の先入観に支配されていたとも、逆に、俊成は自分の嗜好を和歌史的な「客観性」に偽装しているにすぎないとも、評することができよう。また、それでは結局、『古今集』にそう詠まれているとおりに、竜田川は紅葉とともに詠むべきだと主張することと異ならないではないか、とも言えそうである。つまり、和歌史的な価値判断が感性の中にいわば「内面化」しているという側面を、重視するかどうかによって、俊成の批評態度への評価は変わってくる。しかし本書の観点からは、このような和歌史的基準と印象批評的基準との独特の関係こそが、やがて書かれる『古来風体抄』の主要なテーマとなったことは想起しておきたいのである。

本書第Ⅰ部に論じたように、『古来風体抄』の中心にある思考の枠組みは、「価値判断は直感的印象によるしかないが、その直感じたいは、歌の姿の歴史的変遷に触れることを通して、涵養されていなければならない」と要約される。批評する者の感性によって判断は行われるが、この感性は、歴史的な意識のもとでの歌の受容によって、方向づけられる必要がある。『古来風体抄』のいわゆる「古今集本体説」が、『古今集』を模範として歌を詠めという主張にそのまま置き換えられないのは、和歌史的観点と直感的印象による判断とが、セットになっているためである。上に見て来た用例Aの判詞には、やがて『古来風体抄』が主題化するこうした価値判断システムの、具体的な働き方が示されているように思われる。再度述べればそれは、人麿の歌を「幽玄」と感じるように涵養された感性が、同時代歌の表現をどのように印象批評するか、という具体例なのである。

俊成の歌合判詞では、多くの場合「幽玄」という批評語は、言わば出詠歌に寄り添って、出詠歌の特色を、しばしば作意や作者の姿勢といったものにまで踏み込んで浮かび上がらせるように働いてきた。そのような用法の基本には、「幽玄」という語を判者の同時代歌に対して使えば、その時点で既に、当該歌を同時代の他の歌からある程度「差別化」することになるという事情があったと思われる。「同時代的である」ことと「幽玄である」

とは、通常は結びつかないからである。用例Aの場合は、これとは逆に、当然「幽玄」と評されてよい古歌がそう評されている。このことは、その歌に対して「幽玄」が批評性を発揮する余地のないことを意味する。「幽玄」はここではむしろ、同時代に対して古歌を対峙させる機能を担うのである。

3　新風歌人への指導的意図

『六百番歌合』に二つある「幽玄」用例の、残り一つは次のものである。

○用例B〈秋上・二十四番（鶉）〉

　　左　勝　　　　　　　　定家

月ぞ澄む里はまことに荒れにけり鶉の床を払ふ秋風

　　右　　　　　　　　　寂蓮

しげき野と荒れ果てにける宿なれや籬の暮に鶉鳴くなり

左右、互いに宜しきの由を申す。

判云。両首故郷の風体、共に優に聞こえ侍るを、右、「籬の暮」や、「伏見の暮に」などいへるこそ幽玄に聞こえ侍るを、「籬の暮」、事狭くや侍らん。左の末の（末の—末句）、勝るべくや。

一読、既に見た用例Aとの共通性は強く感じられる。ここでも、「幽玄」という批評語は出詠歌に対しては用いられず、出詠歌の表現を「事狭くや」と評する文脈に対して補足的に挿入された部分で用いられている。「『伏見の暮に』などいへるこそ」の箇所は、勅撰集歌で唯一「伏見の暮に」の歌句を持つ『後撰集』雑三の読

人知らず歌、

菅原や伏見の暮に見渡せば霞にまがふ小初瀬の山

を念頭に置いていると考えられる。これに関連して、判者としての俊成の経歴の初期に属する永万二年（一一六六）の『中宮亮重家家歌合』判詞の、次の箇所が注意される。花五番左の重家歌「小初瀬の花の盛りを見渡せば霞にまがふ峰の白雲」に対するものである。

左歌は、『後撰集』にも入れるにや、「菅原や伏見の暮に見渡せば霞にまがふ小初瀬の山」といへる歌を、花の歌に引きなされたるなるべし。かやうのことは、いみじくはからひ難きことになん。古き名歌も、よくとりなしつるは、をかしきこととなむ、古き人申し侍りし。『白氏文集』・古『万葉集』などは、いささか取りすぐせるに咎なきにやあらむ。まことによくなりにけるものは、彼れをまなべると見ゆるに、なさけそふわざなればなるべし。ただし、古き名歌をば取るべきこと、いむなりなむどは思う給ふるに、彼の「伏見の暮に」といへる歌を、ことに心にそめならひにければにや、この「霞にまがふ峰の白雲」と侍るも、いみじくをかしくおぼえ侍るなり。

通常我々が「本歌取り」と呼んでいる技法についての認識がかなり屈折した文脈で示されており、当該歌が主催者の詠であることもあって、俊成の率直な感じ方を窺うことはかなり難しい文章になっている（佐藤明浩「俊成の歌論—和歌史観と批評態度—」〔和歌文学論集7『歌論の展開』風間書房、一九九五年〕参照）。しかし、本稿に関連する「彼の『伏見の暮に』といへる歌を、ことに心にそめならひにければにや」の箇所については、特に複雑な含みを考える必要はないであろう。この時期の俊成が既に、この後撰集歌を「心にそめなら」っていたこと、その場合の関心の重心が「伏見の暮に」の句にあったらしいことは注意される。『古来風体抄』には「菅原や伏見の暮に」歌は、抄出されていない。しかし、

菅原や伏見の里の荒れしよりかよひし人の跡も絶えにき（後撰集・恋六）

何となくものぞ悲しき菅原や伏見の里の秋の夕暮（千載集・秋・源俊頼）

を抄出しており、中でも後者は、俊成が最も重視した歌人の一人である俊頼の作で、しかも自撰の『千載集』からの抄出である。これらの歌の「伏見」の背景にある歌として、「菅原や伏見の暮に」はつねに俊成の念頭にあったはずである。実作上でも、治承二年の『右大臣家百首』の「忘るなよ世々の契りを菅原や伏見の里の有明の空」がこの後撰集歌を本歌としていることは、錦仁『中世和歌の研究』（桜楓社、一九九一年、二七七頁）、渡部泰明「『千載和歌集』と本歌取り」（『中世和歌の生成』若草書房、一九九九年、第一章第四節）などが注意するところである。こうした「伏見の暮」の享受の積み重ねによって形成された感性にとって、「籬の暮」という語構成は抵抗のあるものであった。そうした「涵養された感性」による印象批評であることを抜きにして、俊成の評価を了解することは難しい。

とはいえ、この批評を誘い出した「籬の暮」の側の問題も検討しておかなければならない。久保田淳前掲論文は、俊成が同じ題の別の番の判で、「霧の籬」「荻が籬」を肯定していることを付言し、武田元治『幽玄―用例の注釈と考察』（風間書房、一九九四年）は、さらに、秋上六番判詞（前掲、用例A）右歌の「暮るる籬」への弁護や、『千五百番歌合』二百七十五番左の公経歌

立ち帰りなほ故郷に菫咲く籬の暮に春風ぞ吹く

についての判詞、「左の菫、『籬の暮に春風ぞ吹く』といひ、右の藤波、『色のゆかりと思ふにも』などいへる、両方共に艶に侍るべし」に注意している。

この種の「矛盾」に対しては、無理に整合的な解釈を志向するよりも、率直に判者の恣意を認める方が現実的である場合もあるかも知れない。しかしこのケースでは、そう言ってしまう前に次の点に留意したい。すなわち、問題になるのは、「籬」や「暮」が作る連体修飾語一般ではなく、暮景の中の「籬」をあえて寂蓮が「暮れの籬」という語順で表現したことの必然性なのである。『千五百番歌合』の歌では、第三句「菫咲く」は修飾関係で「籬」に連続しており、それは歌の表現の全体が、意味の切れ目のないなだらか姿を狙っていることと見合っている。俊成の判詞は、（作者が貴顕であることや、左右両歌の評価が釣り合うよう判詞の表現が調整されていることも考慮しなければならないとしても）その点を押さえた上での肯定的評価であると思われる。逆に『六百番歌合』の寂蓮歌では、「籬の暮」のすぐ上で句が切れており、この修辞をいたずらに目立たせるとともに、その必然性を疑問視させることになる。半田公平『寂蓮の研究』（勉誠社、一九九六年）は、「籬の暮に」に「垣根の暗いところで」の現代語訳を宛てているが（同書六八二頁）、寂蓮の当初の狙いはむしろ「暮色の中の籬」の意味を、通常と異なる修辞で言うところにあったのではないか。それに対して俊成の「事狭くや」という評は、語順の転倒によって暮色が籬にのみ立ちこめているような印象を与え、半田訳のような意味に解されてしまう点を、批判的に突いたのではなかろうか。

さらに、久保田、武田も指摘するように、この歌は、『伊勢物語』の「深草の女」を念頭に置く点で、俊成の自讃歌「夕されば野辺の秋風身にしみて鶉鳴くなり深草の里」に追随している。既に、主はあれど野となりにける籬かな小萱が下に鶉鳴くなり（慈円・文治四年「早率露膽百首」）

深草の里の夕風通ひきて伏見の小野に鶉鳴くなり（定家・建久二年「十題百首」）

に同趣の作がある。さらに、ここで寂蓮歌と番えられている定家歌も同様である。ただし定家歌は、情景を月光の場面に取りなし、秋風についても、動きを感じさせる「鶉の床を払ふ」という表現を使うなど、俊成歌から一歩離れ出ようとする苦心を見せている。これに較べて寂蓮歌は、通常の語順の転倒という末梢の修辞操作のみで新味を狙っており、ある種の安易さは否定できない。定家歌も特に成功しているとは思われないが、左歌の下句を勝るとした俊成の判断は、まず穏当なものであったと言えよう。

このように見て来ると、この判詞には、文治・建久期の新風の一面としての、新風歌人間での影響歌の量産や、やや安易に通常の歌語の構成を変形する嗜好といった、否定的な側面への苦言が仕込まれており、この点でも明らかに用例Aとの共通性を見せる。古歌の「幽玄」が引き合いに出される共通の必然性も、この点にあったことが窺われる。実は、ここで引き合いに出される「伏見の暮に」の歌は、出詠歌とそれほど密接な関わりがあるわけではない。上記先学諸論に指摘されるように、出詠歌が意識する「伏見の里」との連想はあり、後撰歌の伏見が大和、『伊勢物語』のそれが山城の歌枕であるという区別も、つねに厳格に意識されていたわけではないかもしれない。それにしても、出詠歌との実質的な共通項は、「何々の暮に」という句の形という漠然としたものでしかないことは確かであろう。にもかかわらず、ここでこの歌が言及されたのは、俊成の感じ方がそのようにしか説明できなかったということと共に、「古歌に培われた感性」を、新風の傾向に対置しようとする欲求が働いたからであろう。大仰な言い方を敢えてすれば、和歌伝統に対する覚醒の促しなのである。この促しが、用例A

と共通するものであったことは言うまでもない。

そもそも、数年後の『古来風体抄』が「和歌史」を重視する要因は、多様化し変転する同時代の和歌に対して、自立した批評を可能とするべく、感性の拠り所を求めてのことであったと推察される。そして、上に見てきたAB二つの判詞は、そのような俊成歌論と同時代歌との接触の仕方を物語るものとして読める。あえて古歌の「幽玄」を引き合いに出すことによって俊成は、同時代的な平面での相互摂取と些末な表現操作との中に閉息する危険をはらんだ「新風」の弊を示し、新風歌人達に、古歌世界の参照によって同時代から自立した批評意識を獲得することを暗に求めたのである。言うまでもなく、そこで問題にされているのは新風歌人たちの創作の姿勢である。したがって、『古来風体抄』が直接に多くを論じていない実作の方法についての俊成の立場を、ここから窺うこともできる。自立した批評意識は、歌人が自作を推敲する際の自己批評においても（あるいはそこにおいて最も切実に）、求められていたのである。

用例A・Bの判詞は、『六百番歌合』の判詞としては、上條彰次が「新風チェック的批評」（『藤原俊成論考』新典社、一九九三年、一五六頁）と呼んだものの一変種と見なしてもよい。しかしその「チェック」の方法に分け入ってみると、上に示したように、『古来風体抄』の歌論思想が形をなしていく動きを背後に想定し、『古来風体抄』と相補的に読むことができる。はやく田中裕が、「幽玄」によって俊成歌論を論じることの限界を確認する一方で、「この語が彼の思想の核心にどの程度のつなが」るかを問うた（前掲書八二頁）ことを思い起こしつつ述べれば、これらの判詞における「幽玄」こそは、俊成歌論の「核心」の意外なほど近くにあるのである。古歌の印象を繰り返し想起することを歌人に求める姿勢は、藤平春男が「古典主義」と呼んだところの（『歌論の研究』ぺりかん社、一九八八年、一〇六頁)、俊成歌論の中心的な特質の一端を、明瞭に示している。しかし、このように俊成の「和歌史」についての見方と密接に結びついた「幽玄」用例は、これ以前に見られなかっただけではなく、これ以降も二度と現われることはない。なぜ、この時点でこのような特異な用法が出現したかが問われなければならないが、この点は「幽玄」という批評語をめぐるこの時期の状況をも含めて考えなければならないと思われる。最晩年の『千五百番歌合』判詞の「幽玄」用例の検討などとともに、次章の課題としたい。

補　記

本章に見た「指導理念」的な批評語「幽玄」の使用は、俊成の批評活動の中では例外的・一時的な現象であるというのが、第Ⅱ部における私の観点である。そして、これ以後の用例においては、『六百番歌合』のような、緊迫感のある批評意識の背景を見て取ることができない。次章では、この点を論じて第Ⅱ部を締めくくる。

第十二章
最晩年の「幽玄」用例——和歌史の動向の中で——

「幽玄」の批評機能は、それぞれの時点の和歌をめぐる情勢と無関係ではない。とりわけ文治・建久期以降では、和歌界の急速な動きと俊成の批評意識とが密接に連動している。前章、前々章では、歌壇史的状況との対応を考慮しつつ、その用法の変化を追跡してきた。本章では、その考察を補いつつ、和歌史的・歌壇史的状況を視野に入れた展望の中で、俊成晩年の「幽玄」用例の性格を見定めておきたい。

1　顕昭の「幽玄」用例から——同時代の「幽玄」使用のひろがり——

俊成らと対立関係にあった六条藤家の顕昭に、文治元年（一一八五）という早い時点で、「幽玄」の用例がある。『古今集注』の、業平歌「月やあらぬ春や昔の春ならぬ我が身ひとつはもとの身にして」の注文に見られるもので、谷山茂の著名な論文「業平と俊成」（『谷山茂著作集』二、所収）以来、注意されて来た。顕昭自身が「この条、よしなし事に侍れど、歌の姿につきてそれも心得らるる事にて侍れば、事のついでにしるし申すなり」と言っているように、狭義の注釈の枠を離れた長大な歌論的言説であり、『古今集注』の中では異色の部分である。

その前段は、業平歌とその追随者（顕昭の同時代の）に関わる。顕昭はここで業平歌の表現方法を、これは、この所にて去年逢ひし人の、ここにもなくて、今宵え逢はぬことを思ひて、「月もあらぬ月にてあるか、また春も昔の春にはあらぬか。我が身ひとつばかりはもとの身にてあれど、逢ひし人もなきは」と詠めるなり。（日本歌学大系・別巻四により、表記を変更）

と解説し、これを「（歌意を）たしかに詠」む貫之などの方法と対比する。

貫之が歌などのやうに、たしかに詠まば、「逢ひし人に逢はぬ」よしを、言ひあらはすべし。

その上で、

かやうに言ひそらしたるを、業平が歌の幽玄なることに言ひて、そのやうをまねばむと思へる人もあれど、それはまた心も詞も及ばず、世もくだりて、いとど心得がたくなむある。

と、業平歌に追随する同時代歌人を非難する。

続く後段は俊頼の歌風に主に関わる。源俊頼が業平を貶める発言をしたという逸話を引いて、俊頼の歌風に考察を及ぼす。

今案ずるに、俊頼が歌は極めたる口利きにて、わりなく面白くは詠みたれど、さび、けだかく、幽玄なる姿は見えねば、業平歌をも、我が願ふさまならねば、さやうに思ひとりて侍りけるにや。

と述べ、さらに俊頼のライヴァル基俊の俊頼非難を引き、

基俊は、「俊頼は、歌詠むやうも知らぬ者」となむ常に申し侍りける。それもひたおもむきなり。「和歌のたけなし」と思ひけるにや。

と、その一面性（「ひたおもむき」）を批判しつつも、基俊の目から「たけなし」と見られるような面が、俊頼歌に

あることを認める。さらに俊頼に関連して、顕季の発言や俊頼自身の発言を引用していく。

顕季卿は、「俊頼は、詠み口は左右なし」とこそゆるし侍りけれ。「歌詠みといふは、人の口より歌を詠みいづるを言ふなり。俊頼は歌の烏帽子をしたるなり」とこそ感じ侍りけれ。又、俊頼自ら云はく、「我は歌詠みにはあらず。歌作りなり。かくいふ意は、風情は次にて、えもいはぬ詞どもを取り集めて、切り組むなり」とぞ申しける。さもいはれて侍る事歟。

このように、俊頼の歌人としての才能は評価しつつ、その歌風を非「幽玄」として位置づけている。

前段の業平歌の「幽玄」への追随者を批判する言説について、前掲谷山論文は、それを俊成に向けられたものと解した。ただし、谷山の結論は、

現存する文献資料の多少という偶然性に支配されるわけではあるが、俊成と俊恵とは、文治初年またはそれ以前においても、「月やあらぬ」の歌の、よりよき理解者であったろうという想像の可能性の中に、最後まで残る。（前掲書一三六頁）

俊成が「月やあらぬ」の歌を目標として庶幾した歌風および理念は、—本人はこれを幽玄といわなかったとしても—むしろ世間の一部では幽玄を学ぶもの幽玄を主張するものと見なしていたことになろう。（同一三七頁）

といった慎重な留保の上に立っていることは、十分考慮されなければならない。

すなわち問題点の一つは、「文治初年またはそれ以前」という時期であり、もう一つは、前の点とも密接に関連するが、「幽玄を学ぶもの幽玄を主張するもの」という評価が、俊成の自己評価ではなくいわば他称であった

可能性である。こうした問題が生じるのは、顕昭の言説が、文治元年（一一八五）という『古今集注』の成立年次のものであるとする限り、それは、俊成自身が「月やあらぬ」歌を評価したり、歌意の合理性・明示性に比して表現効果を重視したりする言説を公表していく建久期よりも、約十年先行することになるからである。また、俊成自身の「幽玄」の用例も、本稿に後述する『千五百番歌合』判詞以前には、「歌の道」の理想と一般論として結びつけられることもない。このことを重く見れば、顕昭の言説は、俊成自身の自覚的表明に先行して、いわば他称として述べられたものということにならざるを得ない。もちろんこれは、「現存する文献資料の多少という偶然性に支配される」ことであり、実際には俊成のこの種の見解（特に「月やあらぬ」への高い評価）は、現存資料より先行して準備されていたと考えることも可能である。しかし、文治期という時期は、周知のように和歌界の大きな変動、すなわち「新風」の登場期であり、俊成の和歌観も「新風」の動向との密接な関係のもとに形成されていることを考えると、数年から十年の時間幅の扱いには熟考が求められる。

谷山論文以降に右の『古今集注』の言説を問題にした重要な論考に、田中裕「新古今歌風の特質」（『後鳥羽院と定家研究』和泉書院、一九九五年、第十一章）がある。

田中の指摘のうち、本稿の観点から重要と思われるものの第一は、

顕昭の（俊頼への）批判には当否はともかく、俊頼を非幽玄とする見解が露呈されており、その限りでは俊頼を、自身はもとより新風（「月やあらぬ」の追随者）からもはつきり区別してゐたであらう。（前掲書二〇〇頁、（　）内山本の補足）

と捉えられている顕昭の立場の微妙さである。顕昭は、業平歌の「幽玄」を否定して、俊頼に与しているわけで

はない。そうではなくて、「詞を切り組む」という俊頼の特徴的な創作手法を（それ自体は俊頼の稀有の才能を示すものとは見ながらも）、俊頼の作品から「さび、けだかく、幽玄なる姿」を欠落させる結果を招いたものとして、批判的に捉えているのである。この限りでは、顕昭はむしろ業平の歌風の「幽玄なる」部分を擁護しているとも言える。

私たちは、後に定家が、

鶉鳴く真野の入り江の浜風に尾花波よる秋の夕暮れ

を含む俊頼の二首を、「幽玄に、面影かすかに、寂しき様なり」と評することになるのを知っている（近代六歌仙秀歌付載本『近代秀歌』）。この評価は、今見てきた顕昭の俊頼観とは食い違っている。一方、鴨長明『無名抄』によれば、俊恵はこの同じ歌を「させる風情もなけれど、詞よく続け」た歌と評していた。そして、田中裕が指摘するように、俊恵のこの見方は、顕昭が『古今集注』で引く俊頼の言葉「風情は次にて、えもいはぬ言葉どもを取り集めて切り組むなり」と、ほぼ符合するのである。これを私なりに整理すれば、定家は俊頼歌を《表現効果》の面から捉えて、「幽玄に、面影かすかに、寂しき様」と見たのに対して、俊恵と顕昭は、俊頼に特徴的な創作手法の面から、この歌を見ていたということになるかと思われる。

だからといって、顕昭と俊恵の見方がすっかり重なるのではない。前引『無名抄』の言説での俊恵は、俊頼の「鶉鳴く」歌が結果として到達している《表現効果》を、ほかならぬ業平の「月やあらぬ」に比肩するものとして評価しているからである。この点では、俊恵の評価は、むしろ後の定家の評価に接近する。逆に顕昭は、俊頼の歌風には「月やあらぬ」と通じる要素が全くないと見ていたようである。とすれば、顕昭の俊頼観は、それ自体いわば「ひたおもむき」であったとは言えよう。しかしそうであったとしても、顕昭の観点が、「さび、けだかく、幽玄なる姿」を一つの価値の領域として認めた上で、業平にこれを代表させ、俊頼をこれに対立させているという点は、見落としてはならない。つまり、顕昭が「さび、けだかく、幽玄なる姿」に、それなりの価値を認めていたことは否定できない（この点は、実作上の顕昭の歌風についての先入観から、はっきり切り離して理解する必要がある）。このことは、この時期の批評語「幽玄」のプラス評価での使用に、たとえば六条家系・御子左家系といった区分を越えた、広がりがあったことを意味するであろう。

田中論文から示唆される第二の重要な観点は、『新古今集』以後に「新風」を論じた言説と、ここでの顕昭の言説との類似もしくは対応である。

「かやうに言ひそらしたるを、業平が歌の幽玄なることに言ひて」「貫之が歌などのやうに、たしかに詠まば、『逢ひし人に逢はぬ』よしを、言ひあらはすべし」という部分がよく示しているように、顕昭は「幽玄」を「歌意の非明示性」と強い関連のある批評語として用いている。間接的・暗示的に言葉を使用し、歌意の中心的部分を歌の表面には明示しないような《表現技法》。それが成功した場合の《表現効果》が、「幽玄」と呼ばれるのであろう。そして、この《表現技法》の扱いに失敗した場合には、「いとど心得がたく」意味不明の歌を生み出すことになるとする。

この部分の論の組み立ては、後に鴨長明が『無名抄』近代歌体条で示す「新風」の把握、また定家が『近代秀歌』で示す「新風」把握と、きわめてよく似ている。いずれも周知の言説であるが、確認のためにやや具体的に検討してみよう（日本古典文学会編『復刻日本古典文学館』複製により梅沢記念館蔵本を参照するが、表記は私意による）。

鴨長明は、「幽玄」について

詮は、ただ、ことばにあらはれぬ余情、姿に見えぬ景気なるべし。

と、言外に漂う微妙な《表現効果》から捉えている。

よき女の恨めしきことあれど、ことばにあらはさず、深く忍びたるけしきを、「さよ」とほのぼの見つけたるは、ことばを尽くして恨み、袖を絞りて見せんよりも、心苦しう、哀れ深かるべきがごとし。これまた、幼き者などは、こまごまと言はずよりほかに、いかでか気色を見て知らん。

という比喩も、この《表現効果》の説明しがたさをいうためのものであって、ただちに《表現技法》としての「歌意の非明示」の比喩に横滑りさせて理解することは許されない。直後の、

また、幼き子のらうたきが、片言してそれともきこえぬこと言ひゐたるは、はかなきにつけてもいとほしく、聞き所あるに似たることも侍るにや。

の場合も同じである。しかし、このような比喩が用いられる背景として、「幽玄」という《表現効果》と、歌意を「ことばを尽くして」明示しない《表現技法》との間に、ある程度の対応関係（一対一の対応ではないけれども）が認められていたと解釈することは許されると思う。

風情足らぬ人の、いまだ峰まで登りつかずして、推し量りにまねびたる、さるかたはらいたきことなし。

という、未熟者の失敗への警告も、「歌意の非明示」技法の扱いにくさと密接にかかわっていると見ることができよう。

定家の『近代秀歌』の場合は、理想とする風体を「余情妖艶の体」と呼んでいるが、それは貫之の登場によっ

て忘れ去られることになる非貫之的歌風であるとされている。この定家の発想枠組みと、顕昭の「業平的幽玄」対「貫之的明示性」という枠組みとは類似している。もちろん、定家の言説に顕昭の説明を勝手に「代入」して解釈するわけにはいかない。しかし、

ただ聞きにくきをこととして、やすかるべきことを違へ、離れたることを続けて

という「この頃の後学末生」への非難は、定家らの求めた《表現効果》が、しばしば「歌意の非明示化」(難解化)という《表現技法》と安易に結びつけられがちであったこと、つまりすくなくともそのような「誤解」が起こり得る程度に、これらの《表現効果》と《表現技法》には対応性があったことを示している。

このように見てくると、顕昭は、定家や鴨長明が「新古今時代」の後に言説化し得た事態を、文治初年に早くも気づいていたことになる。顕昭は、「歌意の非明示化」という《表現技法》を意図的に用いて「業平風」の「幽玄」な《表現効果》を狙う動きを、同時代の歌人の試みの中にいちはやく察知し、その失敗の危険をもいわば予言していたことになる。この言説が後年の挿入であるとでも実証されない限り、顕昭にこの先見性の名誉を与えることを拒むことはできないであろう。そこで批判されている歌人は、谷山茂が慎重に提示したように俊成であったかもしれない。しかし、そうではなかったかもしれない。すくなくとも、彼だけではなく、定家や寂蓮らの動きを含んでいた可能性を考えてよいかもしれない。そして、ここで顕昭が試みた「歌意の非明示化」への批判は、「新風」の顕在化とあい添うようにして、程なく「達磨歌」というより効果的な用語を手にした新風批判へと継承されていくのである。

「達磨歌」の問題は、それ自体検討するべき側面を多く含んでいて、ここで論じきることはできない。しかし、

はやく久保田淳が、建久二年冬の慈円・良経贈答の用例と、『軸物之和歌（定家御室五十首草稿）』とを結んで、「達磨歌」と「かすめる」「かすむ」の語彙の親近性を指摘した卓見は重視される（『新古今歌人の研究』東京大学出版会、一九七三年、第三篇第二章第三節）。歌意を「かすめる」（非明示化する）技法への揶揄として「達磨歌」は使用され、そして建久期には「新風」の側がそれを逆手にとって、歌意の明示性を「顕宗」（「密宗」に対する語）と揶揄するに至っていたというのが、久保田の指摘である。（その後『軸物之和歌』については、兼築信行「宮内庁書陵部蔵『京極黄門詠五十首和歌』―『軸物之和歌』の原巻を復元する―」（早稲田大学『国文学研究』七七、一九八三年六月）、同「藤原定家『御室百首』草稿について」（同上七九、一九八四年三月）などの研究の進展があった。達磨歌問題のより詳しい考察では当然これを踏まえる必要があるが、今は久保田の解釈に従っておきたい。）

あえてやや図式的な言い方をすれば、「達磨歌」の語が「新風」揶揄のために登場したのは、「幽玄」の語ではその役割をうまく果たせなかったからである。「幽玄」はもともと双価性をはらんだ語であり、そのような用法はずっと後まで持続したが、それでも和歌批評の場面では、基本的には肯定的ニュアンスで使われていたと考えられる。その双価性を判詞で巧みに利用していた俊成も、肯定的ニュアンスを表に立てる形は一貫して崩していない。したがって、「幽玄」という語そのものに関して、顕昭と俊成がそれほど遠い理解を持っていたと考える必要はない。ただ、彼等の戦略が異なっていたのである。文治初年の顕昭は、近代における「幽玄」の復活は実際には不可能と見なし、かつ俊頼歌風の非「幽玄」を意図的に強調することによって、俊頼と業平を共に尊敬しているとみられた俊成とその指導下の歌人たちを間接的に非難する戦略を採った。この戦略は、やがて（直接に顕昭が主導したかどうかは別として）「新儀非拠達磨歌」批判というより明快な姿をまとうことになる。一方、文治期までは「幽玄」の双価性を積極的に利用していた俊成は、『六百番歌合』判詞では、「新風」を「達磨歌」方向へ押し進めようとする歌人たちへのいわば歯止めとして、「幽玄」を持ち出すという方向へ転換したと考えられる（前章参照）。

言うまでもなく、右に試みた捉え方は、俊成を「幽玄風歌人」、顕昭をその対立者と見るような図式に立っていない。私見では、「幽玄風の歌人」とか「幽玄体の歌」とかいうものは、実体としては存在しない。つまり、批評語（この場合「幽玄」）を特定の歌人や作品に固定的に貼りつけてしまうことは本来できないのである。批評語は、使用者と対象との関係が構成するそれぞれの場面で、様々な狙いで自在に使われていく。「幽玄」の語と、俊成やそれに近い人々の歌風や和歌観との間に、排他的な結びつきを考える必要はないのである。

このことに関連してぜひ検討しておかなければならない「幽玄」用例が、もう一つある。『御室撰歌合』四番判詞のものである。節をあらためて検討したい。

2　『御室撰歌合』の「幽玄」――肯定的評価の「幽玄」のひろがり――

ここで「幽玄」と評されている歌の作者は、六条藤家の季経である。

左勝　　前宮内卿季経卿

匂ひくる梅のあたりに吹く風はつらきものからなつかしきかな

右　　権律師賢清

春もなほ霞の底になりにけり冬ごもりせし深山辺の里

「冬ごもりせし深山辺の里」は、たけたかくきこゆるよし申し候ひ侍りしを、「梅の匂ひを吹く風、『つらきものからなつかしき』詞も心も花実を兼ねて、幽玄にこそ侍らめ」と仰せ下されしかば、勝字をつけ侍りき。

ここで、季経歌の「つらきものからなつかしきかな」を「幽玄にこそ」と「仰せ下された」のは、敬語の用法から歌合主催者守覚法親王と知られる。守覚はおそらく、優美な用語で景物に対する矛盾した心境を捉えた下句に、特色と魅力を認めたのであろう。

下句の表現は、『久安百首』から『千載集』に撰ばれた教長の作

山桜霞こめたるありかをばつらきものから風ぞ知らする（千載集・春上）

や、やはり『久安百首』での俊成の、

元結ひの霜置きそへて行く秋はつらきものから惜しくもあるかな（秋）

を襲うもので、独創的とは言えない。しかし、「詞も心も花実を兼ねて」とあるとおり、趣向性と表現との調和には成功していると言えよう。判詞には俊成の積極的評価は窺えないが、合点は施されており、それなりの評価を与えていたものと見られる（合点については、田村柳壹『後鳥羽院とその周辺』笠間書院、一九九八年、参照）。

ここでの守覚の「幽玄」の用法は、そう評された歌の表現の性格から見れば、顕昭の用法（表現における「言ひそらし」に加えて、「たけ」との親近性をも含む）とは異なり、文治頃までの俊成の用法（古歌的なものを志向する表現意図と関連させることが多い）とも異なっている。また後に鴨長明が『無名抄』の「近代歌体」の条で説いた「詞にあらはれぬ余情、姿に見えぬ景気」とも、共通点を持っていない。だが、これを「幽玄」の「不正確」な使用と

言ってみても始まるまい。むしろ、批評語の特性にあまり神経質ではないこのような用法、言ってしまえば漠然としたプラス評価のために「幽玄」を用いるような用法も、実際にはかなり行われており、ここではそれがたまたま貴顕の主催者の発言であったために判詞に記録されることになった、と見た方がよいように思われる。

この点に関連して、守覚が仁和寺の稚児の心得を記した『右記』（群書類従所収）に、

次当座続歌探題等歌、数多不可詠之。詩以可同。雖為堪能、童形可有心者也。只覓風情之絶妙、可思露詞之幽玄歟。

〔意訳〕次に、当座の続歌や探題などの歌会での歌は、むやみに多く詠んではいけない。詩の場合も同じである。たとえ詩歌が得意であっても、稚児は振る舞いに注意して、才能に任せて多作しないようにしなければならない。特別に素晴らしく奥ゆかしい趣向や表現を選び、秀作だけを出すよう心がけて詠作するべきであろう。

のような箇所のあることを想起してもよいであろう。もともと寺院の僧侶にとって、「幽玄」は仏教関連の修辞語としてなじみのある、応用範囲の広い言葉であった。一例を牧野和夫「十二巻本『表白集』三種、影印（二）」（実践女子大学文芸資料研究所「年報」9、一九九〇年一月）に影印紹介された『十二巻本表白集』第二所収「仁隆律師伝法潅頂誦経導師表白」（行宴作）から引く（一四一頁下段）。

夫密蔵幽玄五相五智之枢鍵高排、性海眇漫四曼四印之津梁広構。

僅かな用例からあまり憶測を広げるべきではない。しかし、「幽玄」がプラス評価の批評語として、歌人達にかなり流通していたこと、そしてその批評対象への関わらせ方は、かなり主観的で多様であったことまでは、窺

えるのではなかろうか。そして、『古今集注』が顕昭から守覚に献じられたものであり、『御室撰歌合』の用例が、季経歌に対する守覚の評であることを見れば、プラス評価「幽玄」の流通（あるいは流行）は、むしろ仁和寺や六条家とも無関係ではなく、かならずしも俊成や「新風」が先導したと考えなくてもよい。むしろ、このような流通の方が、俊成の「幽玄」使用を先導し、それに影響したとも考えられる。

ここまで考えた上で、次に俊成自身の用例の検討に入りたい。

3　最晩年の「幽玄」用例——拡散する「幽玄」の中で——

『六百番歌合』以降の俊成の用例を見ておきたい。

一例は、慈円の自歌合（通称『慈鎮和尚自歌合』）聖真子九番判詞に見られる。

冬の心、山里にて　左

冬枯れの梢にあたる山風のまた吹くたびは雪のあまぎる

題同　右勝

深山木の残りはてたる梢よりなほ時雨るるは嵐なりけり

左歌、心詞幽玄の風体なり。ただし、右歌の「残りはてたる」といひ「なほ時雨るるは」などいへる姿心、ことに宜しくきこえ侍り。まさるべくや侍らん。

「心詞、幽玄の風体なり」は、「あまぎる」の語の古歌的雰囲気（古今集・冬の伝人麿歌「梅の花それとも見えず久方のあまぎる雪のなべて降れれば」）と、あえて優雅な言い回しを避けた第二句とによって示される、この歌の狙い（「古風」を意識した）への処遇である。これは右歌の特性（景物に対するやや感傷的な思い入れを、「残りはて」「なほ」などの強調語によって表現している）を、より高く評価するための前提である。負けとする歌のための相応の処遇に用いられている点で、文治期までの判詞の諸例と共通の性格を持っている。

『慈鎮和尚自歌合』にはこのほかに、十禅師跋の著名な文言がある。

おほかたは、歌は必ずしもをかしきふしをいひ、事の理をいひきらんとせざれども、もとより詠歌といひて、ただよみあげたるにも、うちながめたるにも、何となく艶にも幽玄にもきこゆることあるなるべし。

俊成歌論の研究において、『古来風体抄』上巻序の、

かならずしも、錦ぬもののごとくならねども、歌はただ、詠み上げもし、詠じもしたるに、何となく艶にもあはれにもきこゆる事のあるなるべし。

『民部卿家歌合』跋の、

おほかたは、歌は必ずしも絵の処の者の色々の丹の数をつくし、つくもづかさの匠のさまざま木の道をえり据ゑたる様にのみ、詠むにはあらざる事なり。ただ、詠みも上げ、うちもながめたるに、艶にもをかしくも聞ゆる姿のあるなるべし。

と、つねに併せ引かれる文言である。年次順では、批評語の部分が、「艶にもをかしくも」「艶にもあはれにも」「艶にも幽玄にも」と変化することもすぐに気づかれるが、これをもって、「をかし」「あはれ」「幽玄」の順序で俊成の批評語に対する価値序列が入れ替わったと見るのは、早計であろう。『慈鎮和尚自歌合』とほぼ同時期に、判詞の中にではあるが、

大方は申すも恐れは侍れども、歌は、よそへ、それより艶なる所の名などの侍らねど、左の「忘れじの」といひ、右は「たよりも知らぬ波路にも」なんどいへる姿、詞づかひに、何となく艶にも優にもきこえ侍るを、
世の人は心得ず侍るなるべし。（『後京極摂政御自歌合』七十三番判詞）

という類似枠組みの言説があり、批評語の部分は「艶にも優にも」である。また、『古来風体抄』再撰本においても当該部分に用語の入れ替えはない。これら文言の主眼は、いずれも、「詠唱に伴う直感的印象」が和歌の価値判断の原点であるという、俊成が晩年到達した信念の披瀝にある。詠み、詠じることによって「何となく…きこゆる」という、共通枠組みが、この価値判断の方法を語っている。「をかし」「あはれ」「幽玄」等の批評語による価値判断は、この枠組みが示す享受・批評方法の可能性の中に、つぎつぎ組み入れられていったものと見られる。こうした多様な批評語をもってなされる批評も、全て「詠唱に伴う直感的印象」によって可能になるというのが、俊成の最終的な確信であり、その和歌思想の根幹であった。言い換えれば、この根幹をいずれの批評語と関係させて説明するかはある程度任意であり、各言説が選んだ批評語の差異に過大な意味を認める必要はないのである。

建仁元年八月『十五夜撰歌合』三十四番右歌（作者は源通親）

白露に扇を置きつ草の原朧月夜も秋くまなさに

に対する、「右歌、幽玄の事に思ひ寄りて侍れど」については、第八章で論じた。この用法も、負とした歌の表現志向に対するそれなりの処遇であり、「幽玄」のこのような利用価値が、俊成判詞のシステムの中で最後まで放棄されなかった可能性を示している。しかし、早い時期には疑似万葉的な「古風」志向と結びつくことの多

かった「幽玄」が、ここでは『源氏物語』に依拠した着想に対して用いられていることは、注意される。

基本的には、対象が、耳近さ・平俗さなどの日常的なものからの、何らか距離感を含んでいれば、「幽玄」は使用可能で、その批評対象の具体的な性格は、場面次第で任意であったと考えてよい。ただし実際には、その任意度が晩年に拡大してきたと考えることはできる。その意味では前章にも引いた久保田淳「幽玄とその周辺」が、『御裳濯河歌合』の用例に関連して、

俊成における幽玄が嘗ての基俊的な幽玄に比すれば、拡大しつつあったのではないかということを想像させる。（『中世和歌史の研究』明治書院、一九九三年、二六〇頁）

と述べることは首肯できる。そして、こうしたところにも、歌人間での「幽玄」の流通の影響を考え得るのではなかろうか。「幽玄」の流通が、俊成のこの語の使用に時によってある種の甘さをもたらしつつあったのではなかろうか。『六百番歌合』以降の「新風」の制覇に伴って、俊成の批評の場面から緊迫感が薄れるにしたがい、そうした傾向は助長された可能性がある。

4　『千五百番歌合』判詞の「幽玄」——批評機能の終焉——

最晩年の最も大きな規模の批評活動となった『千五百番歌合』判詞における用例（二百七十一番）を見よう（本文は『新編国歌大観』および有吉保『千五百番歌合の校本と研究』〔風間書房、一九七一年〕を参照し、私に校訂）。

左　　　　女房（後鳥羽院）

風吹けば花の白雲やや消えて夜な夜な晴るるみ吉野の月

右　　　　　　　　　　　　　　　　兼宗卿

花故に惜しむ今日ぞといふならばかへりて春や我を恨みむ

左歌、「夜な夜な晴るるみ吉野の月」、秋の空ひとへにくまなからむよりも艶に侍らむかしと、面影見るやうにこそ覚え侍れ。右歌、「惜しむ今日ぞといふならば」などいへる、詞たしかに、理きこえては侍るべし。ただし、歌の道、「夜な夜な晴るるみ吉野の月」など、幽玄におよびがたきさまにあらまほしく侍る事なり。

「夜な夜な晴るる」といった装を凝らした修辞によって、おぼろ月夜の落花の情感をつかみ取ろうとする後鳥羽院の狙いを、判詞は共感的に迎えとろうとしている。俊成は、ひとつ前の後鳥羽院歌「吉野山照りもせぬ夜の月かげに梢の花は雪と散りつつ」（二百五十六番・左）に対しても、『白氏文集』の典拠を指摘しつつ、「面影覚えて見ゆるやうにこそ覚え侍れ」と評し、また、百八十一番左歌「帰る雁霞のうちに声はしてものうらめしき春のけしきか」にも、「霞中帰雁景気ことに見るやうにこそ覚え侍れ」の評を与えており、後鳥羽院歌の修辞の工夫を、映像の喚起力という表現効果から評価する姿勢が持続している。左歌への批評は、この「面影見るやうにこそ覚え侍れ」までの部分で既にほぼ果たされていると言ってよい。

しかし俊成は、なお右歌の「詞たしかに、理（ことわり）きこえ」た性格に対して、「夜な夜な晴るるみ吉野の月」を「幽玄におよびがたきさま」と呼び、「歌の道」という一般性の次元で「あらまほしき」ものとして賞讃する。この言説には注意される点が二つある。一つは、「歌意の非明示性」という表現の様態が、「歌の道」の理想として定位されている点である。歌意や趣向（風情）の合理的完結性よりも、修辞の表現効果を重んじる主張は、『慈鎮和尚自歌合』十禅師跋の「必ずしもをかしきふしをいひ、事の理をいひきらんとせざれども」や、『六百番歌合』春中七番判詞「凡《およそ》は、歌の姿詞をばかへりみず、理をいひとらざるをば難とする輩の侍るにや」などと共通するものであり、晩年の俊成歌論の一つの特色と見なしてよい。しかし、このような端的な仕方で表現された例は、これまでには見られない。もう一つは、この「歌の道」の「あらまほしき」様態が、批評語「幽玄」によって表現されている点である。こうした用法は、やはりこのような端的な形では、これ以前に見出されない。

この時点で、俊成が和歌に関する自らの理想を「歌意の非明示性」に求め、その指標を「幽玄」という語に負わせたとするならば、それは「新古今歌風」の自己規定として、やがて鴨長明が『無名抄』で行う性格規定を先駆すると解されよう。しかし、自明のことながら注意しておきたいのは、この判詞があくまで後鳥羽院歌の讃辞として記されているという点である。「歌の道」の理想が、この後鳥羽院歌によって実現されている、という文脈なのである。

負とされた兼宗歌は、「いふならば」という論理関係を明示する修辞が一首を冗漫にしており、この勝負判じたいは妥当であろう。しかし、後鳥羽院歌の修辞が真に抜群のものかどうかは、疑問の余地がある。近接する『正治二年初度百首』に

故郷はむぐらの軒もうら枯れて夜な夜な晴るる月のかげかな（式子内親王）

という先行歌があるし、後鳥羽院の歌自体は『新古今集』以下の勅撰集にも撰入されていない。見え透いた追従を真に受けるほど後鳥羽院の自己批評眼が甘かったとは思わないが、褒められた院が不快であったとも思えない

（『後鳥羽院御口伝』で、自讃歌でない歌を褒められると腹を立てた定家を、偏執として非難した院である）。いずれにせよこの判詞での俊成にとって、院の歌があらかじめ讃美されるべきものとしてあったことは否めない。おそらく俊成の狙いは、後鳥羽院歌を「新風」の歌として賞讃することで、院の「新風」側への囲い込みを確実なものとし、院歌壇における「新風」の覇権を最終的に安定させることであった。もしくは、院が他の政治分野で時に見せたような、派閥対立（均衡）の上に自己のイニシアチブを築こうとする手法を、牽制する意図があったかもしれない。それは御子左家の利害にとって依然として重要な関心事ではあったが、既に「新風」が歌壇を主導していたこの時期に、批評にとっての緊迫した課題であったとは思われない。この後鳥羽院歌の程度の「非明示性」は、この時期にはもはや批判や擁護の対象となるものではなく、その点から見れば、ここでの「幽玄」が果たしている批評機能は、漠然としたプラス評価での甘い用法と大差ない。『六百番歌合』の時のような、切実な批評機能を担わされた「幽玄」を、ここに見ることはできないのである。

『千五百番歌合百首』のために俊成が詠進した歌には、述懐性が色濃い。しかも俊成は、自作に関わる判詞でたびたびそのことを確認している。就中、二百四十五番右

なほささへ位の山の呼子鳥昔の跡をたたぬほどをば

に対する判詞、「右歌は老法師の述懐に侍りけり。…この呼子鳥は、いささか人の憐愍もこひねがふべく侍るを、たまたま判者の人数にまかり入りて侍れば、これらばかりは得分にや申し受くべく侍らむ」は、これらの述懐の究極するところが、定家の昇進と御子左家の再興隆であったことを如実に示す。二百七十一番判詞にも、これらの述懐歌に共通する動機を看取するべきであろう。この判詞の「幽玄」が負っていたもの、それは「歌の道」と御

子左家の将来をいかに安らかに後鳥羽院に託し委ねるかという、老俊成の人生最後の課題であった。しかし、特徴的な「批評者」としての俊成の姿は既にそこにはない。

第Ⅲ部　歌論史・和歌史と藤原俊成

1 『和歌体十種』を読む――和歌批評の規準を問う歌論として――

『和歌体十種』の精確な読解には、平安前期の和歌のみならず、中国詩論、和漢比較文学、国語史（和化漢文の文体及び語彙）等の広範な知見が求められる。いずれに関しても私の能力では十分でないが、本稿が各専門分野から批判を得ることで、この書の理解の深化に繋がれば幸いとするところである。本文は、『日本名跡叢刊36』（二玄社、一九七九年）、大館右喜「巻子本和歌体十種の断簡について」（『帝京史学』3、一九八七年十二月）の安田本を用い、原田芳起「大東急本奥義抄と忠岑十体」（『文学・語学』27、一九六三年三月）、『新編国歌大観』（井上宗雄翻刻）を参考とした。これらの文献は流布のものなので、特に問題がない場合は原文を掲出せず、私に校訂・訓読して示した。引用の先学の論考は、末尾に掲げた文献一覧によっている。

まず、序文を取り上げつつ、本稿の読みの方向性を明らかにしたい。

それ和歌は我が朝の風俗なり。神代より興りて人世に盛んなり。物を詠じ人を諷するの趣、彼の漢家の詩章の六義有るに同じ。然れども、なお時世澆季にしてその体を知る者少なし。風雅の義を以て美刺の詞に当つるに至りては、先師土州刺史、古今の歌に叙し、あらあら以て旨帰す。今の撰する所は、ただ外貌の区別を明らめ、時習の諭し易きを欲するなり。時に天慶八年冬十月、壬生忠岑撰す。

『古今集』の序文を強く意識していることは見やすいが、細部には読解上問題となる点もいくつかある。

まず、和歌が様々な様式を持つのは漢詩に六義があるのと同様であるが、衰えた世にあっては、その様式を弁別することの出来る者が少ないと述べるが、万葉時代以降和歌が衰えたとする『古今集』序の記述を承け、用語上も「及彼時変澆漓」（真名序）を意識しているであろう。その後に来る「至于以風雅之義当美刺之詞」の文は、文章構成上やや落ち着きが悪いが、内容から推測すれば、先学の処置と同様「至りては」のように訓んで下文に続けるしかない。この文の意味については田中裕②の考説が詳細で、『古今集』両序の詳細な分析を踏まえ、「美刺」という政教思想的性格を持つ『古今集』序の六義説に対して、「外貌の区別」、すなわち政教思想から独立の表現論的分類を立てようとした点に本書の主体性を認める。従うべき見解であるが、いくつか補足しておこう。

田中裕②も注意していることだが、『古今集』序のうち特に「仮名序」の六義説は、全体として必ずしも政教性に浸透されているとは言えず、（平安末期の『奥義抄』が試みたように）修辞技法の分類という面に重点を置いて理解することも出来る。『和歌体十種』著者はその点はおそらく承知の上で、敢えて政教思想的に六義の趣旨を示した（「旨帰」は「指帰」と同意か）ことを、貫之の功績とする。そのこととの対比で、「外貌の区別のみ」という表現は、「深い思想を含まない表面的な」といった自遜の意味を帯びるが、半面では陰微な対抗意識を感じさせる。この種の文章としては、謙遜が裏返しの自己主張であることはむしろ常識と言えようが、貫之へのこうした対抗意識は、（忠岑撰が仮託とすれば）貫之に比肩し得る歌人を著者に擬した意図とも響き合う。

いずれにせよこの文言は、本書の和歌の分類が『古今集』仮名序の和歌六義より明解であり、実用的であるという自負を潜めている。問題は、それがどのような意図のもとでの明解さ・実用性であるかだが、「時習の諭し易きを欲する」の文言の解釈がこの点に関連する。「時習」は、「時俗」の意味で用いられた可能性も捨てきれないが、漢文学の用例からは、山田孝雄の説いたように『論語』の「学んで時に習ふ」によると見るのが穏当である。田中裕②は、「実作指導上の便宜」として著者の意図を押さえているが、右の文言のみから実作指導に限定した狙いを汲み取ることは難しい。さしあたっては、実作をも含みこんだやや広い意味での「和歌とは何か」の啓蒙と考えて置くしかないが、むしろ著者の意図は、各体の分析によって明らかにされるべきであろう。すなわち、それぞれの体が、和歌の理解のためのどのような必要性・有効性を見込んで立てられているのかを了解することが、本書の読解の最大の課題となって来るのである。もちろん本書の歌論思想の評価も、その了解に立脚してなされなければならない。

本書の意図を和歌の「分類」そのものにあると見た上で、各体の注文中の分類の困難を述べた文言や、いわゆる分類基準の混在を根拠に、その意図の破綻や不徹底を説くことが従来しばしばなされて来た。本稿はそうした観点を採らない。少し冷静に考えてみれば判ることだが、実在する和歌作品の全てを、統一的基準できれいに分類収納するなどという意図は、いつの時代においても非現実的なものに過ぎない。その不可能性を自覚していたことは、むしろ著者の思索の現実性を示すものであろう（逆に、本書の分類の不徹底や不統一を非難する見方の方が、「美的様式の分類」といったスタティックで空想的な文学観に煩わされていたと言えよう）。重要なのは、それとは別のどのような意図が、十の体を分けることを通して実現されているかである。

以下、このような観点から各体を考察する。例歌と注文の双方を細かく分析するべきであるが、煩雑を避けて注文を中心に論じ、必要に応じて例歌に触れる形を取る。

一・古歌体

古歌は、其の体多しと雖も、或いは詞質俚にして以て採り難く、或いは義幽邃にして以て迷い易し。然れども、猶ほ一両の眼の及ぶところを以て、其の准的を備へんと欲す。但し、皆、下の九体に通ず。必ずしも別に此の体あるべからざるのみ。

（古歌には様々の様式のものがあるが、用語があまりに素朴なものは例歌として採用しにくいし、内容が難解なものを例歌とすると学ぶ者が困る。それでも、私一個の判断で、指標となりそうな歌を選んでみた。といっても、以下に述べる九体とは皆関係があって、別個にこの体があるのではない。）

前半では、古歌体の指標になる歌を選ぶことの困難を述べる。古歌は、著者にとってもこの書の読者にとっても、受け入れにくい用語や、難解な表現を含んでいるため、例歌を提示しにくいとしながらも、なお指標として「古歌体」は必要であると著者が確信しているらしい点に注意したい。「准的」は「準的」に同じで、後者の用例として諸橋轍次『大漢和辞典』は『詩品』ほかを挙げる。「指標」という現代語を当てても大きくは誤らないであろう。

なぜ、「古歌体」という指標は必要なのか？　著者が言うように、他の九体に通ずるもので、別個の体ではないのなら、特立は無用ではないのか？　ここにはおそらく、「古歌的なもの」が「和歌的なもの」の基盤であるという思想が潜在している。吉本隆明は、この点を次のように表現している。

忠岑が歌を類別する基準にすえたのは「古歌体」という概念であった。忠岑の同時代からみて、歌の安定した姿の原型はどういうものか定められれば、同時代までの歌は類別できるはずである。それを「古歌体」と名付けた。…忠岑の「和歌体十種」によってはじめて、〈和歌〉すなわち〈古今集〉(晩期万葉)の歌のことだと言う概念が成立した。〈和歌〉は内在的に類別される根拠を獲得したのである。

私なりに平たく言い直せば、「古歌体」を立てることによって著者は、和歌が伝統的な文芸であることを確認しているのである。それは、いわば和歌が自律的な価値を持つことの根拠(アイデンティティ)であって、その確認なしに歌論的思索に入っていくことは著者にはできなかった。

ただし、例歌が示す「古歌」は、概ね平安時代に万葉的として受容された歌から『古今集』内の古風とされる歌までの範囲で考えられている。すなわち、

和歌の浦に潮満ちくれば潟をなみ芦辺をさして鶴鳴き渡る

郭公鳴くや五月の短か夜も一人しぬれば明かしかねつも

は、『赤人集』『人丸集』や公任『三十六人撰』の赤人・人麿の箇所に見え、

風吹けば沖津白波立田山夜半にや君が一人こゆらむ

は『伊勢物語』等の他に、公任の『新撰髄脳』に「貫之が、歌の本とすべしといひける歌」として掲げられている。

春日野に若菜つみにや白妙の袖ふりはへて人のゆくらむ

は『古今集』の貫之歌であるが、奈良京人を描いたと受け取れる内容故に例歌に加えられたと見られる。吉本はこれらを「晩期万葉」的と呼んだが、むしろ「平安時代化された万葉風」(藤平春男②)、あるいは『拾遺集』時

代から鎌倉初期あたりまでの人々にとっての「万葉的なもの」に相当する。小沢正夫②が説くように、本書の成立を『拾遺集』に近い時点にまで引き下げることには、その意味でも蓋然性が感じられるが、この疑似的に万葉的な「古歌」は、著者にとっては発生以来の和歌の流れと同時代に詠作される和歌とを繋ぐものであり、同時代の和歌の存在理由を歴史的に基礎づけるものであった。「皆下九体に通ず。必ずしも別に此の体あるべからず」の立言は、この体の分類上の無効性を示すと解してはならない。むしろ、他体全てに通じる基盤性にこそ、「古歌体」が立てられるべき理由があったのである。

二・神妙体

是の神妙の体、神義にして妙体なり。徒らに其の名を立てて撰ぶ。其の実に叶ひ難きのみ。

注文は簡略で、諸家が試みたように、例歌から著者の意図を類推するしかないが、天皇を言祝ぐ歌二首、崩御に際しての哀傷歌二首、『古今集』の「神遊びの歌」一首という分布から、「聖なるもの」としての宮廷に関わる歌を集めようとした意図が推察される。注文後半の文言は、神聖性を憚っての謙譲表現と見てよかろう。

天皇・宮廷（その神聖性ないしは宗教性）との結びつきは、「古歌」（伝統）と並んで（あるいは絡み合って）、和歌のアイデンティティを形成する要因であった。平安時代以降の和歌は私的な叙情を中心に展開して行くが、それにもかかわらず、和歌形式が自らの存在根拠を主張しようとする時にはほとんど常に、伝統詩であり宮廷詩であることに言及するほかなかった。『和歌体十種』の場合も事情は同じで、「古歌体」「神妙体」の二つは並んで立てられる必要があったものと思われる。換言すれば、この二体を立てて置くことで、著者は、和歌の起源的な問題からいちおう自由になり、以下の体では私的な叙情の歌の領域を対象として行けることになるのである。

三・直体

此の直体、義実にして、曲折なきを以て得と為すのみ。

小沢①は、十体を三群に分かち、「直体」までの三体を「歌の基本的問題に関係のある体」として一群とし、藤平春男①②もこれに賛同する。しかし私は、既に述べてきたように、始めの二体に和歌の起源的・基底的問題が特立されたと見、「直体」以下の四体を、心情表現（叙情）の方法が複雑化・高度化して行く階梯を示す一系列として捉える。これは基本的に、「心」と「詞」の関係を軸に四体を一連のものとして考察した田中裕①の観点に従うものである。

「直体」は、心情表現の在り方として最も基礎的な段階を示す。「得」の字は「徳」に通用すると見てよいとすれば、真率な心情内容を、屈折させずに表現したところに長所を認め得る歌、ということになる。なお、念のために言えば、例えば例歌中の『古今集』秋上巻頭歌「秋来ぬと目にはさやかに見えねども風の音にぞおどろかれぬる」の、風の音に秋を知るという状況が、近代的な意味で「虚構」であるかどうかは、この際問題ではない。「風の音で秋に気がついた」という心情内容（田中裕①は「作者が表現しようとしてゐたもの」としての「心」と呼んでいる）が、そのまま包み隠さずに表現されているのが「直体」なのである。

四・余情体

是の体、詞は一片を標し、義は万端を籠む。

直接表現されず暗示されている部分に、一首の主要な心情内容があるような歌を指す。この体についても田中裕①に周到な分析があるが、本稿では、十体の狙いが序に示された如く啓蒙的な実用性にあったことを重視して、あえてより平明な記述を試みることにする。

例歌に即して敷衍すると、

我が宿の花見がてらに来る人は散りなむ後ぞ恋しかるべき

は、花が終わると去って行くであろう客への、軽い非難と、それに結びついたほのかな憂愁を汲み取らないと、享受として十分でない。

今こむといひしばかりに長月の有明の月を待ち出つるかな

は、歌に叙された事態ではなくて、来なかった恋人への恨みに主眼があることは言うまでもない。

思ひかね妹がりゆけば冬の夜の河風寒み千鳥鳴くなり

では、恋人のもとへ急ぐ男の、哀切な心境を汲み取るべきであるし、

音羽川せきるる水の滝つ瀬に人の心の見えもするかな

では、「人」のどんな「心」が見えるのかは、歌の表面には述べられていないから、読み手が推し量る必要がある。

わたの原八十島かけて漕ぎいでぬと人にはつげよあまの釣り船

は、流刑に赴く作者の悲痛な心情を託した歌として享受されて来た。

このように見ると、「一片」に明示されない「万端」の心は、「我が宿の」「今こむと」の場合には歌の語り口によって暗示され、「思ひかね」の場合は一首全体を包む情感として示され、「音羽川」では上の句がその喩となることによって示されている。最後の小野篁の歌では、多少とも作者の境涯についての予備知識を前提としてはじめて理解される。

こうした表現方法の多様性が示すように、「余情体」は純粋な様式論ではない（吉本隆明が強調するとおり、篁歌の「余情」を、単に表現技法の問題として捉えることは不可能で、どうしても「歌の表現の外側から呼び込まれ」る知識が前提になる）。むしろ、和歌形式が心情表現の領域において経過するある段階を、大づかみに押さえたものとして見る時、その本質的な意義が理解できると思われる。ここで和歌は、「言葉で表現し切れないもの（心情）を表現する」という逆説に挑む段階へと一歩踏み出すのである。この踏み出しがなければ、和歌における心情表現の深化はありえなかった。その点で「余情体」は、以下の二体にとって、基盤的な位置にあると言えよう。

五・写思体

此の体は、志の胸に在りて顕はし難く、事の口に在りて言ひ難きを、自ら想ひ、心に見て、歌を以て之を写す。言語道断、玄の又玄なり。況や余情と其の流れを混じへ、高情と其の派を交ふるにおいてをや。自ら大巧に非らざれば、以て之を決し難かるべし。

表現面から見れば、田中裕①が説くように、「錯雑、屈折した心の様態」に表現（姿詞）が対応して「常の表現には見られないなみなみならぬ『屈折』を示す点を特色とする」体である。例歌のうち特に、

頼めつつ来ぬ夜あまたになりぬれば待たじと思ふぞ待つにまされる

来ぬ人を下に待ちつつ久方の月をあはれといはぬ夜ぞなき

思ひつつぬればや人の見えつらむ夢と知りせばさめざらましを

のような恋歌について見ると分かりやすいが、恋人に対する絶望と期待が交錯する複雑な心境を、和歌の言葉の線条性の上に繰り出して行く時、「待たじと思ふぞ待つにまされる」「下に待ちつつ…月をあはれと」「知りせばさめざらましを」といった、たゆたい、行きつ戻りつする思惟が詠み出されることになるのである。

ところで、このような屈折した思惟の流れは、自分自身の錯雑した心理を観想する自己省察意識を介して、言語上に織り出されている。著者が、まさにこの点に非常に強い関心を寄せていたことは、注文や、就中「思ヒヲ写ス」という命名が明らかに示している。すなわち著者は、叙情的心情表現がたどる一つの重要な段階として、省察・表現する自己意識の精妙な働きを見出したのである。「言語道断、玄又玄」といった文言に多少の修辞的誇張を見ることは許されようが、この「発見」に際する著者の感情の高揚は、正当に読み取られねばならない。

この体が、「余情と混じる」のは、例えば例歌の「頼めじと」で、言葉の上では「待たない」と言いながらもなお恋人を待つ微かな気持ちが暗示され、「思ひつつ」でも、夢ではなく現実に恋人と逢いたい気持ちが基底にあるように、「余情体」と同じ表現方法が含まれるからである。これは、和歌のような短詩では、「写思」の表現をどこまでも綿々と繰り広げるわけには行かず、思惟を言い止めた地点からは言外の余情に委ねるほかない、と

いう事情に対応している。そこで、「余情体」との表現上の差異は、言外の心情に対して表現されたものが「一片」と言うべき比較的単一・単純な内容である場合と、表現自体が多様なものを含み込んで密度があって、なおかつ言いきれないものが言外に託されている場合との違いということになる。

一方、表現意識の側から言えば、「余情体」歌は、（表現法としてそれを「意図的に」選択するという次元は別にすれば）取るものも取りあえず言い得る「一片」を言い表わすという、いわば直接的・一方向的な意識によって生み出される。これに対して「写思体」は、自己の心情を省察しかつ表現する、いわば双方向的な意識の働きから生み出される。「写思体」を「直体」と共に直接的ないし直叙的であるとする久松潜一・田中裕①の見解は、表現と表現対象との対応関係に関しては妥当であるが、右のような意識の働きに注目する限り、「写思体」は、「直体」「余情体」の二体の直接性とは明らかに異なる段階に属している。

このように「余情体」と「写思体」とは、区別される面と重なる面とがある。一方、「高情体」「写思体」とは、自己意識の高度化ないし緊張を前提として成り立つ点に共通性を持つと考えられる。それについては、「高情体」を見る際に再説したい。

六・高情体

此の体、詞、凡流を離れ、義、幽玄に入る。諸歌の上科と為すなり。高情に任せざるなし。仍て、神妙・余情・器量、皆以て是の流れに出づ。而してただ心匠の至妙を以てして、強ちに其の境を分かち難し。指南を来哲に待つのみ。

この注文には、冒頭「此体詞雖凡流」の「雖」を意改するべきか否かという本文校訂上の問題がある。一般論としては現存本文をむやみに改訂しないのが基本的な見識であることは言うまでもない。しかしこの場合には、「諸歌の上科」という高い位置づけの前提として「義、幽玄に入る」と対になる句としては、「凡流と雖も」という限定的な表現は適切でないとする見解も十分なり立ち得る。この問題は、実は、例歌の捉え方とも微妙に連動している。

冬ながら空より花の散り来るは雲のあなたは春にやあるらむ
ゆきやらで山路暮らしつ郭公今一声のきかまほしさに
散り散らず聞かまほしきを故郷の花見て帰る人もあはなむ
山高みわれても月の見ゆるかな光を分けて誰に見すらん
浮草の池の面を隠さずはふたつぞ見まし秋の夜の月

「五首の例歌のどこに、詞づかいが『凡流を隔てて』抜群とまでいいきれるものがあるといえようか」（梅野きみ子）、「調子の高い叙景歌のようであるが、必ずしもそうでないものがまじっている」（小沢正夫①）、のような評価は、近代的な観点からは首肯できる。しかし、「山高み」「浮草の」のような、近代人には戯言としか思えないような歌が、「諸歌の上科」に入る可能性があると考えられたのである。いったん、これらの歌が表現面（詞）・内容面（義）ともに卓抜であることを認めてかからないと、著者の意識には迫れないはずである。

「比興体」が別に立てられていることからわかるように、著者は、単純に「興有る」歌と、「高情体」に入る歌とを区別していた。言い換えれば、高情体例歌の趣向性に独特の性格を考える必要があるということである。その場合、多くの先学が引く岡崎義恵の見解は、やはり最も参考になるであろう。

其最も著しい特徴は自然への愛である。それは普通の愛といふ名を超えたものである。(中略) 純粋で徹底的で忘我的な自然への没入である。高情体以外の例歌にも自然への愛の現はれてゐるものはあるが、五首共揃つてかくも脱落的な帰依没入の心を示した例は高情体にのみ見るところである。

人生観的色彩を帯びた岡崎の言説を、広い意味での表現意識の問題として捉えなおすなら、「自然」を「美的対象」または「景物」と言い換えるべきかもしれない。「山高み」や「浮草の」における強い間接化は、実は景物への偏愛を着想の軸としている。現実にはない月影さえも惜しむ態度は、月光への「愛」の現れなのである。この「愛」自体に虚構性や誇張を嗅ぎ取る近代的批評態度は、『和歌体十種』の著者のものではない。むしろ、そうした偏愛が生み出す、日常性からは奇異かも知れない着想(趣向・「風情」)を、「心匠の至妙」として評価するのが、彼の立場である。

「高情体」における表現意識は、景物への偏愛故に、日常的生活意識から隔絶した次元に入り込んでいると見なされる。それはいわば耽美的・芸術至上主義的な表現主体の出現とある程度対応するのであり、「直体」からの表現意識の高度化・複雑化の階梯はここに登りつめられたのである。「写思体」と「高情体」とは、表現意識の高度さ(日常的意識からの隔たり)において共通するが、前者の意識は自己自身へと向かいつつ表現し、後者の意識は景物の方へと向かいつつ表現する。そのため「高情体」の歌の世界は「写思体」のように内省的ではなく、むしろ外向的で、それ故のある軽さをも持っている。一方、「高情体」の歌の言葉の表面に現れるのは機知的なものであって、意識の核心にある景物への愛は、直接に述べられない。中心的な感情内容が暗示に委ねられている点で、「余情体」と重なる。さらに、表現意識の在処が非日常的である点においては「神妙体」とも接点を持つであろう。これらの体（「器量体」との関係については後述）から、「高情体」を強いて分かつ外的特徴を求めれば、注文が言うように「心匠の至妙」（いわば高次の趣向性）ということになろう。

以上のように、他の体との関係を含めて「高情体」の性格を考えるなら、「詞、凡流と雖も」の本文はやはり「落着かない」（田中裕①）と言わざるを得ない。「凡流」には「凡流俗客をして聞かしむる莫かれ」（『扶桑集』所収、橘在列詩）のようなかなりはっきりと否定的なニュアンスの用例があり、「雖も」を付しても高い評価に結びつき得るのか、疑問が持たれる。小西甚一・田中裕①②に従い、「離」または「隔」の誤写（草体を介した）とするしかないように思われる。その場合この対句は、「詞」と「義」を対照させたものではなく、「詞と義」が「凡流を離れて（または「隔てて」）幽玄に入る」の意で、一首全体が日常性に距離を置いた表現意識の所産であること（これが、指標としての「高情体」の特色である）を示していると解される。

「写思体」と「高情体」の注文には、「大巧」（すぐれた実作者であって、創作時の意識の在り方に通じている者を指したか）や「来哲」に期待するという形で体の弁別の困難を述べる言説が見える。これらは、一面では各体の指標となる表現意識の精妙な在り方を強調するレトリックであり、他面では、実際の和歌作品をそのいずれかに排他的に帰属させることの困難さ（と言うよりむしろ無意味さ）への、省察を示している。このような言説は、上に見てきたような両体の指標的特性を、著者が十分把握しているからこそ可能なのであって、思索の混濁を示すものと見るのは全く誤解である。梅原猛が、至当にもこれらの言説を「歌体論の混乱や錯誤と考えてはならない」としながら、結局は「空しい絶望と未来への期待」の表出として読んでいるのは残念と言うしかない。梅原もまた、各体を通してどんな洞察が語られているかを見ないで、分類に横並びの整合性を求めることを優先してしまったのである（「感情の論理」による梅原の整合的な十体解釈は、著者の意図からは隔たっていると思われる）。

七・器量体

此の体、高情と弁まへ難く、神妙と相混じる。然あれば、ただその製作の卓犖を以てし、必ずしも分かたず。義理の交通せるのみ。

先にも述べて来たように、体を区分することの困難についての著者の表白を、その思索の破綻の露呈と見るのは当たらない。困難を承知で敢えてその体を立てようとする、意図の方を探らねばならない。「器量体」の指標としての意義は、「製作の卓犖」である。作者のすぐれた技量を示す歌ということであろう（安田本は「牢」の異体字を記すが、『日本歌学大系』に従い意改。『文選』雑擬上所収、謝霊運作の擬詩の詩人評に「卓犖偏人、而文最有気」と見える）。「器量体」は、おそらく表現意識のレヴェルにおいては「高情体」と同等であり、したがって本来両体は弁別し難いが、「高情体」の例歌が、耽美的な表現主体の在り方にはっきり対応しているものに限られていたのに対して、「器量体」の例歌はもっと多様である。それは、高度なレヴェルの表現意識を獲得した主体が、技法面で発揮する自由さを示していると考えられる。

昨日こそ年は暮れしか春霞春日の山にはや立ちにけり
梅の花それとも見えず久方のあまぎる雪のなべて降れれば
かはづ鳴く神名備河に影見えて今や鳴くらむ山吹の花

このたびはぬさもとりあへず手向山紅葉の錦神のまにまに

天の原ふりさけ見れば春日なる三笠の山にいでし月かも

「歌柄の大きさ」という、小沢正夫①、吉本隆明が認める例歌共通の印象は、構想面・用語面双方での自在さ、滞りなさとして捉えることが出来よう。それは、やはり日常的意識の制約から超脱しているという点で、「高情体」とはもちろん「神妙体」とも接点を持つ。しかし、技法的な側面の高度の達成という指標的性格は、「神妙体」には直接含まれないし、「高情体」も全面的にはカヴァーしていない。そこに、「器量体」が立てられる余地、ないしは必然性があったと考えられる。

十体の体系性から見ると、「直体」から「高情体」まで、主に表現意識の在り方に目配りしながら体を分かってきた著者が、ここから表現技法の側面に踏み込むことになる。ただし、「器量体」は、「高情体」のレヴェルに対応する総合的な技量の高さを示すもので、かえって特定の目立った技法論的規定を与えることが出来ない。しかし、以下の諸体は何らかの表現技法上の特色を指標として立てられる。少し図式的に述べれば、「直体」からの道が、心情表現を軸とする表現意識の高度化の階梯を昇って来たのに対して、今度は、いわば総合的な高みを踏まえた上で個々の技術的要素へと下降することになる。

八・比興体

此の体は、毛詩の如くならば、物を標して心を顕すなり。是は其の義にあらず。ただ、俗に言う所の「興有る」を以て、仮に其の一片の名とするなり。

「興有る」歌とは、ほぼ今日で言う趣向（平安後期に言う「風情」）の特に珍しい歌に相当する。ここではそうした趣向性が、心情表現の在り方とは切り離されて、技法的要素の一つとして指標化されていると解される。従って我々は、「高情体」例歌の現代人には目につく強い趣向性が、著者には気づかれていなかったとか、「比興体」例歌の例えば、

心あてに折らばや折らむ初霜の置きまどはせる白菊の花

に潜められた景物美への愛や、

名にしおはばいざ言問はん都鳥わが思ふ人はありやなしやと

の背景をなす旅愁に、著者が無頓着であったと考える必要はない。着想の知巧性（霜と菊の色の共通性や、「都鳥」という言葉のアイロニーへの着眼）が前面に出ていれば、「比興体」例歌としての役割は果たす。例歌とは、その歌体に絶対的に従属させられた歌ではなく、歌体の指標的性格を具体的に示してくれる歌なのである。

九・華艶体

安田本の欠損箇所の断簡が発見され、従来、大東急記念文庫蔵『奥義抄』によってのみ知られていた注文本文が、判明した。

此体、与比興混、諸歌、以花為先、然猶求其外之花麗、強以又相弁也。

此の体、比興と混じる。諸歌、花を以て先と為す。然して、なほ其の外の華麗を求め、強ちに以て又相弁ずるなり。

試みに右のように釈すると、和歌において一般に重視される華やかな要素を、特に指標として示そうとして、「比興体」から取り出して立てられた体と解される。ここには、和歌の華麗美に対しては、趣向性一般とは別の価値基準を対応させることが現実的だとする、著者の判断が見て取れる。ここでも、彼が「混じて」いるものを敢えて「弁ずる」のは、他の体を立てた場合と同様、そうすることに有効性を認めるからである。なお、例歌のうち、

　梅が枝に来ゐる鶯春かけて鳴けどもいまだ雪は降りつつ
　うつろはんことだに惜しき秋萩に折れぬばかりも置ける露かな

には、景物の取り合わせ方に美しさがあり、ある種の趣向性が表現効果として狙う情景再現（映像性）が、著者に意識されていたことを思わせる。

十・両方致思体

例歌から明らかなように、懸詞の技法を中心に組み立てられた、後世に言う「秀句」の歌であり、和歌を学ぶ上で取り落とすことのできない技法上の問題であることから、特に一体として立てられたものである。注文の釈に関して、私見はやや先学と異なる。

此体、古歌之所好、俗以之云、曾不然、不詩之風義耳。

此の体は、古歌の好む所。俗にこれを以て云ふ、「かつて然らず」と。詩の風義にあらざるのみ。

「俗にこれを以て云ふ」は、「比興体」の注文と同じ書きぶりで、和語の口語的表現を引き合いに出しているので

あり、「曾不然」は口語を漢字表記で写したものと見るべきである。おそらく「かつて然らず」と訓み、「そうであってそうでない」のような両義性を意味する口語表現であったと思われる。

この体が特立されたのは、懸け言葉が和歌の固有の表現技法として念頭に置かれねばならないという観点からである（注文にも、「詩の風義（儀）」、すなわち漢詩の体とは無関係な指標である言う）。それが「古歌」の表現技法であるとされているところから、いわば技法面での和歌伝統に対するアイデンティティを保証するという側面も持っていたと思われる。

見てきたように、十体とは、和歌作品を見る（見ることを通して実作の要諦を学ぶ）上で、忘れてはならない十の指標（目やす）とでも言うべきものである。それらは、和歌形式の存在根拠を問うことから入って、表現意識の諸相への洞察を軸に技法的側面に目配りする、一連の思索に添って提示され、同時代における和歌の問題を包括的に掬い上げることに、かなりの程度成功している。この点については例えば、「種々の潜在的な文芸的志向を含む当時の作品の実態を、かなり忠実に」反映しているとする藤平春男①の見解も既にあるが、藤平がいわば結果的にそうなっているとして捉えた部分（いわゆる「分類基準の混在」）は、もう少し著者自身の意図に即して、積極的に評価できるのではなかろうか。

十体は同時に、実際の和歌作品を評価する際に念頭に置くべき多様な価値基準の束、という性格をも持っている。「理論」的には（表現内容の分類とか、修辞技法上の分類とかに一貫されてはいないという意味では）やや雑然たる束かもしれないが、そのことが実際の批評上の機能を損なったとは思われない。むしろ、各体に託された批評的視点それぞれの有効性が評価されるべきであろう。和歌（ないし文芸一般）の批評（価値判断）の現実の場面では、常に複数の価値基準が交錯している。その在り方を考えようとする時、『和歌体十種』の価値基準の多元性（いわゆる不統一）こそ、むしろ示唆的である。

参照文献

○山田孝雄『日本歌学の源流』（日本書院、一九五二年）
○岡崎義恵『日本文芸学』（岩波書店、一九三五年）「有心と幽玄」
○小西甚一『文鏡秘府論　研究編下』（大日本雄弁会講談社、一九四一年）
○久松潜一『日本文芸評論史　形態論編』（至文堂、一九五七年）第一篇四
○小沢正夫①『古代歌学の形成』（塙書房、一九六三年）第二編、②『平安の和歌と歌学』（笠間書院、一九七九年）第八章
○梅原猛「壬生忠岑「和歌体十種」について」（『美と宗教との発見』筑摩書房、一九六七年）
○田中裕①『中世文学論研究』（塙書房、一九六九年）第一章第一節、②『後鳥羽院と定家研究』（和泉書院、一九九五年）第十六章
○吉本隆明『初期歌謡論』（河出書房新社、一九七七年）Ⅴ「歌体論」
○藤平春男①『新古今とその前後』（笠間書院、一九八三年）第二章第二節・Ⅰ、②『歌論の研究』（ぺりかん社、一九八八年）Ⅰ・一［いずれも、後に『藤平春男著作集』に収録］

○梅野きみ子「「幽玄」の源流と平安文学への反映」（和漢比較文学叢書3『中古文学と漢文学Ⅰ』汲古書院、一九八七年）

○なお、渡辺秀夫「うたの詩学―藤原浜成『歌式』のこころみ―」（『国語と国文学』一九九五年五月）による『歌経標式（歌式）』の読解に、間接的な示唆を得た点がある。また、『扶桑集』は田坂順子『扶桑集　校本と索引』（櫂歌書房、一九八五年）を参照した。

補記

藤原俊成の歌論を読み進める中で、単純に考えるといかにも回りくどい、洗練されていない外見を呈する言説が、意外に実際的な意味を持っている場合があるのではないかと考えるようになった。そのような観点から、『和歌体十種』を再評価しようとしたのが、この論文である。ここでは、藤原俊成の歌論と『和歌体十種』との系譜的な関連の有無は、考慮されていない。本書に収録したのは、俊成歌論の前史としての意味からというよりは、歌論史上に独立の作品として表れながら、ある意味で俊成歌論と似た性格を持つ歌論的言説の分析として、第Ⅰ部・第Ⅱ部の理解に資するかと考えたからである。

初出稿は、先学のお名前を誤記するなどの粗忽な誤りがあり、今回、それらを修正した。失礼の点について、あらためてお詫び申し上げる。なお、誤脱の訂正と一部の表記の修正以外は、初出稿の変更は行っていない。

2

俊成「述懐百首」への一視角——若き俊成の仏教信仰と源俊頼——

藤原俊成を論じようとする時に、仏教信仰との関係という観点がどの程度有効であるかは判らない。しかし、晩年の仏教的和歌観やいわゆる「幽玄」歌風を、たとえば中世和歌・中世歌論との接続の点から促えようとするばあい、俊成に関して何となく流布している「仏教的歌人」といった漠然としたイメージに、まず一応のけりをつけておくことは必要だろう。本稿では、彼の歌人としての活動のかかりはやい時期をとりあげ、彼の仏教信仰（とくにその現世観）と和歌活動との関係について判ることを確かめておこうとする。（「補記」参照）

一

平安貴族の精神生活にとって、仏教的価値観がもっとも鋭い形で問題になるのは、仏教が出家をめぐる実践倫理として生活に対して現われてくる場合だったろう。名利を捨てて遁世することが望ましいという仏教の倫理的要求は、貴族たちの現世的な願いや俗世への執着とからまりあって、複雑な心理を生み出した。男性貴族の場合には、官途の不遇から来た厭世感が仏教的厭世と結びつく場合がしばしば有った。(1)

俊成の二十代後半の作品群には、不遇を嘆く色調が目立っている。これらのいくつかを検討することによって、出家倫理と仏教的現世観に対するこの時期の彼の態度も、ある程度までうかがうことができる。

俊成は二十六歳で母を失っているが、その時の詠が『長秋詠藻』雑部に収められている。（岩波古典大系による）

保延五年ばかりの事にや、母の服なりし年法輪寺にしばしこもりたりける時、よる嵐のいたく吹きければ

362　うき世にはいまは嵐の山風にこれやなれゆくはじめなるらむ

ひごろこもりて出づる日、こもりたる僧の庵室の障子にかきつける

363　くさの庵に心はとめついつかまたやがてわが身も住まむとすらむ

おなじころ西山なるところにこもりゐたるに、正月、司召などすぎて雪の降りたるあした、人の訪らひたる返事のついでに

364　思ひやれ春のひかりも照らしこぬみ山の里の雪のふかきを

松野陽一氏はこの作品群についてこう述べられている。（歌番号は原文のまま続国歌大観番号）

361の「憂き世には今はあらじ」の感懐は、無論、直接的には、父に次いで母を失った衝激に因をもつものであろう。しかし、単にそれのみにとどまらず、官途の不遇ということも大きく起因していることは、次の362で、「草の庵に心はとめつ」といいながら、「いつかまた」「やがて、住まむとすらむ」と出家が即座の問題ではなく、結局は俗世にまだ心の残っていることをいっていることによって知ることができ、363にいたっては、「こもりゐたること」が「春の光の照らしこぬ」ことと密接な関係を以て詠まれていることになる…(2)

さらに久保田淳氏の指摘によれば、「思ひやれ」の歌は、後撰集春上の躬恒の愁訴の歌、「いづことも春のひかりはわかなくにまだみよしのの山は雪ふる」に依っていて、「母を失った悲しみと停滞の嘆きとが重層して、当時の顕広の心に暗く被っていたことを雄弁に物語る」(3)。

肉親の死と不遇感とによって強められた俊成のこうした厭世感は、出家の問題とはどのように関係していただろうか。「うき世には」の詠が拾遺集の「今はあらじの山風」の修辞を用いて出家を意味させていることはもちろんだが(4)、「これやなれゆくはじめなるらむ」の部分は、結局この世では自分は幸運をつかめないだろうという将来への暗い予想を暗示しながらも、出家そのものに対してはむしろ否定的な感情を表わしていた。彼の現在の寺ごもりは、母の死という「不幸」の結果としてそれじたいやはり「不幸」だったし、現世生活での希望をかなえられず出家していくのが彼の将来だとすれば、その将来も「不幸」としてしか考えられなかった。「うき世には」も「草の庵に」も、たしかに当時の俊成が仏教に関心を持ち出家を考えはじめていたことを示しはする。しかしそれ以上に、出家とは不運に追いつめられてやむを得ずするものだという感情がそこには現われていた。

平安時代の俗人貴族の間には、人の出家を悲しいつらいものと見る感じ方が、出家を望ましいとする宗教的考え方と平行して、つねに強力なものとして存在していた。貴族の出家がふつうには自身の死の切迫や近親者の死などをきっかけとしていたことが、出家を不幸や悲しみと結びつけてもいた。後拾遺集雑部三には、

しかすがに悲しき物は世中をうきたつほどの心なりけり（馬内侍）

今日としも思ひやはせしあさ衣涙の玉のあらはるゝ日は（読人しらず）

などの嘆きの詠が、

君すらもまことの道に入りぬなり一人や長き闇に迷はむ（選子内親王）

のような倫理的な感情を詠んだ作品と混じり合って収められている。

「不遇感」について言えば、それが俗世への絶望とそこからの逃避の願いにまで深化する時に、中下層の貴族知識人を仏教信仰に深入りさせる大きな力となることが有り得た。しかし「不遇感」は、それが官人としての生活への完全な絶望にまで行きついてはじめて、出家を眼目とする仏教倫理と矛盾なくすんなりと合流することができる。「不遇感」がなお捨てきれない官途への希望、つまり俗世への執着と結びついている間は、仏教倫理との間に内心のあつれきが起こることになるだろう。

不遇意識が、こうして厭世と執着という二面性を持つとすれば、今問題になっている青年期の俊成にもそれを認めることができる。彼の仏教への関心は、おそらくこの時期の不遇と結びついた厭世感にその発端を持ってはいた。しかしこの同じ不遇意識が、彼が仏教の出家倫理に身をゆだねることを妨げもした。御子左大納言直系という家門への自負、すでにきざしていたかもしれない歌人としての立身の希望、そして将来をあきらめきるには若すぎる彼の年令、などが、貴族社会での可能性へと彼を執着させていたからだ。そうであるかぎり、彼にとって出家遁世は、できることなら避けたい行為であるに停まっていた。

二

習作の域を脱したものとしては最初のまとまった歌作と言える「述懐百首」は、母親の死の翌年、保延六年頃に成立している。私はこの作品群についても、出家倫理の扱われ方という点からまず検討しておきたいのだが、百首が全体でひとつの作品でもある以上、前節で見た機会詠と同列にそれぞれの歌を考えることはできない。百首歌であり題詠であることを考えにいれるという前提の上で、出家倫理に関わる作品をとり出してみよう。

梅

108　数ならぬ袖にはしめじ梅の花此世にとまるつまともぞなる

この歌では「つま」という語が注目される。ものの先端、とくに軒端を意味する語から転じて、「手がかり」「きっかけ」などを意味する。この歌でも単純に「きっかけ」と訳して意味は通じる。しかし、古今集恋五で「独のみ眺めふるやのつまなれば人をしのぶの草ぞ生ひける」と詠まれて以来、「軒」とともに「しのぶ」の縁語のようにも使われてきた歌語としての経緯は、この作品での用法とは無関係だろうか？　確証はできないが、花山法皇東院歌合での花山院の詠

宿ちかく花橘は植ゑて見じ昔をしのぶつまともぞなる（平安朝歌合大成による）

を、俊成が発想を借りた作品として考えれば、それを介して俊成の用法が古今集での用法と結びつくとともに、「つま」の意味もより具体的になってくると思われる。花山院の作品は、「宿」から「軒」、そして「しのぶ」の連想から「つま」の語を用いていた。発想の上では当然、古今集の名歌「さつきまつはな橘の香をかげば昔のひとの袖の香ぞする」を念頭に置いていた。俊成はおそらく、古今集春上の「色よりも香こそ哀れと思ほゆれたが袖ふれし宿の梅ぞも」が故人の袖の香という発想をその「さつきまつ」の歌と共有していることに援けられて、花山院の発想と「つま」の語とを、自分の梅の歌にとり入れたのだろう。(5)

花山院の出家劇が『大鏡』が暴露したように兼家一門の陰謀だったことは、「平安末期の貴族の常識[6]」だったかもしれない。しかし、最高権力者の地位を自ら捨てて後半生を仏道修行に費やした代表的な出家者としての花山院のイメージも、貴族知識人の間には流布していた。「宿ちかく」の詠も、やがて詞花集に「世をそむかせ給ひて後花橘を御覧じてよませ給ひける」の詞書で収められたように、かつての華やかな生活を思い断とうとする出家後の心境を表白したものとして受け取られていた。この詠が俊成の念頭に在ったのならば、「此世にとまるつま」とは当然「俗世への執着の原因」と解釈される。一首の歌意は、「どのみちいずれ不遇に追いつめられて出家しなければならないつまらぬ身である私は、梅の香を袖にはしませぬようにしよう、袖に残った香が私の心を俗世にひきとどめる種となるだろうから」というふうになる。「とまる」の語はこの場合やや意味があいまいで、主語として「心が」を補って解釈しなければならないが、俊成は、古今集の素性の名歌「ちると見てあるべき物を梅の花うたて匂の袖にとまれる」を意識して故意にこの語を使ったのかもしれない。

以上の分析がはずれていなければ、この歌について次のようなことが言える。まず、この歌では出家の問題の暗示は、現下の不遇感を強調するための修辞という位置に在り、不遇感が強まっていく帰結としての出家願望という形は見られない。またここでは、古今集の「梅」の歌が意図的に踏まえられ、それが季節題と不遇述懐題との結びつけに活用されているらしい点も注目される。これらの特徴は次に見る歌についても指摘できるだろう。

　　　更衣

122　花の色は今日ぬぎかへついつかまた苔の衣にならむとすらむ

この作品も古今集哀傷部の次の歌と関わりを持っている。

みな人は花の衣になりぬなり苔のたもとよかわきだにせよ（遍昭）

もちろん季節題としての更衣の歌としては、拾遺集夏部の重之の歌、「花の色に染めし袂の惜しければ衣かへうき今日にもあるかな」などが先行作品として考えられる。しかし、俊成の作品は単なる季節題の歌ではない。ここで「花の色」と対比されている「苔の衣」は明らかに遍昭の歌と同様僧衣を意味していた。更衣にかこつけて、現世の栄達から隔てられて将来としては「出家でも考えるしかない」身の不遇を、詠んでいるのだ。ここでも季節題と不遇述懐の主題とは、古今集から摂取した発想を媒介にしてたくみに結合されていたし、また出家の問題は不遇感の強調に奉仕する位置を与えられていた。

このような性格は、この百首を詠むことに俊成が与えていた意義から見れば、むしろ当然のことだったかもしれない。この百首は私的な心情吐露の場として在ったのではなかった。宮廷の周辺におそらく具体的な相手を予想した訴嘆が、目的だったのだ。不遇述懐のテーマが堀河百首題に重ね合わされてできあがる百の結題（複合題）は、それらを全て巧みに詠みこなすことが作者の歌作技量の験試になるような、いわば腕の見せ所という意味を持った。つまり、「述懐百首」は歌作技量の顕示と不遇の訴嘆という二重の現世的な目標を持っていたわけだ。その相手は、和歌に関心が深く、またすでに堀河百首題による百首歌を主催してもいた崇徳天皇だったと思われる。(7)

このような百首それじたいの現世的方向の中では、出家の問題が正面切って表われることは不可能だった。生活人としての俊成が、心のある部分で、仏教信仰と出家倫理についていかに切実な考えを抱いていたにせよ、あるいは抱いていなかったにせよ、「述懐百首」の中での「出家」は、不遇強調の手段として、古今集摂取をはじめとする修辞的表現技法にからめとられた形で現われる以外なかったと言える。

蓮

133 濁りにもしまぬ蓮の身なりせば沈むとも世を歎かざらまし

「蓮」からの仏教的なものへの連想は、古今集以来和歌の修辞としてすっかり定着してしまっているので、特にここで注目する必要は無い。ただ、沈倫を嘆く心を「濁り」として見る発想は、この百首の中では仏教的価値観に近い。こうした自省を生み出す程度には、仏教的見方はたしかに俊成に有ったわけだが、この歌にしても、出家や修行によって「濁りにもしまぬ」境地に至ろうとする実際的な意欲を表出しているわけではなく、歌意の中心は、自分が「沈んでいる」ということの方に在った。

三

仏教信仰と述懐歌との関わりが、どの歌人のばあいでも俊成の「述懐百首」のような形をとったわけではなかった。事実、俊成のひとつ前の世代を代表する歌人で、俊成自身もその歌を高く評価していたとされる源俊頼のばあいに、ほとんど対照的な例を見ることができる。この節では、この俊頼の「恨躬恥運百首」と俊成の「述懐百首」とを比較対照する。俊成が述懐百首という形式を考えた際に、俊頼の百首が好忠の百首などとともに何かのヒントとなった可能性は有るが、ここでは両者の影響についての検証は行なわず、タイプとしての両者の比較によって、今まで述べてきたことを別の角度から補っていくことになる。

『散木奇歌集』釈教部は、百数十首というその量だけでなく、浄土教関係の典籍からの広い取材と浄土信仰の生なましい内省の表出とによって、特にきわだっている。俊頼をこのように浄土教に深入りさせた要因も、やはり不遇感だったようだ。壮年以降の彼は全く昇官ができず、家集雑部はほとんど不遇述懐歌で埋められていた。しかしこの不遇感はまた、関根慶子氏の表現によれば「かへつて歌道への強い執念として逆作用した。(8)」個性的な新しい表現態度を求める彼の詠作姿勢は、不遇意識からもその原動力を得ていた。

俊頼の仏教倫理が、自分の信仰態度をつねに反省せざるを得ないまでに鋭くなっていたために、こうした歌道への執着を含む現世的執着と仏教倫理との間柄は平穏無事なものではすまなかった。

たまたま念仏はすれども心もたたれぬによす

たが為のなほざりごとにあみだ仏と物うかるねに唱へしもする（釈教）

恋歌とて

朝おきて口にはなもと唱ふれど心は君を恋ひつつぞをる（恋下）

なでしこをよめる

なでしこの花見る程の心にて弥陀のみくにをねがはましかば（夏）

などからも、俊頼の心のゆれはうかがうことができるだろう。さらに特徴的なことは、強い不遇感が、仏の救いへの信仰心にさえ迷いの影を落としていることだ。

無量光仏

光して数はかりなき光にもきらはれぬべき身をいかにせむ

無対光仏

たぐひなき光のうちにをさまらで数の外にやもれむとすらむ

身のあやしさにおもひくづをれて念仏をだにせぬによす

身のほどのうきを思ふにまどはれてみだの教へもたのまれぬかな

思ふことのみたがふ身なれば後世もいかがと思ふによす

せりつみし心ならひの悲しきはみだの誓ひもたのまれぬかな

しかしこうしたゆれも、最終的には弥陀への帰依に行きつく。ここに俊頼の信仰が阿弥陀浄土教だったことの重要な意味が有る。もちろん当時の浄土教は、天台法華信仰から独立していなかったし、教学的に絶対的な救いを保証するものでもなかった。しかしそれでも浄土門の教えは、最も救いの絶望的な人間にさえも来世には極楽浄土へ至り得る可能性を示していた。俊頼は、自分の妄執とその妄執を断てない身の不幸とを自覚すればするほど、弥陀の救いに最後の望みをかけていくことになった。

弥陀のちかひは人きらはずと聞きてたのもしきによめる

迎ふるはせつりもずだもきらはねばもれじとせじな数ならずとも

『散木奇歌集』雑部に収められた「恨躬恥運百首」も、現世に執着し不遇にかかずらう自身の在り方を、仏教倫理の側から見つめる所に成立していた。俊成の述懐百首と、発想に共通性の有る作品を比較してみよう。

初雁

145　返りてはまた来る雁よことゝはむ己が常世もかくや住み憂き（俊成）

何事のしのびがたきに初雁のうき世の中にまたかへるらむ（俊頼）

鹿

146　世中よ道こそなけれ思ひいる山の奥にも鹿ぞなくなる（俊成）

我がごとく世にすみ侘びて秋山のしたびがしたにさをしかなくも（俊頼）

これらの例では、ふたりの差は用語や歌風の差にとどまっている。しかし、次のような例では、違いはより内容的なものに及んでいる。

山

187　憂身をばわが心さへふり捨てて山のあなたに宿もとむなり（俊成）

我が心身にすまはれて故里をいくたび出でて立ちかへるらむ（俊頼）

俊成の作品は、古今集雑下の「みよしのの山のあなたに宿もがな世のうき時のかくれ家にせむ」を踏まえ、そこに身心分離をたくみにかみ合わせていた。その歌意の重点は、心があいそをつかすほどの身の不遇を訴える所に在った。一方、俊頼の作品は、この次に置かれている、

心には思ひすててし世なれども身は嘆かれぬものにぞありける

によって解釈できるように、出家倫理を実践できない苦しみを主題としていた。気持ちの上では世を捨てようとしていても、肉体は理屈を越えて現世的なものに執着している。それは宗教的な意味での「憂き身」の自覚であり、そこからは妄執着をも救う弥陀への帰依が出てこざるを得ない感情だった。こうした形で出家倫理を詠んだ作品は、「恨躬恥運百首」の中にさらにいくつか見い出すことができる。

世の中をそむきがたさに身の程を思ひしらずと人に見えぬる

世の中をいでや何かはと思へどもしなへうらぶれなづみてぞふる

このような感情は、俊成の「述懐百首」には本質的に無縁だった。

夢

198　うき夢は名残までこそ悲しげれ此の世の後も猶やなげかん（俊成）

闇のよにまたまどへとや悲しさをこれをこの世の思出にして（俊頼）

さきの世も今も来む世の身の程もけふのさまにて思ひしるかな（俊頼）

俊頼の歌には、先に不遇感の信仰への投影の例として挙げた作品に共通する性格が有る。浄土信仰者にとってもっとも切実な来世の救いの問題にそれは関わっていた。この切実さは「またまどへとや」「思ひしるかな」のような表現からもうかがうことができるだろう。俊成の場合、この世を「うき夢」にたとえたのは不遇題と夢を結びつける工夫だった。もちろんそこに仏教的な思考は有ったが、それはこの世の不遇を言うために利用されていた。「名残までこそ悲しけれ」「猶やなげかん」という連想に文芸的な叙情は有っても、俊頼のような後世に対する現実的な不安や絶望は表われていなかった。

俊頼の百首はおそらく信仰上の動機から詠まれ、宗教的価値観に深く浸透されていた。俊頼のばあい、不遇意識の「逆作用」が、歌作に対しても仏教信仰に対してもある独特さを与えていた。彼は、不遇感とからまった自己主張を、伝統的な和歌表現の論理を破るための力として用いていた。一方、彼の浄土信仰は、自己主張とその裏がえしでもある倫理的自省との双方に色どられて、劇的な性格を帯びた。彼にとって和歌が心情吐露の場でもあり得たために、このような信仰の在り方は、釈教歌などにかなり生なましい形で定着されることになった。実際、和歌だけからその信仰の形をほぼ再現することができる俊頼のケースは、むしろ異例に属していたと言える。

これに対して俊成のばあいには、和歌活動そのものが現世的な意図と強く結びついていたから、その「述懐百首」もある程度を越えては宗教的色調を帯びなかった。現世的栄達の希望が保たれていたために、不遇意識の和歌への「逆作用」も、不遇意識と仏教信仰との強固な結びつきも、青年期の俊成には生じていなかった。せきとめられた不遇感の逆流が宗教へと内向し、それがさら和歌として表出されていく、という俊頼的過程は起こらなかったのだ。

晩年の歌論にとって重要な意義を持つことになる仏教への関心それじたいは、その発端の上限をこの青年期まで遡らせることができるにもかかわらず、この時期の俊成の仏教信仰は、生活上でも和歌表現上でも周辺的な位置に停っていたと思われる。

注

（1）この点は、特に十世紀の「勧学会」を形成した慶滋保胤などに関して、井上光貞氏が指摘されている。『日本浄土教成立史の研究』『日本古代の国家と仏教』。

（2）松野陽一『藤原俊成の研究』六〇四頁。

（3）久保田淳『新古今歌人の研究』二四六頁。

（4）とふ人も今はあらじの山風に人まつ虫のこゑぞかなしき（拾遺・秋・読人しらず）

世の中をあきはてぬとやさをじかの今は嵐の山に鳴くらむ（金葉・秋・藤原顕仲）

（5）「色よりも香こそあはれと思ほゆれ」の歌について、未刊国文古注釈大系所載の「古今集註」には「梅花ノ人香古人ノ袖ノ香ニ似ト云事アリ、其心也。文集云梅香有薫伝古袖」などとある。

（6）今井源衛『花山院の生涯』九三頁。

（7）松野陽一、前掲書六〇七頁。

（8）関根慶子「源俊頼」（和歌文学講座6）三一七頁。

補記

「本書の狙いと構成」に述べておいたように、本稿は一九七四年に学部を卒業して大学院に進学した直後、卒業論文の一部分をまとめなおして発表したものに過ぎず、今日において学術的価値を持つものではない（卒業論文の他の部分では『古来風体抄』と仏教思想との関係も論じたが、その論旨は大学院での研究過程で全面的に再検討した。したがって、本書第Ⅰ部所収の各章と卒業論文との間に直接の関係はない）。本稿の基盤になっている仏教の「出家倫理」の捉え方は、なかば偶然に出会った井上光貞の研究（『日本浄土教成立史の研究』山川出版社、一九五六年、『日本古代の国家と仏教』岩波書店、一九七一年）、そしてマックス・ウェーバーの『宗教社会学論集』中の「中間考察—宗教的現世拒否の段階と方向の理論—」（当時私が参照したのは河出書房版『世界の大思想』所収の中村貞二による翻訳であったと記憶する）の影響を強く受けている。その頃、日本思想史の分野では井上史観を批判的に継承、もしくは乗り越える動きも既に始まっていたはずであるが、私の視野がそこまで及ぶことはなかった。本稿での考察枠組みは、その後に新たに対象とした慈円の研究にとっても、少なからぬ手がかり（逆に言えば制約）となった。また、卒業論文を書く中で源俊頼に出会い、非常に強い興味を持った。俊頼に関する関心は、その後の私の中世文学に関するほぼ全ての研究に投影しているが、今に至るまで俊頼そのものを主題化した論を立てる力を持ち得ていない。本稿は、一つの時代におけるある駆け出しの日本文学史研究者の姿を示すとともに、最初の出発点が研究者を制約する有様をも示している。そのような研究史資料的な意味を意識してあえて誤記等を一部修正した以外、初出のまま翻刻した。読者のご寛恕をお願いしたい。

あとがき

この本は、著者の心積もりでは前著『慈円の和歌と思想』に引き続いて刊行するはずであった。前著出版の前後から、公私のさまざまな事情で著書の準備作業に集中することが難しくなり、原稿の整理や改訂は細々と続けながらも、出版に踏み切るに至らないまま年月が経過した。その間に論文自体も古びていき、より若い世代の研究者が次々に論文や著書を公刊して、今更の感が強まる一方であった。とはいえ、俊成に関する論考は、私なりに一貫したテーマで書き継いだものであり、全体を展望できるようまとめておきたいという思いもあった。また、閲覧に不便な雑誌を含むばらばらの初出稿のまま放置するのでは、これから俊成歌論の研究を志す人に無用の手間をかけることになるとも思われた。職業研究者としての生活も残り五年足らずとなった時点で、これ以上遅くなると単なる回顧的意味しかなくなってしまうと思い、決心してばたばたとともかくまとめ上げたのである。結果として、藤原俊成に関係する既発表論文のほぼすべてを、その大半には大幅に改稿・補訂を加えて収録することとなった。ただ「奇妙な自注」(『文学』岩波書店、二〇〇五年七月)は、俊成と慈円の研究が抱き合わせになっているため、迷った末に割愛した。この論文についても、先行研究の見落としなどの不備もあるため、別に補訂の機会を得たいと考えている。

本稿各章の初出稿のなるにあたっては、神戸大学・大阪大学の学部・大学院でご指導をいただいた藤岡忠美先生、田中裕先生、島津忠夫先生をはじめ、多くの先生方に一方ならぬお世話になった。その当時は真面目にご指導も仰がず、勝手気ままに書き綴った論考ではあるが、ふり返れば当然のことながら先生方の学恩は身にしみるものがある。本書校正中に藤岡先生が逝去され、本書の完成をお目にかけることができなかったことが悔やまれてならない。

また神戸大学、同大学院で先輩諸氏からさまざまなご教示を受け、『国文学研究ノート』の会で投稿論文の講評をいただいたことは、得がたい体験であった。その後も、そのつどの重要な節目ごとに多くの方々のご指導とご厚意に助けられ、なんとか研究を続けてきた。あまりにも多くの思い出があり、到底書き尽くせない。いちいちお名前を挙げないことにご寛恕をお願いするとともに、あらためて全ての皆様に心よりお礼申し上げる。

三弥井書店の吉田智恵氏には、『歌論・歌学集成』の一部を担当したご縁を頼りにお願いし、出版をお引き受けいただいた。章題の付け方をはじめ、いろいろなご助言をいただき、何とか本の姿を整えることができた。心よりお礼申し上げる。

二〇一四年春　　金沢にて

初出一覧

第Ⅰ部

第一章

「人の心と歌―『古来風体抄』序の一文―」、国文学研究ノート12〔神戸大学研究ノートの会〕一九八〇年七月

第二章

「「古来風体抄」仏典引用の課題」、国文学研究ノート8〔神戸大学研究ノートの会〕一九七七年七月

第三章

「『古来風体抄』の主題をめぐって」、国語と国文学〔東京大学国語国文学会〕一九九二年三月

第四章

「和歌史から批評主体へ―『古来風体抄』読解―」、国文学研究ノート19〔神戸大学研究ノートの会〕一九八六年七月

第五章

「俊成的『古今集』受容の一側面―情動表現への共感―」、藤岡忠美編『古今和歌集連環』〔和泉書院、一九八九年〕

第六章

「貫之「むすぶ手の」の俊成的受容をめぐって」、北陸古典研究2〔北陸古典研究会〕一九八七年九月

第七章

「直感を導く古歌―俊成歌論における和歌史―」、日本文学（日本文学協会）一九九七年七月

第Ⅱ部

第八章
「幽玄」の批評機能・序論　―『建仁元年十五夜撰歌合』―、北陸古典研究1（北陸古典研究会）一九八六年七月

第九章
非秀歌に対する「幽玄」の批評機能　―『永万二年重家家歌合』など―、北陸古典研究4（北陸古典研究会）一九八九年九月

第十章
「幽玄―和歌的なものの周縁―」、日本文学（日本文学協会）一九九四年七月

第十一章
指導する「幽玄」―『六百番歌合』―、国語と国文学（東京大学国語国文学会）一九九七年十一月

第十二章
「俊成最晩年の「幽玄」をめぐる力学」、金沢大学教育学部紀要　二〇〇一年二月

第Ⅲ部

1
「『和歌体十種』を読む」、国文論叢24〈神戸大学文学部国文学会〉一九九六年五月

2
「俊成「述懐百首」への一視角」、国文学研究ノート6〈神戸大学研究ノートの会〉一九七五年十一月

※第七章と第十一章の初出稿は、いずれも一九九七年二月一日の「北陸古典研究会」での口頭発表を発展させたものである。

事項索引

さ行

た行

な行

和歌索引

あ行

か行

さ行

た行

な行

は行

ま行

や行

わ行

著者略歴

山本　一　（やまもと・はじめ）

1952年生まれ。博士（文学）（大阪大学）。神戸大学文学部、同大学院文学研究科修士課程修了。大阪大学大学院文学研究科博士後期課程単位取得満期退学。大阪大学助手、金沢大学教育学部講師、同助教授、同教授を経て、現在、金沢大学人間社会研究域学校教育系教授。著書『慈円の和歌と思想』（和泉書院、1999年）。

藤原俊成　—思索する歌びと—

平成26年7月31日　初版発行

定価はカバーに表示してあります。

発行者　吉田栄治

発行所　株式会社 三弥井書店

〒108－0073東京都港区三田3－2－39

電話03－3452－8069

振替00190－8－21125

ISBN978-4-8382-3267-3 C0093

整版　ぷりんてぃあ第二

印刷　シナノ印刷